SV

Lea Aini

Eine muß da sein

Roman

Aus dem Hebräischen
von Katharina Hacker

Suhrkamp Verlag

Titel der Originalausgabe:
Mis-sche-hi zricha lehiot kan

Erste Auflage 1997

Druck: Nomos Verlagsgesellschaft, Baden-Baden
Printed in Germany

Eine muß da sein

Dubek bittet mich, das Zeitungspaket vom Bürgersteig mitzubringen. Ich bin sowieso im Laden. Nur Dubek und ich. Vielleicht, weil es noch früh am Morgen ist. Vielleicht, weil ich meistens im Laden bin. Herumlungere. Ihm helfe, die fetten Zeitungen vom Wochenende zu sortieren. Ich mache das schneller als alle anderen, sogar schneller als er, und danach lecke ich gerne das Schwarze, das mir in den Handflächen bleibt, ab. Atme den seltsamen Geruch des Drucks ein. Berausche mich, wie Dubek sagt. Manchmal druckt sich sogar ein ganzer Buchstabe irgendeiner dicken Überschrift auf meine Hand, und das Aas hat mir schon vorgeschlagen, ihn für mich abzulecken.

Wieder bittet Dubek, daß ich ihm die Zeitungen bringe. Ich spiele das brave Mädchen, denn ich sehe, was er inzwischen macht: er räumt die letzte Büchersendung ein, die endlich zur Fernsehserie herausgekommen ist. Zu der Serie, die ich mag: »Ich, Claudius« – aber bloß deshalb, weil bis jetzt das Buch nicht erschienen war. Auf hebräisch, meine ich. Denn im allgemeinen saugt mir Fernsehen das Hirn aus. Unmerklich. Macht eine Schachtel mit einer Bilderinfusion aus mir, was ekelerregend ist. Trotzdem war ich bis heute von jeder Sendung gefesselt. So viele kluge Schlangen in einer Schachtel, mit dem Geruch von Datteln und Hirschfleisch und Apfelsinen und unzählige Togen, die wie Vorhänge flattern. Dubek habe ich schon gesagt, früher, in Rom, sind die Menschen in Fenstern gegangen: alles war offen. Kultiviert. Sogar ihre Bücher – ihm zuliebe verzichtete ich auf die Pergamente – waren zusammengerollt wie Teppiche, die nur darauf warten loszufliegen. Dubek sagte, ich redete wie eine Alte; wenn bei ihnen dieser Stotterer anfinge, würde seine Frau sofort auf den türkischen Kanal rüberschalten.

Ich hebe die Zeitungen hoch. Sie sind schwer, aber ich bin stark. Fast wie ein Junge. Und ein paarmal schon haben sie sich von hinten in mir geirrt, bis ich mich umgedreht habe, sie meine großen Titten sehen konnten und schokkiert waren, mit offenem Mund, ganz und gar nicht kultiviert. Wenn es Männer sind, wird ihr Mund zu Zähnen. Nur Zähne, ohne Lippen oder Form. Schon lange überlege ich, ob ich nicht einen Teil meiner Brüste absaugen lassen soll. Zu dem plastischen Chirurgen gehen, dessen Telefonnummer mir Odelia gegeben hat, und die sie von einer hat, bei der sie putzt, um einen Termin auszumachen. Sie sind zu groß, die beiden. Schon immer waren sie so. Seit ich dreizehn bin. Und eben ist mir, weil mein Büstenhalter von der Schlepperei und dem Gebücke hochrutschte, die Hälfte der linken rausgeflutscht. Ich drehe mich mit dem Rücken zu Dubek, der wie ein Vieh grinst, und bringe es in Ordnung. Dubek flucht und sagt, ich müsse mich hier völlig frei fühlen. Das heißt, es vor seinen Augen machen. Idiot. Aber dann stellt er weiter den Claudius ins Regal. Ein kleines dickes Buch in einem häßlichen, grünen Einband. Macht nichts. Bald werden ein paar Kunden kommen, dann lasse ich eines mitgehen. Der Bastard gibt mir ja nichts umsonst, und bei neuen ist es nichts mit Rabatt, nur bei gebrauchten läßt er mit sich reden. Also spiele ich ein Spiel mit ihm, von dem er gar nichts weiß. Er denkt, daß er eine raffinierte Methode erfunden hat. Man nimmt, sagen wir, drei für einen vernünftigen Preis, gibt sie zurück, nimmt wieder drei und bezahlt nur für zwei. Das dritte ist umsonst. Und ich lese. Wie eine Verrückte lese ich. Was ich mag, gebe ich nicht zurück. Ich sage bloß, ich hätte es zurückgegeben. Soll er doch platzen. Zu Hause, in meinem Zimmer, habe ich schon eine schöne Bibliothek. Sechsundneunzig Bücher. Ohne die neuen mitzuzählen, die ich diese Woche genommen habe und von denen ich bestimmt eines oder zwei behalten werde. Das heißt, wenn man zurückrechnet – wie Dubek sagt –, dann besteht meine Bibliothek zur Hälfte aus kostenlosen Büchern. Das nennt man, die Methode ausnutzen. Und er merkt es noch nicht einmal. Sowieso hat er so viele, daß er sich nicht zu retten weiß. Nur ich zähle. Noch zähle ich. Staube sie jeden Freitag ab und zähle von neuem. Und wenn ich eines irgendeiner Schlampe aus dem Viertel leihe, schreibe ich es hinten ins Notizbuch, das unfreiwillig zum Heft eines Krämers oder Pfandleihers geworden ist. Aber vorne im Heft rette ich vor allem Wörter wie ›Pergamente‹ oder ›Togen‹, bewahre sie sorgfältig auf und ordne sie mir nach Themen und Autoren.

Erst vorgestern ist Odelia, der das Fernsehen gewöhnlich aus dem Hirn saugt, was nach dem Putzen noch drinnen ist, zu mir gekommen und hat um irgendeine Ann Mater gebeten. Kein Problem. Mein Finger gleitet sofort zum vierten Brett, dem romantischen, geht direkt zu den Ms und zieht ihr alle heraus. Denn von Mater habe ich alle. Ich bin nämlich ein Fan von ihr. Und ich habe Odelia schon gesagt, obwohl diese Cartland sich am besten verkauft und am meisten geschätzt wird, wie auf dem Rücken ihrer Bücher steht, da, wo man sie wie nasse Watte mit Brillanten und Pudeln auf einem weichen Plüschsofa sitzen sieht – ich ziehe die Mater vor. Ihre Geschichten sind am realistischsten. Was habe ich davon, wenn man mir das Hirn mit Grafen und Prinzen verdreht? Ich ziehe die kleinen Büromädchen von Mater vor, deren blöder Vater beim Skat um das kuschelige Familiencottage gespielt und verloren hat, und dann müssen sie wie Eselinnen für den Gewinner schuften, meistens irgendein reicher Industrieller, klug und männlich, mit grauen Schläfen, der teuer, aber betont nachlässig gekleidet ist, und wenn all das nicht genug ist, dann hat er auch eine Wohnung in London, ein Haus auf dem Land und einen modernen Sportwagen. Mit einem römischen Dach. Offen. Auch ich träume von so einem, der mich scheinbar versklavt, aber insgeheim vom ersten Augenblick an glühend liebt. Er wird mir das Leben zur Hölle machen, bloß so, um mich zu quälen und diese Süße noch ein paar Seiten weiter zu spannen, die man in diesen Büchern mit ihren windelweichen Einbänden ›Liebe‹ nennt.

Aber ich warte nicht wirklich auf so jemanden. Schon gar nicht, wenn ich die Zeitungen sortiere und aufgeregt bin, weil Claudius endlich ein Buch ist. Ich warte bloß darauf, daß ein paar Nervensägen kommen, um für den Schabbat Bücher umzutauschen und Zeitungen zu kaufen, denn dann kann ich das Buch Claudius auf meine unvergleichliche Art in die Tüte gleiten lassen und an mich drücken.

Dubek erwischt mich nie. Er hat noch nicht einmal einen Verdacht. Manchmal bemerkt er, daß ihm hie und da Bücher fehlen, vor allem neue, für die dieses Angebot mit Umtauschen und das dritte umsonst nicht gilt. Die gibt er nur gegen den vollen Preis her, der Halsabschneider. Also klaue ich. Ja, meine fette, widerliche Mamusch. Ich klaue. Und es ist wirklich eine Mizwa, einen zu beklauen, der mich schon vor zwei Jahren, als ich erst fünfzehn Jahre alt war, gefragt hat, ob ich noch Jungfrau sei. Als hätte ich so einen Ruf. Ich bin ja still wie ein Wurm. Lese die ganze Zeit. Verschlinge Bücher. Ordne sie, staube sie ab, zähle sie und notiere jede verdammte Ausleihe, wie in einer richtigen Bücherei. Und nicht zum erstenmal brannten gestern meine Augen von der kleinen Lampe, die bis zwei Uhr nachts eingeschaltet war. Was für ein trauriges Buch. Ein düsterer Roman über das viktorianische England: ein junges Mädchen vom Dorf geht in die Stadt, um in einer Spinnerei zu arbeiten, verliebt sich in ihren älteren Boß und wird seine Geliebte, bis sie an Schwindsucht stirbt, ohne Kind, ohne Stellung, ohne irgend etwas. Aber jedesmal, wenn dort von der Teestunde die Rede war, der Stunde, zu der er, der Lord, kommt – hörte ich das Klappern der Porzellantassen, mit denen das Hausmädchen, das er ihr besorgt hat, auf dem Tablett klimpert, und roch die Biskuits, den Obstkuchen und das Brot mit Butter; und mein Herz schlug, als müsse er bald hier an die Türe klopfen, von meinem Zimmer. Ein Mann mit schwarzen Koteletten, graumeliert wie bei den Männern von Ann Mater, und an seinem dicken Hals blüht eine weiße Fliege. Er wird eintreten, mir seinen schornsteinhohen Hut reichen, obwohl ich nicht das Hausmädchen aus der Geschichte bin, und ich hänge den Hut an den Haken, den es an meiner Türe nicht gibt, und fordere ihn auf, sich auf das Bett zu setzen. Weil es keinen anderen Platz gibt. Dann schenke ich den Tee ein, geziert, mit abgespreiztem kleinen Finger, gebe etwas Milch dazu und lasse zwei niedliche Zuckerwürfel hineingleiten, und vielleicht biete ich ihm auch den Teller mit den Biskuits an. Was für ein wundervolles Wort: Bis-kuits. Dann fragt er mich, wie es mir geht und was ich heute gemacht habe. Und nachdem wir die Wetterlage, die man durchs Fenster sieht, besprochen haben, erzähle ich ihm von dem Hut, den ich heute bei Mrs. Thompson, der Schneiderin aus der Hampstead, Ecke Jennystreet 4, bestellt habe – ein Hut mit Blumen und Sommervögeln aus Spitze, und dann berichtet er mir, wie es ihm heute in der Weberei ergangen ist. Und eine Wolke von weißem Ruß (obwohl es so etwas nicht gibt) kommt aus seinem Mund. Nein, nicht aus dem Mund. Sondern aus den wohlgeformten Nüstern. In seiner Iris rollen Zwirnspulen, wenn er ruhig von der neuen Ware spricht, die er in die Grafschaft Country Park in Blakeshire geliefert hat, dreihundert Tonnen warmen, feinen schottischen Stoffes, ein Genuß für die Finger; und dann wird er die Teetasse vorsichtig auf mein Plastiktablett stellen und vorschlagen, daß wir ins Bett gehen. Ich glaube, ich würde mit ihm ins Bett gehen. Obwohl ich nicht so blöd wie die aus dem Roman bin, die ihr ganzes Leben als Mätresse zubringt, ohne Kind, ohne irgend etwas. Aber um sagen zu können, daß ich mit einem Spinnereibesitzer geschlafen habe, so ein einzigartiges Wort aus dem neunzehnten Jahrhundert, würde ich es vielleicht tun.

Zwei Schlampen kommen herein. Und noch ein Alter. Dubek fängt an, sie vollzulabern, aber der Alte gibt's ihm zurück. Ich beuge mich über die großen Fernsehkartons, in denen die gebrauchten Bücher durcheinanderliegen. Ein Brett über den neuen. Und am Ende der Reihe all die grünen Claudiusse. Zehn ungefähr. Zehn weniger eines. Bald. Gleich. Laut wühle ich in den gebrauchten. Hebe ein paar hoch. Lese die Klappentexte und klemme, was mir gefällt, unter die Achsel. Da sind schon drei. Ein fettes und großes in einem dicken, grauen Einband, ein alter amerikanischer Roman – und noch zwei romantische, in dünne Lappen gebunden, die fast zerfallen. Auf dem Einband des einen ist sogar eine Telefonnummer, die es sich auszuprobieren lohnt, zum Vergnügen. Obwohl dort geschrieben steht, daß David, der Maniak, Schifra liebt. Außerdem sind in meiner Plastiktüte, die immer groß und dunkel und voll ist, noch drei Bücher, die ich umtauschen will. Deshalb ist es kein Problem, gleich den nagelneuen Claudius dazuzutun, der nach frischer Druckerschwärze wie nach Milch riecht, und alle Seiten sind weiß und kleben aneinander, jungfräulich, widerspenstig, so, daß man die Fingerkuppe ablecken muß, um sie zu trennen.

Eine der Kundinnen ist gegangen. Zwei sind geblieben. Ich muß mich beeilen. Ich habe keine Lust, später noch mal wiederzukommen, weil ich dann lesen will. Der Alte verhandelt mit Dubek. Eine der Kundinnen blättert in den Frauenzeitschriften, schwankt, was sie nehmen soll. Wieder beuge ich mich über die gebrauchten Bücher. Greife tiefer. Wühle richtig. Aus einem Augenwinkel sehe ich, daß die Frau jetzt konzentriert liest, den Rücken ein wenig nach vorne geneigt. Sie wird mich nicht sehen, wenn ich mich umdrehe. Ich richte mich auf. Werfe einen raschen Blick auf Dubek. Er beugt sich unter die Theke, um irgend etwas herauszuziehen, das dem Alten seinen Irrtum beweisen soll. Der Alte trommelt mit den Fingern auf der Theke. Bestimmt hat er recht. Seine Augen irren umher, er murmelt vor sich hin. Mit einer scharfen Wendung, wie eine Eidechsenzunge, greife ich mir den Claudius. Brandneu. Und danach, das weiß ich schon, nicht gleich in die Tüte stecken. Bloß nicht. Ich zucke mit den Achseln, mache Uff! und stopfe ihn unter die anderen. Inzwischen lese ich noch einmal die Zusammenfassung auf dem dünnen, zerfledderten Einband und beschwere mich laut, daß nichts zu lesen da sei, daß ich glaubte, dies hätte ich schon gelesen. Sowieso ähneln sie sich alle. Die Frau schaut mich an und lächelt. Endlich hat sie sich für eine blöde Illustrierte entschieden, jetzt fängt sie an, in ihrer Handtasche nach dem Portemonnaie zu kramen. Langsam ziehe ich den Claudius, von dem alten amerikanischen Roman verdeckt, hervor, öffne die Tüte, um beide hineinzutun, und hole die drei gebrauchten heraus. Jetzt bestehe ich nur aus Büchern, und nun rate mal, welches welches ist. Mein Herz klopft schon nicht mehr vor Aufregung, so wie früher, sondern ruhig und stark. Ich erinnere mich, daß ich mich schwergetan habe, Raskolnikov zu lesen, ich mochte die Augenblicke vor dem Mord, wenn er dort, in den Straßen Sankt Petersburgs, seinen bösen Plan ausheckt, herumläuft und ihn durchspielt, zurückkommt, Vorbereitungen trifft. Obwohl er die ganze Zeit aufgeregt war, hat er nicht aufgehört nachzudenken. Und die Gedanken haben ihn beruhigt, so daß er weiter nachdenken konnte. Bis er die Alte umgebracht hat. Aber so raffiniert muß ich nicht sein, bloß um den Claudius mitgehen zu lassen. Das nette Lächeln auf meinem breiten Gesicht genügt, und daß ich vorhin die Zeitungen vom Wochenende hierher geschleppt habe.

Jetzt kommen Massen von Kunden herein. Die Frau ist gegangen, und der Alte debattiert immer noch. Jetzt weiß ich auch, worüber. Er wedelt mit irgendeinem Los oder einer Lottokarte und spricht über die Tabelle. Aber Dubek hat ihn schon stehengelassen. Er sucht ein Mathematikbuch für einen der Jungen, die hereingekommen sind. Übungen fürs Abitur. Eines mit den Lösungen hinten im Buch. Ein oranger, schäbiger Einband und Tausende von Bleistiftzeichen, die man im Sommer für die Schüler des nächsten Schuljahres wegmachen muß. Ich radiere, klebe, was zerrissen ist, ordne das ganze Jahr die Wochenendzeitungen – damit es Dubek nichts ausmacht, wenn ich mich die ganze

Zeit über die gebrauchten Bücher beuge. Herumlungere. Und wenn eine neue Reihe aus dem Fernsehen eintrifft oder aus einem Unterrichtsprogramm, dann schlage ich zu, mit einem Instinkt, den die Groschenromane nur schärfen, weiß, daß das gute Literatur ist – nehme es und stecke es in die Tüte. Mit einer gewissen Leichtigkeit. Einer gewissen Übung. Mit dem Gesicht eines lieben Mädchens, das zu lernen aufgehört hat, aber gerne liest. Und obwohl sie ein bißchen komisch ist, wie ein Junge aussieht, obwohl ihr Gesicht grob ist – sie hat Titten, die keinen Irrtum zulassen, und wirklich ein liebes Lächeln, gar nicht abstoßend.

Jetzt mache ich Ordnung: der alte amerikanische Roman kommt über den Claudius in die Tüte, absichtlich raschle ich laut mit dem Plastik, so, als hätte ich mich noch nicht endgültig entschieden. Einen Teil der gebrauchten, die ich mitgebracht habe, lege ich auf die Theke, neben das Lotterielos von dem Alten, den Ann Mater bestimmt gemeint hat, als sie von dem Spieler schrieb, dessen Schulden die Tochter dem Industriellen, der sie glühend liebt, abzahlen muß. Aber dieser Alte bereut seine Sünden nicht. Im Gegenteil. Er lächelt mich an, als würde er ohne weiteres auch mich verwetten, in Schwierigkeiten bringen, mit diesem schmierigen Lächeln, das ihm erst vergeht, als er bei meinen Titten ist. Ersticken soll er. Die neuen gebrauchten, die ich ausgesucht habe, lege ich dicht neben die anderen, damit man sie sieht. Zwei Schülerinnen verlangen Radiergummis. Ich sage Dubek, es sei in Ordnung, er solle erst sie bedienen. Sowieso hätte ich mich noch nicht entschieden. Die Tüte lehnt an meinen Knien, und mein Herz klopft schon schwächer, aber nicht weniger sicher. Diszipliniert. Raskolnikov wäre stolz auf mich.

Ich hebe die Bücher, die ich ausgesucht habe, hoch und halte sie ans Herz. Endlich wacht der Alte auf und senkt die Augen. Studierst du, was studierst du? fragt er mich. Ich versuche, ihm dicke, graumelierte Koteletten anzukleben, aber der Ruß, der ihm aus den Nüstern kommt, ist entzündet und grün. Also gebe ich auf und antworte nicht einmal. Die Kleinen schnüffeln an den Radiergummis und schwanken zwischen Erdbeere und Vanille. Ich kenne das. Man hat Lust, sie aufzuessen wie Biskuits. Der Alte guckt mich wieder an, obwohl die Bücher an meine Brust gedrückt sind. Plötzlich tut er so, als lese er, was da geschrieben steht. Dubek wird endlich aufmerksam, reißt ihm den Lottoschein unwirsch aus der Hand, läßt ihn unterschreiben und bugsiert ihn hinaus. Ich habe zwei Bücher rausgesucht, aber weil ich drei gebracht habe, bekomme ich eins kostenlos. Ein altes Spiel. Dubek protestiert nicht und verzieht keine Miene. Was kann der Bastard schon sagen, nachdem ich die Wochenendzeitungen geschleppt und sortiert habe. Schlepperei gegen Schlepperei. Trotzdem kaufe ich eine Zeitung und bezahle. Dubek nimmt das Geld und dreht meine Hand um, um zu sehen, ob irgendein schwarzer Buchstabe oder das Viertel einer Schlagzeile dort klebengeblieben ist. Aber ich habe vorhin schon alles abgeleckt. Eines der Mädchen beherrscht sich tatsächlich nicht und leckt an der Vanille. Sofort bekommt sie Gänsehaut und verzieht angewidert das Gesicht. Gleich sagt Dubek ihr, daß sie den Radierer kaufen muß, und er bittet sie, ihm ihre rosa Zunge zu zeigen, wir werden sehen, ob er sie zu fassen kriegt. Ich stopfe die dicke Zeitung in die Tüte und bedecke den Claudius vollständig. Nie im Leben wird es einer merken. Auf dem Brett sind neun geblieben, doch Dubek wird sie nicht zählen. Sowieso ist heute Freitag, er ist vor allem mit den Zeitungen beschäftigt, bis Sonntag werden bestimmt zwei, drei verkauft, denn es gibt andere, die das Rom der Schlangen, der Kultur, der geschnürten Sandalen und Zöpfe ebenso lieben wie ich, und sei es des Fernsehers wegen.

Dubek macht mit den Kleinen weiter und schaut zu mir, ob ich eifersüchtig bin. Aber ich sage bloß gleichgültig Schalom und gehe. He, Gila, ruft er mir schnell hinterher; komm später noch mal vorbei. Mal sehen, sage ich, und gehe hinaus. Die Straßen draußen haben sich belebt. Der

Alte steht an einer Hecke, schaut auf den Lottoschein und schielt zu Dubeks Laden. Ich lasse ihn links liegen und laufe weiter. Meine Tüte ist schwer: oben die Zeitung, der amerikanische und zwei Kitschromane in der Mitte und der ganz frische Claudius unten. Zu Hause werde ich Arbeit haben: ordnen, aussortieren, zählen, aufschreiben, abstauben und lesen. Am wichtigsten ist das Lesen. Ich versuche, nicht an das zu denken, was mich sonst erwartet, denn wirklich, was erwartet mich schon.

Meistens gehe ich an dem komischen Haus der Alten entlang. Wenn ich es wirklich auf die Spitze triebe, wie Raskolnikov, dann würde ich sie vielleicht umbringen. Und dann gehörte ihre riesige Bücherei, drei Wände im Salon, mir. Dicke und hohe Bücher, die wie zum Appell in einheitlichen Einbänden aus rotem und braunem Leder dastehen. Und einfache schwarze Einbände mit verschnörkelten goldenen Buchstaben. Doch in letzter Zeit sitzen sie fast nie mehr auf ihrem offenen Balkon, weil sich der mit all den Wochenendzeitungen, die ich sortiert habe, füllt, denn die ganze Straße schmeißt sie dorthin, als sei da ein Sammelplatz für irgend etwas; außerdem kommen sie nur mit Mühe aus dem Bett. Und wenn sie schon mal herauskommen und sich auf den Balkon schleppen, dann machen mich ihre überraschten Gesichter wahnsinnig, das Gesicht von einem, der nicht weiß, wie ihm geschieht, obwohl ein paar Idioten die alten Zeitungen ausgerechnet dann wegwerfen müssen, wenn sie auf ihren gestreiften Liegestühlen dasitzen, so vollständig in Erinnerungen und Medikamente und Tee mit Kuchen versunken, daß sie sogar vergessen zu blinzeln. Odelia, die bei ihnen putzt, hat mir einmal gesagt, als ich von ihrer vornehmen Bibliothek sprach, daß alles auf englisch oder auf deutsch geschrieben sei, und wozu ich solche fremden Bücher brauche, wozu ich überhaupt Bücher brauche. Wer liest heute noch Bücher. Und wenn ich mehr ausginge, ins Kino ginge, anstatt mir Nacht für Nacht die Augen kaputt zu machen, dann würde ich vielleicht auch einen normalen Typ kennenlernen, aus dem sich irgendeine Geschichte, eine Affäre rausschlagen ließe, denn was ließe sich schon aus Büchern rausholen?

Und wirklich, gar nichts ist da rauszuholen. Bloß ein quecksilbriger und ängstlicher Kerl, der im Original auch noch Russisch spricht und alte Frauen umbringen will, und ein gemeiner Spinnereibesitzer aus dem neunzehnten Jahrhundert, der sich Dorfmädchen ins Bett holt und sie lebenslang zu Mätressen macht. Aber das alles habe ich ihr nicht gesagt. Ich habe ihr nur gesagt, daß sie das nächste Mal, wenn sie bei den Alten putzt, mich als Hilfe mitnehmen soll, damit ich diese Bibliothek, die mich reizt, angucken und prüfen kann, was sich von dort abschleppen und auslüften ließe. Aber jetzt ist die Tür zum Wohnzimmer verschlossen und staubig, der Balkon voller gelber Zeitungsberge, ein Rätsel, warum diese Odelia da nicht putzt, denn eigentlich ist sie ihre Putzfrau, und einstweilen auch so etwas wie die Inhaberin der Bibliothek.

Ich betrete mein Zimmer. Meine Bibliothek ist kleiner, aber auch schön geordnet. Ich mache die Tüte auf und berühre sofort den Claudius. Auf dem grünen Einband ist der Stotterer, den ich so mag, gezeichnet, in einer luftigen Toga voller Falten. Ich atme ihn tief ein und bin aufgeregt. Mein Herz rast, so als klaute ich das Buch erst jetzt. Ich schlage es auf, nehme noch einen Lungenzug voll und berausche mich. Es gibt viele gute Gerüche in dem Buch. Datteln und Hirschfleisch, Intrigen, Listen, Gemeinheiten und Bosheiten, den Geruch von Affären und Zöpfen, Limonen, Wein und Pergamentrollen. Und als ich mich für einen Moment nach meiner Bibliothek umschaue, stehen mir Tränen in den Augen, als sei alles in Unordnung und die Regale krumm. Plötzlich haben sie Bäuche vor lauter Gewicht, und die Bücher sind kleine Fässer. Ich weiß, daß das alles nur eine Verzerrung ist. Aber ich glaube, wenn mir jetzt jemand – ob alt oder nicht – eines wegnähme, dann würde ich zur Mörderin. Und es ist mir ganz egal, ob dieser fiebernde Russe in den geraden

Straßen von Sankt Petersburg stolz auf mich wäre, daß Dubek mich sofort bei der Polizei verpfeifen und der Alte aus dem Laden vor lauter Verblüffung tot umfallen würde, einfach so, mit heraushängender Zunge. Das ist es, was ich tun würde. Als ich wieder auf den grünen, noch steifen Einband meines neuen Buches schaue, bemerke ich, wie stark die Hände an meinem Hals sind, und das Herz schlägt ruhiger, so als habe es sich eingewöhnt. Nur der Claudius auf meinen Knien zittert wie verrückt.

Das ist es, was ich am Schabbatmorgen hasse. Alle sind wie tot. Man könnte meinen, wenn man die ganze Woche wie ein Ochse schuftet, ist das ein Grund, am Schabbat abzukratzen. Auch die Sonne ist sauer aufgegangen, und als ich die Straße überquerte, um auf unseren Wohnblock zu gukken, so wie ich es mag, von der anderen Straßenseite, sah alles krank aus. Ich konnte die Augen ruhig zumachen und das Krankenhaus für chronisch Kranke sehen, und wenn Odelias Mutter dort noch dieses Jahr stirbt, wie Odelia hofft, dann gehört die Zweieinhalb-Zimmer-Schachtel in unserem Block Odelia. Aber nur unter der Bedingung, daß auch ihr Vater sich irgendwann einen Infarkt fängt. Einstweilen lebt Odelias Mutter wie ein Rindvieh, das ins Bett scheißt, und bei jedem Besuch verwechselt sie unsere Namen schneller, als man ihr Bettzeug wechselt, und so kommt es, daß sie mich Odelia und Odelia Gila nennt. Aber Odelia macht das nichts aus. Sowieso will sie ihren Namen ändern, schon ein Jahr lang überlegt sie hin und her, sucht einen neuen Namen und findet keinen. Sie hat einen kleinen Block, den ich ihr als Geschenk von Dubek habe mitgehen lassen, und jede Woche am Schabbat, wenn sie endlich runterkommt, sitzen wir auf den Eisenstangen und probieren all die Namen, die sie während der Woche aus den Mülltonnen der Häuser, in denen sie putzt, und aus dem Fernsehen aufgesammelt hat.

Letzte Woche hat es mich fast umgehauen. Sie brachte lauter Hexennamen an: Gisela, Esmeralda, Salamandra. Als sie versuchte, Abkürzungen zu finden, griff ich mir schon an den Bauch, Salamandi, hey Salami, sagte ich ihr, warum hast du heute die Paneele nicht geputzt? Aber Odelia verzog bloß das Gesicht und beruhigte sich nicht, bis sie sah, daß ich mein Notizbuch zückte, das, in das ich alle möglichen besonderen Wörter hineinschreibe, solche, die sich auf der Schwelle zur Vernichtung befinden, vielleicht achtzig Wörter habe ich schon in meiner Sammlung, eines seltener als das andere – und trotzdem habe ich Gisela hinzugefügt. Denn Gisela ist wirklich etwas Besonderes. Obwohl jede Abkürzung, die uns eingefallen ist, idiotisch klang. Aber als ich es in hey, Gaslanit – Räuberin – verwandelte, glitzerten in Odelias Augen die Tränen. Tränen, die so exakt sind wie die Pillen eines Apothekers und ihr runterlaufen, als habe man sie ihr für einen Film ins Gesicht geklebt. Wunderschön ist es, wie diese Putzfrau weint. Also hörte ich auf.

Wieder schaute ich auf den Wohnblock. Dubi von den Chachamovs kam herunter und begann, zwischen den Betonwänden des Mietshauses herumzuhüpfen, als springe er durch brennende Zirkusreifen. Der blöde Bauherr dachte ja wohl, daß er hier irgend etwas verschönt, wenn er in den Betonwänden, die den ganzen Laden tragen, runde und ekkige Löcher läßt, damit sich die Leute draufsetzen, um ihre Hintern zu kühlen, und dann jede Viertelstunde pinkeln gehen zu müssen. Aber nur die Kinder springen hindurch und brechen sich manchmal ein Bein oder verdrehen es sich, und Sonja legt ihre persischen Teppiche zum Auslüften drauf, und wenn die persisch sind, bin ich eine Zigeunerin.

Jetzt sieht Dubi mich und winkt. Idiot. Aber selbst ausgewiesene Idioten mögen Mädchen, die von hinten wie ein Junge aussehen und deren riesige Titten vorne ihnen den Kopf verdrehen. Ich ignoriere ihn und will das Heft aufschlagen, um die neuen Wörter durchzusehen, die ich gerettet habe und die zu meiner Sammlung dazugekommen sind, aber plötzlich merke ich, daß in diesem geriatrischen Wohnblock, der selbst am Morgen dunkel ist, das schönste aller Fenster aufleuchtet. Ich lächele und hebe die Augen zu der Wohnung von Erna Chandelier. Wie jedesmal bin ich ein bißchen aufgeregt wegen des Namens. Aber ich muß ihn nicht zu den anderen dazuschreiben. Er steht sowieso schon dort, auf einer der ersten Seiten. Aber sogar Erna Chandelier heißt bloß wegen ihres Fensters so, denn das wird ganz von einem riesigen Kristalleuchter, der wenigstens echt ist, ausgefüllt, als ob sie hier ein Institut für Gesellschaftstänze aufgemacht hätte. Weiches, ruhiges Licht verbreitet sich von drinnen nach draußen, und gleich wird Erna den Schubert auflegen und mit von Schminke müden Augen ihren Schabbat beginnen. Ich habe Odelia schon mal gesagt, als wir mit Schubert bei Erna unter dem Lüster saßen wie auf einem altmodischen Ball, der weiter und weiter geht, während ich das linke und Odelia das rechte Auge war, um für Erna in der Samstagszeitung neue Wohnungsauflösungen zu suchen, denn das ist ihre Krankheit: zu kaufen – da habe ich ihr gesagt, das Wort Schubert habe etwas Erfrischendes. Denn wenn man es auseinandernimmt, sagte ich Odelia, die die ganze Zeit damit beschäftigt war, sich die Kristalltropfen wie eine Kette von Schatten um den Hals zu legen – was kommt dann dabei raus? Kommt dann nicht Schu-bert bei raus? Was ist neu daran? Und genau das ist wahnsinnig komisch. Aber Odelia antwortete nicht, um die Schatten, die sie schmückten, nicht zu stören, und träumte, ein reitender Prinz aus der Ritterrüstung, die in Ernas Salon steht, überraschte sie und auf dem Teppich der Chandelier, unter dem Kristallüster, hielten sie ihren privaten Ball ab. Denn das ist tatsächlich der einzige Platz, wo man bei ihr tanzen oder auch nur sitzen kann, weil drum herum alles ein einziges großes Gerümpel aus Gelegenheitskäufen und Haushaltsauflösungen ist, und das ist ein sehr übermütiges Wort – Gerümpel; und später, als wir hinausgingen, ein bißchen krumm vom Kognak, an dem wir uns gütlich getan hatten, überlegte ich, ob ich ihr die traurige Geschichte, die mich nächtelang am Einschlafen gehindert hat, erzählen solle, über die aus der guten Literatur, die die Halskette ihres Lebens verloren hat und in tödlicher Sklaverei arbeitet, und nicht nur inszeniert, wie bei Maters Büromädchen, um Geld zurückzuzahlen, bis ihr klar wurde, daß es bloß Klunker gewesen sind. Aber mit einem Mal war ich einfach wütend auf sie, weil schon seit einem Monat drei von den Ann Maters bei ihr rumliegen, kein Anzeichen, daß diese dumme Gans sie liest, vom Zurückgeben gar nicht zu reden. Obwohl ich in mein Heft am Ende des Notizbuches schreibe: eine Woche, zwei, drei. Denn bei mir wird nicht herumgespielt. Bei mir wird alles gezählt. Aufbewahrt. Jedenfalls ist es besser für sie, wenn sie fortfährt, diese Hexennamen zu sammeln, aus den Kollektionen deutschen Bettzeugs, von denen die eine, bei der sie putzt, langweilige Kataloge bekommt, die ganze Zeit muß man eine kleine Zahl suchen und in einer Tabelle prüfen, wieviel das Set auf diesem oder jenem Bild kostet, und danach, wenn die Kataloge schon abgenutzt sind und die, bei der sie putzt, donnerstags, glaube ich, wieder nichts bestellt hat, weil sie sich nicht traut, per Post ein Paket mit deutschem Bettzeug zu bekommen – dann gibt sie sie Odelia, die sich damit den Hintern abwischt, allerdings nicht, ohne daß sie ihr mit all den Farben und Namen in die Augen stechen, während sie auf dem Klo hockt.

Jetzt pfeift Dubi mir zu. Daß so ein zurückgebliebener Idiot überhaupt den Mund aufmacht, ist traurig. Wegen der gelben Zähne, die so einer nie putzt, und weil die Wörter, sogar die gebräuchlichen und starken, ihm aus dem Mund sabbern, überm Kinn verschmieren und am Zahnfleisch festkleben. Aber das Pfeifen so eines Schwachsinnigen ist noch schlimmer. Das ist wie ein Zug, der sowieso nie an der Station halten wird, bloß aus Versehen ist er noch auf den Gleisen von Nirgendwo nach Nirgendwo. Ich antwortete ihm mit einem meiner wundervollen Flüche, die längst nicht mehr in Gebrauch sind, und wußte, daß er das wahnsinnig komisch finden würde.

Aber als er lachte, lächelte ich ihm zu, weil nur noch Schwachsinnige über solche Flüche lachen können, und dann öffnete ich endlich mein Notizbuch, denn wenn Odelia noch immer nicht damit fertig ist, sich vor ihrem viehischen Vater zu retten – was soll ich dann versauern; und wegen des widerwärtigen Schabbats blätterte ich gleich zu den wundervollen Flüchen, die ich aus all den alten, gebrauchten Büchern gesammelt habe, und las sie mir leise vor, denn Dubi würde ja doch nur über sie lachen. Krummer Aufwiegler! Verflucht sei dein Haus! Verdammter Henkerssohn! Dein Kopf soll zerspringen! Hündin! Hurenbalg! Wenn ich wollte, könnte ich all diese Wörter nehmen und in einem großen Wasserkessel einkochen, bestimmt würde ein grünes, bitteres Gebräu daraus, und wenn ich mit einem Zauber all die Wörter aus der Bettzeugkollektion wiederholte, dann würde plötzlich diese Gisela, die neu in meiner Sammlung ist, zum Leben erwachen und mit einem Tätärätä aus Feuer und Pech den ganzen Wohnblock in einen Palast oder einen Zirkus verwandeln.

Ich lachte, und ohne hinzuschauen wußte ich, daß Dubi, der hysterisch von Betonkreis zu Betonviereck hüpfte, als sei er auf dem Weg in den roten, heißen und tödlichen Rachen einer Löwin, mitlacht. Fast machte es mich neugierig, was für einen Zirkus sich ein Schwachsinniger ausmalt, wenn er in einem grauen Wohnblock lebt, dessen einziger Schmuck Kreise und Vierecke aus Beton und der Kristallleuchter der Erna Chandelier sind. Genau wie ich manchmal eine schlafende Katze betrachte und es mich rasend macht, nicht zu wissen, was zum Teufel sie träumt, wenn sie mit ihren geschlossenen Augen rollt und ihr Körper zittert. Doch vom zweiten Blatt sprangen mir die neuen Wörter, die ich gestern gesammelt hatte, ins Auge, und von mir aus soll Dubi ruhig bis in den Tod weiter von Kreis zu Viereck, von Viereck zu Kreis hüpfen, so wie die Katze aus ihrem Traum aufspringt, wenn ich sie plötzlich mit einem langen Stock aufwecke, der sie rechtzeitig erwischt – all die ungewollten Bewegungen der Katzen –, dann mein Bein zerkratzt und mit einem zum Fragezeichen gekrümmten Schwanz über die Spinnereien, die Biskuits, Hirschfleisch, Togen und Claudius hinweg abhaut.

Claudius. Ich schlug mir gegen die Stirn. Ich bin ja selbst schwachsinnig. Denn wenn man ihn bis ans Ende der Toga rollt, dann hat auch der Namensanfang meines stotternden Römers, den ich gestern von Dubek abgeschleppt habe, etwas, das so offen ist wie nur irgend etwas in der Welt – Wolke. Und am Ende – jus. Ich fing an, über Jus nachzudenken, doch plötzlich sah ich Odelia. Mit einem Gesicht wie sieben Tage Bindfädenregnen.

Wieder dein Vater? wollte ich fragen. Doch statt dessen steckte ich die Hand in die Tasche und zog ein neues Schloß hervor, das ich erst vorgestern aus Dubeks Lager hatte mitgehen lassen. Odelia begann gleich zu weinen, ihr schönes, vollkommenes Weinen, wären es Wörter, dann würden sie sicher ein neues Kapitel in meinem Notizbuch eröffnen. Schau doch, sagte ich ihr, weißt du was Spinnereien sind? Na, Dummerchen? Biskuits, weißt du, was Biskuits sind?

Aber Odelia zog nur die Schultern, zart wie ein Kleiderbügel aus dünnem Draht, den ich verbiegen und wieder geradebiegen kann, wann ich will, hoch, und sagte, ich sei ja debil mit all den Wörtern, denen ich in den Büchern hinterherjage, und daß sie gestern nachmittag, als ihr Vater endlich losging, um ihre Mutter zu besuchen, einen tollen Film gesehen habe, und überhaupt – heutzutage würden nur Bilder sprechen. Mit einemmal hatte ich Lust, sie an die drei Maters zu erinnern, die noch bei ihr rumlagen, und daß sie sie mir zurückgeben soll, wenn sie solche Sachen sagt. Aber ich überlegte es mir anders und sagte statt dessen, hey, Dubi wartet schon eine Stunde auf dich! Bis du endlich runterkommst...

Odelia fing an zu lachen, aber ihr Lachen ist das Gegenteil von ihrem Weinen. Sie gackerte wie eine Gans, so wie wenn man sagt, Bert-Schu? Bert Schu? wenn Chandeliers Grammophon kaputtgeht, – und Dubi, der sie gehört hatte, wurde plötzlich ernst und vergaß fast seine Ferse im vorletzten Viereck; verstehe einer die Schwachsinnigen.

Sei ruhig, sagte ich ihr, du erschreckst Dubi. Gehen wir zu Erna?

Laß, sagte Odelia, die dumme Kuh ist bestimmt noch nicht aufgestanden.

Ich zeigte mit dem Finger auf das von funkelndem Licht erleuchtete Fenster, und gleich wußte ich es. Seite vier, das achte oder neunte Wort von links, wo außer dieser glitzernden Kombination auch Mondsichel, Kristall, Smaragd, Es-wurde-Licht und Gold steht. Doch Odelia war damit beschäftigt, ihr lächerliches Notizbuch herauszuholen. Mathilde, hm? Mathilde? Was meinst du?

Es war ein französischer Film, den du gesehen hast, sagte ich.

Quatsch, Odelia war beleidigt, aber wie viele Namen sie auch ausprobiert, für mich wird sie immer Odelia bleiben.

Aber wenn nicht das, dann Thérèse, nicht Theresa, sondern Thérèse.

Ich sagte nichts. Ernas Leuchter erlosch, und mit einem Schlag hörte der Wohnblock auf, ein Institut für Gesellschaftstänze zu sein, und war wieder ein Wohnblock. Unten beendete Dubi seine Zirkusvorstellung, jetzt war er ein Motorradfahrer, der auf die Todeswand zuprescht. Der Lärm lockte Sonja, ein rosa Netz auf dem Haar, heraus, sie fluchte, warum man diesem Schwachsinnigen erlaube, am Schabbatmorgen solchen Lärm zu machen, nicht genug, daß man die ganze Woche über wie ein Ochse schuftet, und bloß wegen dieser Anarchie sehen wir aus, wie wir aussehen. Hooligans. Aber bis jetzt reicht keiner ihrer Flüche auch nur im entferntesten an den Reiz von meinen heran. Ich grinste, streichelte langsam das Sesam-Haar Odelias und wagte nicht zu fragen, was ihr Vater diesmal gemacht hat.

Nu? Was meinst du? Klingt Thérèse nicht gut? flüsterte Odelia, man sah, wie ihre angespannten Muskeln sich wie alte Leute in ihre Liegestühle legten und wegdösten.

Was willst du heute sein, das rechte oder das linke Auge? fragte ich.

Links, sagte Odelia schlicht. Friedlich.

In Ordnung, aber später tauschen wir, stimmte ich zu. Bei Erna Chandelier dröhnte jetzt Schubert, so wie es sich gehört, und das war das Zeichen.

Gehen wir hoch? sagte ich.

Odelia zuckte mit den Achseln. Du zuerst. Ich will sehen, daß mein Vater sich verzieht. Ich will nicht im Treppenhaus in ihn reinlaufen.

Soll ich ihm ein Bein stellen, wenn ich ihn treffe?

Odelia kicherte. Ich überquerte die Straße, ohne zu gukken, ob ein Auto kommt, weil eh noch alle tot sind, außer Erna, die bestimmt schon die Zeitungen auf ihrem echten Teppich ausgebreitet hat, ganze Leitern von Wörtern, die verkaufen wollen, die Hälfte mir, die Hälfte Odelia, und bestimmt hat sie schon Kognak in ihre Storchengläser eingeschenkt. Sowieso werde ich irgendwann mal überfahren werden, selbst wenn ich zweimal nach links und einmal nach rechts schaue, wie man sagt.

Als ich den Eingang erreichte, kitzelte ich Dubis Rippen ein paarmal mit der Faust. Der Schwachsinnige fing wieder an zu grinsen und stierte mit seinen erloschenen Augen auf meine Titten.

Thérèse ist schon besser, schrie ich plötzlich Odelia zu, die dort, auf den Eisenstangen gegenüber, sitzen geblieben war und wie ein verdächtiges Objekt aussah. Vielleicht, weil mir Thérèse von Zola einfiel, die versucht, ihren bäuerlichen Ehemann umzubringen, deswegen mochte ich sie immer, und als ich ihre Geschichte las, fiel mir plötzlich auf, daß die Welt von all den Morden, die in den Büchern und sicher auch in Odelias Filmen vorkommen, längst eingestürzt sein müßte. Aber die ganze Zeit werden Kinder und Katzen und Hunde und Mäuse und Vögel geboren, Schwachsinnige, die träumen, und die Toten verkürzen die Tabelle des Schmerzes nicht. Ich schaute wieder zu ihr. Wer würde denken, daß sie bloß Putzfrau ist, daß ihr Vater sie dauernd anmacht, daß ihre Mutter chronisch krank in diesem fürchterlichen Krankenhaus liegt, den Namen ihrer Tochter öfter verwechselt, als man ihr das Bettzeug, das in keiner Kollektion, in keinem Katalog zu finden ist, auswechselt, nur zwei blaue Streifen auf jeder Seite, die Zeichnung einer Schlange und darunter der Name des Krankenhauses mit dem Geruch von Desinfektion.

Ich finde, daß Mathilde mir besser steht, rief sie zurück. Nicht Mathilda, Mathilde, präzisierte sie, als weine sie.

Dann werden alle dich Thilda nennen, stimmts, Dubi? Ich gönnte ihm noch eine Faust, nah an seiner zurückgebliebenen Leistengegend, die hervortrat.

Dubi klappte sich zusammen und grinste mit seinem entblößten Zahnfleisch. Dann fing er plötzlich wieder an, wie ein Motorrad zu röhren.

Nein, Idiot. Siehst du Thérèse dort? Von heute ab nennst du sie Mathilde, knurrte ich ihm ins Ohr und schaute wie eine Schlange zu Odelia.

Odelia kapierte. Untersteh dich, schrie sie und überquerte endlich die Straße, ebenfalls wie eine Blinde; es ist noch nicht endgültig.

Wumm ... wummm ..., ich schloß mich jetzt Dubis Motorradfahrt auf die Crashwand an, die in unseren Betonzirkus gelocht war, und einen Moment, bevor Odelia uns erreichte, stürmte ich die Treppe.

Erna Chandelier öffnete mir die Tür, den Kronleuchter auf ihrem Gesicht, zu ihren Seiten und hinter ihrem Rükken. Ich konnte das Fenster sehen und hinausschauen, das, unter dem wir vorher gestanden hatten, konnte sehen, wie alles von hier aussah, und mich mit den Unterschieden trösten. Aber Erna machte mit ihren purpurroten Lippen schsch… und stelzte barfüßig in einer Art ungeduldigem Balztanz über die Zeitungen, und als ich in den Kognakrachen des Storchenglases, das sie mir reichte, schaute, sah ich mit dem rechten Auge Schubert den Taktstock heben, und mit dem linken Auge sah ich Odelia, die, krumm wie ein Kleiderbügel, schon hinter mir schnaufte.

Von Claudius aus dem Buch verstand ich kein Wort. Gar nichts. Die Sätze blieben mir im Hals stecken wie Dattelkerne. Wie konnte das sein? Im Fernsehen stotterte er doch so deutlich, und ausgerechnet hier, im Buch, ohne all die Bilder und Kostüme, die die Phantasie einsaugen – verstand man gar nichts. Ich wollte es Dubek sagen, denn ich hatte gesehen, daß von dem Brett mit den frischen Büchern drei weitere Claudiusse fehlten, und bestimmt gab es Reaktionen – aber im letzten Moment hielt ich den Mund. Fehlte mir gerade noch, daß er anfängt, wegen des vierten zu jammern, das einfach so abgeschleppt worden war. Statt dessen beugt sich Dubek zu mir, mit seinem großen Mund, aus dem man das ganze Essen von gestern und vorgestern ausgezeichnet riechen kann, weil sowieso alles in dem riesigen Speicher bleibt, den er vor sich herschleppt, wie eine Orthodoxe in ewiger Schwangerschaft; beugt sich zu mir und fragt: Also? Hast du schon über mein Angebot nachgedacht?

Sein Angebot ekelt mich weit mehr, als der Knoblauchdunst, der mich einen Augenblick betäubt. Mach's dir mit der Hand, antworte ich ihm, obwohl ich normalerweise nicht so unflätig daherrede.

Dubek lacht, und sein ganzer Bauch wackelt. Mir fallen die Bilder aus der Bibel ein, die ich mir so gerne angeschaut habe, als ich an Gott glaubte und, in der Hoffnung, daß er mich von dort besser hört, aus dem schmalen Fenster in unserem Flur zu ihm betete, weil Sonja vorne raus unaufhörlich Teppiche ausklopfen muß und Dubi zwischen den Betonlöchern in den Tod prescht. Der Held Samson, das war das Bild, das ich am liebsten hatte. So ein gutgebauter Mann mit lehmfarbener Haut, und sein Haar – nein, was stand da? seine Haarflechten waren lang und indianerblau. Er steht in einer Art weißem, flatterndem Minirock da, und seine muskulösen Arme bringen die Tempelsäulen der Philister zum Einsturz, als wären es Streichhölzer. Alle rennen um ihr Leben, das ist hübsch: um ihr Leben, man kann die Augen voller Angst und Furcht und Panik auf Krücken richtig sehen. Aber in Wirklichkeit waren es Greise, mit faltig zerfurchten Gesichtern und glanzlosen Augen, deren Waren, meist Orangen und Feigen, aus riesigen Strohkörben quollen, da waren bewaffnete Wachmänner, von ihrer Adlernase abgesehen nicht weniger schön als Samson, erschreckte Kinder, die dünne Arme ausstrecken oder sich an Frauen klammern, die angezogen sind, daß einem die Augen übergehen, hauchdünne Saris, mit schweren Ohrringen und Zöpfen und Titten, und immer sind sie es, die als letzte fliehen. So, als könnten diese furchteinflößenden Säulen – furcht-ein-flößend: noch einmal rolle ich das Wort im Mund, um darin das schläfrige Monster zu hören – sie keinesfalls treffen. Im Gegenteil. Und ihre Augen, blau und türkis geschminkt, zwinkern sogar mit einer Art verzweifeltem Schielen dem Helden zu. Man könnte meinen, daß er, während er ihnen zeigt, was ein richtiger Mann ist, an etwas anderes denkt. Er denkt. Bestimmt denkt er. Einen Mann, der das nicht tut, gibt es nicht. Sogar Dubek hört nicht auf zu denken, während er Berge von Wochenendzeitungen auftürmt. Er stößt mich wie ein Vieh mit seinem lachenden Wanst an, und die kleinen, Knoblauch getränkten Rädchen in seinem Hirn knirschen vor lauter Gedanken.

Das mache ich, die ganze Zeit mache ich das, grinst Dubek. Aber du weißt, wen ich sehe, wenn ich es mache, nicht? Du weißt es.

Deine Frau, fange ich an zu lachen, noch lauter als er. Sowieso hört mich Gott, der erst recht ein Mann ist, nicht. Hat noch nie gehört. Anscheinend denkt auch Gott, wenn solche ordinären Mädchen zu ihm beten, die von hinten wie ein Junge aussehen und nur vorne diese Titten haben – wahrscheinlich denkt auch er inzwischen an andere Sachen. Stimmt's, Dubek, daß du sie siehst, deine Frau? Und nicht bloß in Bildern, sondern wie im Film: mal im Nachthemd, mal ohne, mal im Bad, wie sie sich wäscht, einseift, und dann im Bett, wie sie die Schenkel öffnet, schließt, öffnet, schließt, wieder öffnet, wieder schließt, um die Mücken zu vertreiben.

Dubek bleibt das Lachen im Halse stecken, plötzlich hat er einen Blick, als sei das Bonbon, das man ihm versprochen hat, bitter wie ein Alptraum.

Gila, willst du mich umbringen? Er wird ernst. Schau doch, was hast du denn zu verlieren? rechnet der Dreckskerl mir vor. Du kannst bloß profitieren!

Hoppla! Er hat sich schon einiges im Kopf zurechtgelegt. Ich schließe die Augen und sehe alles: rechter Lungenflügel: Sex. Und es ist Gila, die sich wäscht, auszieht, anzieht, die Schenkel öffnet und schließt. Linker Lungenflügel: Geld. Der stinkende Buchladen, seine widerliche Wohnung, noch ein kleinerer Laden in Holon und ein großer Wanst, unter dem die Taschen und der Schwanz sind. So läuft alles auf den einen Hirnfick raus, den man Mann nennt, der Held Samson, Gott, oder auch einfach, der Kürze halber, Dubek. Bei Erna Chandelier suchen die Lungenflügel wenigstens Schnäppchen, Gelegenheitskäufe, neue Möglichkeiten, wenn auch bei ihr wie bei mir und bei Odelia das Gehirn viel kleiner ist – das stand in irgendeinem Physiologie-Buch, das hier bei Dubek rumflog und nicht mehr im Unterrichtsplan war. Na und, stritt ich damals mit Dubek, der mich wahnsinnig macht, weil er wissen will, warum ich ihn die ganze Zeit stichele; bei uns ist die ganze Angelegenheit viel kompakter, effektiv. Bei euch Männern ist sie größer und schwerfällig. Geld und Sex, Sex und Geld. Wo sind denn deine Augen, Dubek, wo? Bei den Titten und den Rechnungen.

Gerade gestern haben wir für Erna zwei Haushalte gefunden, die zusammengepackt werden. Auswandern aus Israel. Preise wie im Ausverkauf. Und heute nachmittag haben wir schon eine Verabredung mit einem davon. Mal sehen. Und stell dir vor, es ist ein Vergnügen, mit Erna in diese Häuser kurz vor der Sintflut zu gehen. Weil man das Gefühl hat, daß wir es sind, die abreisen. Selbst wenn die Ärmsten schon mit den Koffern in der Hand die Türe aufmachen, und so wie wir – bloß ohne es zu merken – Wasser aus ihren Häusern machen. Aber im Hintergrund rechnet Dubek mir weiter vor: Du weißt, Gila, du weißt, was der Laden hier wert ist, zentral, an der Ecke, und wenn wir ihn ein bißchen herrichten, anstreichen, wird er Zucker aussehen, wie die Bibliothek, die du so gerne hättest. Denk daran, Püppchen; eine richtige Bibliothek nur für dich. Alles neu. Frisch aus dem Lager.

Und da soll man nicht lachen, kreische ich, was? Sich anhören zu müssen, daß ein so bescheuerter Mann wie Dubek versucht, mich mit Büchern zu bestechen, als wolle er nicht all die Bücher, die er mir zum Geschenk machen möchte, und in schönen, weißen Regalen, nicht in den Blechgerippen, die er hier hat – als wolle er sie nicht verkaufen. Die Bücher verkaufen, und seine Frau gleich dazu, um mir all die Schokoladen und Nachthemden zu kaufen, die er im rechten Lungenflügel hat, während der linke herumrechnet.

Hast du das gelesen? Dubek hat mir einmal einen Zeitungsfetzen, den er auf der Toilette gelesen hatte, gegeben. Schau, schau doch, wie viele Vorschläge es hier gibt, um es süßer zu machen. Man kann Marmelade oder Honig draufstreichen. Oder einfach Schokolade. Es gibt auch alle möglichen Sprays, wie die gegen Kakerlaken, die lassen ihn für eine Stunde steinhart werden, und sie schmecken wie Toffees.

Na, dann bitte sie doch, dich einzuschmieren, sage ich ihm.

Dumme Gans, antwortet er männlich, und schwer zu sagen, wen von uns beiden er nun meint; das einzige, das bei uns verschmiert wird, ist die Creme gegen ihre Schmerzen, jeden Abend auf den Rücken, und dann bringe ich sie zum Fernseher im Salon, genausogut könnte ich einen Toten tragen. Der Geruch von der Creme macht mich fertig. Also gehe ich schlafen, gehe schlafen und denke an Gila. Meine Gila. Sag schon, was denkst du, Gilusch? Der Gewinn hier ist groß. Du wirst Besitz haben, und mich wirst du haben, mit einem Ständer von zwanzig Zentimetern, als wären nicht dreißig Jahre vergangen. Und du wirst Bücher haben. Eine neue Wohnung voller Bücher. Du kannst sie reparieren, die Einbände machen, zählen, lesen, und mir machst du ein Kind.

Wegen ihres Rückens, fährt Dubek fort, sind alle Kinder, die ich ihr gemacht habe, ohne Spray, ohne Tricks, ohne irgendwas, bloß mit meiner Kraft netto – sind alle Kinder rausgefallen. Sie kann sie nicht halten. Wegen ihrer schwachen Rippen schafft sie es nicht, bis zum Schluß durchzuhalten.

Ihr hättet adoptieren können. Mich zum Beispiel hättet ihr adoptieren können.

Dich adoptieren? schüttelt sich Dubek. Wie kann ich dich adoptieren, wenn das, was ich von dir will, etwas ganz anderes ist, hm, Gila? Er schleckt mit seiner Knoblauchzunge nach mir und lutscht Luft.

Warum? Ich mache ihn fertig. Schau, Odelias Vater macht beides.

Zum ersten Mal an diesem Morgen dreht Dubek mir seinen gewaltigen Rücken zu. Plötzlich muß er was in den Rechnungen prüfen. Plötzlich ist der Tag zu Ende, und wir haben nicht einmal angefangen, das Lager aufzuräumen, wie wir geplant hatten, wie ich versprochen hatte. Der Lieferant soll um ein Uhr kommen, und nicht eines der Bücher, die Dubek zurückgeben will, ist in den Kartons. Denk einfach darüber nach, denk darüber nach, Gila, sagt er und geht, um sich den Mund mit der kleinen Flasche Pfefferminz auszuspülen, die neben dem Toilettenpapier steht. Ich habe nie kapiert, warum das immer so ist, wenn ich ihm von Odelias Vater erzähle, damit der Schmutz nicht nur bei mir bleibt, und weil Gott sowieso nichts hört, egal aus welchem Fenster oder von welchem Balkon man betet, obwohl Odelia sogar zu ihm hingeht, in die kleine Synagoge neben dem Rathaus, und etwas von ihrem Putzgeld fürs Renovieren der Stühle in der Frauenabteilung spendet, ihm alles erzählt, mit dem einzigen Buch in der Hand dasitzt, das sie noch liest, abgesehen von den drei Ann Maters, die sie von mir geliehen hat, um Eindruck zu schinden, Pustekuchen liest sie die, und bestimmt untermalt sie diese ganze Scheiße mit ihren Biskuittränen, die ihr langsam und präzise wie aus einer Infusion das Honiggesicht herunterlaufen, das von ihrem weichen, sesamfarbenen Haar umrahmt wird, denn Odelia sieht man von allen Seiten an, daß sie ein Mädchen ist, bei ihr irrt sich nie einer – und sogar dann hört dieses Arschloch nicht, und auch Dubek stellt sich taub, läuft los, um sich mit Pfefferminz zu desinfizieren, so als rieche er plötzlich, wie zur Strafe, den Knoblauch an sich selbst.

Schubert war Mensch der Dunkelheit, in der Tiefe, im schwarzen Meer leben er, sagte Erna Chandelier gestern, und Odelia, die das linke Auge war, hörte überhaupt nicht zu, denn wenn sie die enggedruckte Rubrik in der Zeitung lesen muß, dann konzentriert sie sich, als müsse sie den Claudius aus dem Buch lesen. Manchmal liest diese Idiotin sogar dieselbe Spalte zweimal. Schafft es nicht weiterzurutschen. Bleibt an einer langweiligen Haushaltsauflösung hängen, bis Erna in die Luft geht.

We-gen Rei-se, gün-stig, liest Odelia jedes einzelne Wort, als sei es was Besonderes wie Spinnerei, Haus-halts-auf-lösung nun, zwei Punkte; wie sagt man zwei Punkte, Gila?

Doppelpunkt.

Gut, also Doppelpunkt, Elektro-gerä-te, Mö-bel, Bücher, Bilder und Klei-dung. Telefon … nicht am Scha-bbat.

Und wie an jedem Schabbat muß man bei ›Haushaltsauflösung‹ verharren und ihr erklären, daß die Auflösung eines Haushalts weder eine Chemikalie noch die Antwort auf eine Abifrage ist.

Ah, kaut Odelia am Stift und malt ein X, denn das ist es, was Erna ihr hinter ihrem langstieligen Storchen-Kognak bedeutet.

Erna, habe ich sie gestern gefragt, weil dieser Kognak mein Hirn zusammenschrumpfen läßt, bis es noch kleiner ist als sonst, sag mal, wo sind denn deine Titten?

Fff... atmete Erna aus. Eine Frau zu sich selbst nicht sagen Wörter von Männern. Sag Brüste, Kind, oder Äpfelchen.

In Ordnung, ich schämte mich. Wo sind sie?

Erna Chandelier richtete ihre Hühnerbrust auf und brachte einen wundervollen Satz hervor, der völlig ausreicht, um sich zu berauschen: Sind ins Nichts zerronnen, Kind. Gluck. Gluck. Ins Nichts.

Ich lachte in den Kognak, und ein paar bräunliche Bläschen bildeten im Glasbauch meines Storchen Ballons.

So ist das. Die Männer haben sie essen, bis sie jetzt Platte sind. Ich umarmen sie im Ärmel von Franz' Liebestöter. Sein Ratschlag. Und Andenken. Um sie aufzuheben. So ist es auch wärmer, lachte Erna. Ich sah, daß der Lippenstift ihr wieder vier obere und einen unteren Zahn verschmiert hatte. Einmal, als wir die ersten Male bei Erna waren, um ihre Augen zu sein, verspottete Odelia sie laut und sagte, Frau Erna, Listenpift – Odelia vertauscht immer die Buchstaben – ist keine Zahncreme, man muß aufpassen. Und Chandelier zwickte sie bloß in ihre Sahnewangen und sagte ihr, Kindchén – so nennt sie sie, Kindchén, auf der letzten Silbe betont, so als habe sie keine Hoffnung, daß Odelia je erwachsen würde und aufhöre zu beten und mit ihrem Putzgeld den Arrak des Schammes zu finanzieren –, du weiß nicht, was Wind in den Händen ist, wenn die Zähne bloß tak-tak-tak machen. Schon da ging mir in meinem kleinen und kompakten Hirn auf, daß man am Schabbatmorgen zum Augendienst bei Chandelier nicht ohne Notizbuch kommen darf, denn wer weiß, welche Perlen ohne die mindeste Anstrengung hineinfallen werden. Gestern, nach dieser Bombe mit den Äpfelchen, schüttelte ich den Kopf und holte es heraus, um sie unter der Überschrift einzutragen: Erna Chandelier – Nachbarin im Wohnblock – zweiter Stock – und eine Spezifizierung in Klammern: (Kristallleuchter, Kognak, Schubert, Haushaltsauflösungen und Schnäppchen), in der Hoffnung, daß dies, falls ich überfahren werde und das Gedächtnis verliere – was sowohl bei Ann Mater als auch bei Cartland pausenlos passiert –, ein Licht in einem Hirn aufgehen lassen wird, das dann schon nicht mehr effektiv und kompakt, sondern klein und zerquetscht sein wird.

Wenn ich überfahren werde oder einfach so einen Unfall habe, aufstehe und mich gar nicht erinnere, daß du Dubek bist – was wäre dann? Ich probiere meine Rätselfragen weiter an Dubek aus, der sie – der Mentholflasche zufolge, die viel schneller als das Toilettenpapier ausgeht – verabscheut, wobei Dubek eh die alten Zeitungen benutzt, die er nicht zurückgeben kann.

Jetzt vermischt sich der Knoblauchgeruch Dubeks mit dem des Menthols, die Verbindung ergibt so eine Art Menknob, der zusammen mit dem Hifick kaum auszuhalten ist. Jedenfalls schätze ich ihn dafür, daß er sich so von Odelias Vater distanziert, auch wenn er es bestimmt bloß aus Schwäche tut. Wenn ich – hat er mir einmal weinerlich bekannt, als wäre ich der Gott von allen –, wenn ich so eine gute Tochter wie Odelia hätte, würde ich sie zu Hause nicht mit einem dreckigen Finger anfassen. Und wenn ihr so eine Scheiße draußen passierte, würde ich mich umbringen!

Vielleicht ist der Satz nicht weniger kompliziert als die von der Chandelier, aber weil die Chandelier ihren eigenen Stil hat, von Schubert begleitet und dem Duft des Kognaks – verewige ich sie in meinem Notizbuch, während es mir genügt, mich in meinem kleinen, kompakten Hirn an Dubek zu erinnern, bis ich überfahren werde.

Ich gucke Dubek an. Er hat sich beruhigt und fängt an, die Bücher für den Lieferanten, der um ein Uhr kommen soll, zu ordnen. Hinterm Ohr hat er einen Stift wie eine Antenne und vor sich eine lange Liste.

Warum solltest du überfahren werden, behüte Gott! antwortet Dubek mir. Es ist verboten so zu reden, hörst du, Gila, verboten! Und das ist alles, was er aus sich herauszuholen weiß, wenn er einfach Dubek, ohne irgendein Bekenntnis, ist und seine beiden furchteinflößenden Lungenflügel in Berechnungen versunken sind.

Bleibst du bis ein Uhr? will er wissen, als ob ich wegen irgendeines armen Claudius', der im Buch nicht einmal zu stottern vermag, dazu verurteilt wäre, den ganzen Tag hierzubleiben.

Nein, sage ich ihm und bin endlich damit fertig, die Mathematikbücher durchzusehen, die ohne das Blatt mit den Auflösungen herausgekommen sind, weswegen die Schüler sie zurückgebracht haben, denn warum sollten sie die Rechnung plötzlich alleine machen, wie Dubek? Wir begleiten am Nachmittag Erna, um irgendeiner Familie zu helfen, sich aufzulösen, ich hab' es dir doch schon gesagt.

Dubek sagt nichts. Er kann Erna Chandelier nicht leiden und glaubt, daß sie schlechten Einfluß auf mich hat. Außerdem liest Erna Chandelier nur eine tschechische Zeitung, die jeden Freitagmorgen wie ein Keimling aus ihrem Briefkasten heraussprießt, und trotzdem klaut sie ihr kein Kind, um hinter dem Wohnblock draufzuscheißen, wie sie es bei Odelias Vater machen, der ›Gebrauchte Autos‹ abonniert hat. Dubek hat keine fremdsprachigen Zeitungen, bloß hebräische, und Ernas tschechische Zeitung schüchtert ihn, ebenso wie sie selbst, ein bißchen ein. Ich habe ihm schon mal gesagt, wenn er eines Tages seine Alte umbringt, wie der, der sich die ganze Zeit den Kopf in den verschneiten Straßen von Sankt Petersburg zerbricht – dann hat Erna eine tolle Ritterrüstung, in die man jede alte Schachtel hineintun kann, um sie im Winter in den Jarkon zu schmeißen, und überhaupt, wenn er so viele Eier hätte, wie Erna Schekel hat, dann könnten wir Odelias Vater längst in das schwarze Meer von Schubert verfrachtet haben.

Woher hat die Meschuggene diese Rüstung? hat Dubek mich damals gefragt. Aber ich habe es ihm nicht erzählt, weil er das nicht wirklich gefragt hat. Er wollte nur wissen, woher die Chandelier so dicke Haut hat, daß sie es alleine, ohne Mann – auch wenn die bei ihr mal Schlange gestanden haben, dem Lippenstift und den Äpfelchen, die zu Nichts zerronnen sind, zufolge – fertigbringt, die ganze Welt zu kaufen und mir solche Märchen zu verkaufen.

So, ich bin fertig, verkünde ich, als alle mathematischen Probleme eines über dem anderen, ohne irgendeine Lösung am Ende, auf einem vorbildlichen Stapel liegen.

In Ordnung. Wenn der verdammte Russe kommt, kriegt er den ganzen Haufen direkt in den Arsch, verflucht Dubek den Lieferanten.

Übrigens, als er das letzte Mal hier war, hat er da nach mir gefragt? Ich probiere es mit einem leichteren Rätsel.

Dubek hört nicht. Das Menthoknob verstopft ihm jetzt die Ohren. Denk über mein Angebot nach – hörst du, Gila? Denk mal an die zwei widerlichen Jahre bei der Armee, die du dir ersparst; plötzlich fällt ihm ein, daß er das seiner langen Liste ja hinzufügen kann.

Wiedersehen, sage ich und gehe hinaus. Draußen ist es ein bißchen kühl. Mein Studentenmantel fällt schon auseinander, aber die Taschen sind noch in Ordnung, sie sind neu, von dem giraffenfarbenen Militärmantel im Zebramuster, den mein Vater aus irgendeinem aufrührerischen Land über vielen, vielen Meeren mitgebracht hat. So haben viele Geschichten angefangen, die ich gelesen habe, als ich ein Kind war: es war einmal ein fernes Land über dem Meer ... Aber der Kitschroman, den ich vorhin von Dubek gemopst habe – als Entschädigung für den Claudius, der mir ohne jeden Nutzen die Bibliothek aufblähen wird –, tröstet mich ein bißchen. Irgend etwas über eine arme und verwirrte Lehrerin, die sich heftig in den Schulleiter verliebt hat, ein Witwer mit Kind, der ihre Liebe auf dem Jahresausflug der Schüler zurückweist, so daß sie in ihrer Verzweiflung das Auto nimmt, die Herrschaft darüber und dann das Gedächtnis verliert. Und ich denke an all die Toiletten, die dieser Kitschroman durchlaufen hat, bis er in meine Tasche gelangt ist, um, wenn er nur hält, was der nette Klappentext verspricht, sogar für alle Ewigkeit in meiner Bücherei bleiben zu dürfen. Dann fällt mir noch ein, daß ich die Nummer von dem Maniak David, der Schifra liebt, vom letzten Kitschroman ausprobieren muß, obwohl es vielleicht besser ist, den russischen Lieferanten zu ermutigen, der gesagt hat, er heiße Jefim, Jefim irgendwas, Jefim, der Lieferant. Gila, die Frau des Bücherlieferanten, oder Gila, die Frau des Buchverkäufers Dubek, oder vielleicht Gila, die Frau des Helden Samson, die Frau Gottes – Gila, Niemandes Frau, die Frau des Maniaks David, der Schifra liebt, der Odelia liebt, der Kindchén mit keinem einzigen schmutzigen Finger berühren wird, dafür aber mit allen zehn Fingern Gilas gespreizte Beine, ihre Äpfelchen, die noch nicht zu Nichts zerronnen sind, sich noch aufrichten wie die Säulen eines Tempels, die um ihr Leben kämpfen, und auf dem Weg wird er vielleicht noch alle zehn auf den zerfurchten Hals der Chandelier legen, deren Augen keineswegs stumpf sind, sondern wie die eines Raubvogels nach Aas Ausschau halten, nach allen möglichen hartherzigen Schulleitern und Matrosenvätern und Zuhältervätern und werdenden Vätern. Und was den Lieferanten angeht, er ist ja nicht schuld, daß da keine Auflösungen hinten in den Büchern sind, er bringt und holt sie nur ab, er ist nicht Gott.

Später, als ein Touristenbus ohne Touristen mich fast überfuhr, weil er plötzlich wie ein Ungeheuer in all seiner Bedrohlichkeit erwachte, – dämmerte mir, daß ich mir auch schon Namen suche, wie Odelia, und das gefiel mir überhaupt nicht. Denn ich möchte Gila bleiben. Gila, die Bücher liest und Zeitungen sortiert, um noch mehr Bücher zu lesen.

Und Wörter zu retten. Wäre der Claudius nicht so ein Fehlschlag, würde ich gerne ihn heiraten, um der Armee zu entgehen. Sagen wir, Gila Claudius, die Frau des Stotterers. Dann würde ich in sein antikes Rom ziehen und mit ihm in pergamentenen Togen alles auf den Kopf stellen, mit Intrigantenfesten und Hirschfleisch und Datteln.

Als ich nach Hause kam, stürzte ich mich erst einmal auf den alt-neuen Kitschroman und ärgerte mich schrecklich, daß in der Mitte drei Seiten fehlten. Ich schäumte vor Wut, aber wie sich beschweren, wenn man die Bücher mitgehen läßt? Also fügte ich in dem fehlenden Stück, nachdem die arme Lehrerin das Gedächtnis verloren hat und bei der Schwester des Schulleiters zu sich kommt, der sich allmählich doch in sie verliebt, drei Ficks ein, einmal für jede Seite. Und dann las ich weiter bis ans Ende und dachte die ganze Zeit, daß das eigentlich auch für die Mathematikbücher ohne Auflösungen ein guter Einfall sei, und vielleicht ist das überhaupt die Lösung für Jefim, den Lieferanten, der auf seine Weise fast genauso ernsthaft ist wie Dubek und außerdem einer der wenigen, die fast gar nicht auf meine Äpfelchen, sondern mir in die Augen schauen. Sicher sucht er dort meine Lungenflügel, die ganz in Ordnung sind, oder er zerbricht sich an meinen Iris einfach den Kopf darüber – welche Nummer ich für meine Wassermelonen brauche, damit sie aufrecht stehen.

Ich schaute auf die Uhr. Wieder war es vorbei mit dem Licht. Und über das Ende der Lehrerin, die den Schulleiter heiratet, der jetzt wie Toffee an ihr klebt, las ich schon in einer Art Dunkelheit, denn das Wort Dämmerung verabscheue ich. Von unten rief Odelia mich zu Erna, falls ich es vielleicht vergessen hätte, weil wir doch ausgemacht hatten, zusammen diese Familie aufzulösen, die man am Schabbat nicht anrufen darf und die das Land verläßt und den Haushalt auflöst.

Noch einmal schaute ich verächtlich auf den Claudius, mit dem nichts anzufangen war, und lief hinunter.

Hi, Thérèse, sagte ich ihr, immer noch blinzelnd, weil ich mir die Augen beim Lesen versaue. Aber sie guckte bloß hinter sich, um zu sehen, wen ich meine.

Von hinten kommt Erna, begleitet von Erna und von Chandelier. Der Held Samson, tonfarben, in seinem weißen Minirock und mit all seinen Muskeln, hörte sofort auf, sich mit den Marmorsäulen abzugeben, und beruhigte die ganze Angelegenheit wie die Russen auf dem Platz, die Hochzeitsteller auf Metallstäben zum Zittern bringen, für Wodka und damit Erna unversehrt über die letzte, zerbrochene Treppenstufe kommt.

Mist, du Trottel! sagte ich laut, und Odelia lächelte mich endlich an, weil sie dachte, ich meine sie. Ich habe mein Notizbuch vergessen!

Am Telefon hatte er erklärt, daß man nach der zweiten Kreuzung abfahren muß. Aber Erna schlief an mich gelehnt, und ich war in das Notizbuch, das ich vergessen hatte, versunken, und es stellte sich heraus, daß Thérèse sich den ganzen Weg über an einem Besenstiel festgehalten hatte, den irgendeine alte Schraube von ihren Einkäufen mitgebracht hatte. Kein Wunder, daß wir nicht an der richtigen Station ausgestiegen sind!

Das Lachen, das Erna aufweckte, war ansteckend. Odelias Sahnewangen wurden so rot, als habe sie jemand mit einem Kilo Erdbeeren vermatscht, und sogar der Fahrer reckte sich nach dem länglichen Spiegel über ihm.

Nur einem Idioten wie dir kann das passieren, sagte ich Odelia, als wir Erna halfen auszusteigen. Das Blau, das sich über Ernas Augen schloß, war etwas zerlaufen, und sobald sie sicher stand, holte sie den kleinen Silberspiegel heraus, um es zu richten, als sei sie ein frisches, waches Bild, das jemand versehentlich verhunzt hat, als er den Maler anrempelte.

Bei dieser Gelegenheit frischte Erna auch den Lippenstift

auf, diesmal ohne daß die Zähne verschmiert wurden, weil sie die zu Hause vergessen hatte.

Ihr für mich sprechen, bat Erna hinter dem Spiegel in ihrer Hand.

Ach, du willst nicht, daß wir auch hinschauen? wunderte sich Odelia.

Nein, alles in allem meine Augen ausgezeichnet, ärgerte sich die Chandelier.

Gut, lächelte ich; ich wandte mich an Odelia – bist du die Oberlippe oder die Unterlippe?

Odelia drehte einen Zopf an ihrer Schläfe, die wieder ihre gewohnte Sahnefarbe hatte, und faßte die parfümierte Achsel der Chandelier unter. Der falsche Pelzmantel Ernas raschelte vor lauter Vornehmheit, und die blitzende Brosche an ihrem Kragen paßte gut zu den orangen Lichtern des Minimarktes, bei dem wir ausgestiegen waren, die »Zustellungen frei Haus» beleuchteten.

Gehen wir endlich. Sonst ist nichts mehr übrig, bis wir da sind. Ich zog die Hände aus den Militärtaschen meines Studentenmantels, den ich wegen der Äpfelchen fast immer – egal ob es warm oder kalt ist – trage, und griff die zweite Achsel.

Chandelier war gereizt: Du, Kindchen, wirst es mit deiner Naivité weit nicht bringen. Wer im Autobus festhält, wie im Leben, muß wissen, was das Ende ist. Verstehen, Kindchen? Für was festhalten? Entweder den ganzen Weg sitzen wie Erna, an Platz, oder selbst gerade stehen wie Besenin, mit Würde!

Das »es war kein Platz mehr« war Odelia übers ganze Gesicht geschmiert, doch ich brachte sie über den Kopf von Chandelier hinweg zum Schweigen und strengte mein Kompaktes an, um die Perlen abzuschöpfen.

Als ich sah, daß Erna sich unterbrach, um Atem zu holen, sagte ich ihr, es gäbe keine Besenin.

Aber was ist seine Frau? wunderte sich Chandelier.

Es gibt sie nicht. Ein Besen ist nur männlich, erklärte ich

ihr, während ich mit Mißfallen sah (ein richtig beängstigendes Wort in all seiner Strenge), daß Odelia nach einem Stand mit billigen Ohrringen, glitzernden Ketten und Kopftüchern schielte und deswegen die linke Achsel ein bißchen fallen ließ.

Ah, sagte Erna genüßlich. Das ist sehr gut. Ausgezeichnet. Das erste Mal, daß es im Hebräischen gerecht zugeht. Nicht immer, sagte ich ihr und zwickte Odelia in die Schulter, um sie zu Chandelier zurückzubeordern. Uterus, weißt du, ist ausgerechnet männlich.

Uterus ist widerwärtiges Wort, sagte Erna und kämpfte, damit etwas Luft durch den Panzer ihres Pelzes dringe.

Nur einen Moment, ich bin gleich zurück, bettelte Odelia.

Untersteh dich, sagte ich ihr. Wir sind schon da. Hier, 37. Wir brauchen 35, zweiter Eingang. Die Ohrringe werden schon auf dich warten.

Aber da war was Tolles, sagte Odelia. Lange Ohrringe, genau zu dem neuen Mini, den ich in der Boutique, ich hab' dir doch erzählt, gekauft habe.

Dein Vater liebt dich auch so, sagte ich grausam, was Odelias zitternde Hand auf Chandeliers linker Achsel sofort erbleichen ließ.

Gemeines Stück, flüsterte Thérèse.

Ich dachte: Das bist du selbst. Anstatt deinen Verstand wenigstens so gut wie die Paneele zu polieren, hast du nur Broschen und Ohrringe im Kopf. Wozu hätte ich dir fast von der erzählt, die wegen irgendeiner lumpigen Kette zur Sklaverei verdammt ist? Statt dessen sagte ich laut: Hast du das Schloß schon angebracht?

Ich sagen ihr, Erna wurde wieder lebendig. Ich sagen: jedesmal wenn nötig, zu mir herunterkommen. Erna zu Hause. Dunkel oder Lüster.

Odelia heftete die Augen auf ihre häßlichen Schuhspitzen und sagte nichts.

Vielleicht geht es ihr gut dabei, endlich fühlte ich mich

wie Samson. Vielleicht geht es ihr so gut dabei, daß sie bei der Polizei ihren süßen Mund nicht aufmachen wird.

Aber Thérèses Laune war dahin, und ihre Schuhspitzen verlängerten sich ins Unendliche.

Uterus ist widerliches Wort. Muß anderes finden. Wort von einer Frau, wie im Tschechischen. Das ist Ort einer Frau. Da ist nicht mal Zipfel eines Mannes. Auch für den Ort muß man Name einer Frau finden, kicherte Chandelier. Deswegen Franz hat gesagt Ernika. Ganz richtig. Jede Frau und ihre Ernika. Privat. Intim. Wie Name. Und auch Franz wollen keine Kinder, begann sie plötzlich vor sich hinzuplappern. Auch Erna nicht. Weil im Koffer von Franz nur Socken sind, kein Geld. Jeden Morgen von sieben Uhr in der Frühe stehen mein Mann am Kikar haMoschawot mit Socken über alle Hände gehängt. Stretch. Nylon. Wolle. Extra Ware. Geht in Wäsche nicht ein. Farbe geht nicht ab. Und Geld nur für Erna. Schokoladen. Marmelade. Weil Erna gut ist – ist Franz zu Ernika süß. Aber keine Gesundheit, um Kind zu geben. Kein Platz. Auch vom Hirn. Vom Denken. Socken vielleicht, aber Schuhe für Kind sind nicht. Wenn du heiratest mit Dubek bloß für ein Kind – ohne Verstand. Hat in seinem Koffer zwar Geld, aber gibt es nicht. Nur Bücher. Und du und Kind, Bücher nicht essen. Nur Brille den Augen. Ohne Blau. Ohne Farbe. Haben sie dort schreiben Mixer? Verkaufen auch Mixer? Erna braucht solchen Mixer, wie in der Zeitung. Im Bild. Mit Messer im Deckel. Rührt sich um von oben. Modern. Kompakt. Sind Wörter, die brauchen Auflösung. Verkaufen. Bis zu neue Sprache. Besser, wenn Kindchen nicht Besen hält im Autobus, dann Erna keine Schmerzen vor Lachen. Jetzt ist keine Luft. Aber Besen ist gut. Gerecht. Uterus nicht. Braucht einen Ort nur für Frauen. Mit Dunkelheit, mit Blume. Wie der Garten einer Frau. In 35 ihr für Erna sprechen. Gibt keine Zähne. Im Kognak vergessen. Zu Hause. Und wenn für Kindchen noch einmal Gefahr – muß sie schnell-schnell zu Erna kommen. Genug. Nicht fürchten, ja? Erna hatte jetzt eine beträchtliche Menge des saftigen violetten Lippenstifts abgeleckt, und ihre Zungenspitze rollte im Mund wie eine Weintraube.

Vorwärts, wies ich Odelia an, die von dem Wortschwall der Alten verwirrt war. Vorwärts, wiederholte ich, Erna atmet schon wieder.

Der Mann, der uns die Tür öffnete, war zerknittert, als habe er vor dem Einschlafen vergessen, seinen Körper auf einen Stuhl zu hängen, und sich nach dem Aufstehen nicht die Mühe gemacht, ihn zu bügeln. Aber sein Haus war ordentlich. Verpackt. Große Schachteln, die wie Legosteine übereinander gebaut waren.

Wir setzten Erna vorsichtig bei der Tür ab, auf einem Stapel alter Telefonbücher, und baten um ein Glas Wasser.

Ein kleines, barfüßiges Kind rannte los, um es zu bringen, und schaute Chandelier an, als sei sie eine Hexe ohne Besenin.

Etwas Besonderes, flüsterte Erna hinter ihrem Glas.

Ja, sagte ich mit der vertrauenerweckenden Stimme Dubeks, mit der er mit den Lieferanten verhandelt, haben Sie etwas Besonderes?

Odelia hielt die linke Achsel fester denn je, so als würde Erna nicht sitzen.

Besonderes? spitzte der zerknitterte Mann die Ohren.

Ja, etwas Antikes. Handarbeit. Einen neuen Mixer mit dem Messer oben.

Die Elektrogeräte haben wir schon verkauft. Spottbillig. Schade. Aber meine Frau hat ein paar Gobelins. Sarah? schrie er zur Küche; verkaufen wir deine Gobelins?

Nur über meine Leiche! kam die Antwort.

Das Kind stand da, kratzte mit dem einen Fuß den zweiten und zeichnete von fern mit seinem Finger verwundert Ernas Konturen nach.

Der Zerknitterte kicherte verlegen, gut, das ist Handarbeit.

So etwas ist gemeint, sagte ich. Haben Sie Antiquitäten? fügte ich voller Abscheu hinzu und schaute zu den eins, zwei, drei polierten Möbeln und der zusammengeschnürten Kredenz, die von der Wand weggeschoben war.

Es gibt Sarah, lachte der Dummkopf.

Nur über meine Leiche, wiederholte Sarah aus der Küche.

Erna zeigte plötzlich auf das Kind. Odelia schreckte zusammen.

Nein, flüsterte ich, sie zeigt nach oben.

An der Wand über dem barfüßigen Kind hing eine merkwürdige Uhr, aus grobem Holz geschnitzt und mit durchsichtigem Lack glasiert. Die nachlässigen Plastikzeiger zitterten zu langsam über die rauhe Rinde.

Ah, das ist ein Andenken vom Militär. Ein guter Freund von mir hat sie mir gemacht.

Das bemalte Gesicht Ernas wurde von Minute zu Minute blasser, wie immer, wenn sie ein Auge auf etwas geworfen hatte. Ihr bloßes Zahnfleisch kaute an dem violett geküßten Glas.

Sie werden Schwierigkeiten haben, es mitzuschleppen. Der Zoll und all das. Wohin reisen Sie denn überhaupt? fragte ich freundlich.

Nach Südafrika, für zwei Jahre, von der Fabrik; er versuchte, sich noch gerader zu richten.

Das Kind näherte sich Erna, den Finger in den Mund gestopft. Erna funkelte es mit ihrer falschen Brillantbrosche an, als versuchte sie, es zu verhexen. Ein paar Minuten stand es dort, dann flüchtete es zu seiner Mutter.

Kommt nicht in Frage, rief Sarah wieder aus der Küche.

Aber es geht um die Uhr. Du hast sie immer gehaßt, heulte der Mann wütend auf.

Nein, das Kind. Er will die Alte für die Sammlung. Ist da überhaupt eine Alte? fragte Sarah interessiert.

Odelia fing an zu kichern. In den vergangenen Minuten war sie endgültig mit der linken Achselhöhle verschmolzen und hatte völlig vergessen, daß sie auch als Unterlippe hier war.

Gibt es, errötete der Zerknitterte. Nun, was sagst du zu der Uhr?

Über meine Leiche, flüsterte Odelia einem der Koffer zu, die wie wir im Eingang standen.

Die Uhr geht in Ordnung, stimmte Sarah zu, und ihre Stimme wurde weicher. In der Küche begann das Kind zu weinen.

Ich weiß nicht, kratzte sich der Zerknitterte. Das ist ein Geschenk von Ehud. Erinnerst du dich, Ehud Schwarz aus der Armee, der geschieden ist, dessen Frau jetzt mit diesem Baumenschen verheiratet ist. Er hat es mit der Hand geschnitzt. Erinnerst du dich?

Geschnitzt, gschenitzt, sagte Sarah.

Gut, sagte ich, als ich die Zahl sah, die in Chandeliers Augen blitzte. Fünfzig?

Fünfzig!? Mindestens zweihundertfünfzig, stöhnte der Zerknitterte.

Höchstens siebzig, sagte ich unnachgiebig. Sowieso müssen wir dann nicht nur sie, sondern auch noch die Uhr schleppen. Wir sind mit dem Autobus gekommen.

Sarah – soll ich in siebzig einschlagen? schrie der Zerknitterte.

Das Kind kam zurück. Es hielt eine häßliche Gespensterpuppe in der Hand und wedelte damit vor Erna herum. Aber mit der zweiten Hand strich es über ein rotes Ohr.

Erna bedeutete ihm, näher zu kommen, und steckte drei Scheine in seine Tasche.

Was für eine Sammlung hast du? nervte Odelia ihn.

Chandelier schickte sich an aufzustehen.

Jetzt bist du für zwei Achseln verantwortlich, sagte ich zu ihr und streckte zwei kräftige Jungenarme nach der idiotischen Uhr in dem Holz aus.

Der Zerknitterte ließ die Schachtel auf mich fallen, nicht ohne mit dem Ärmel über meine Titten zu gleiten. Hurensohn, flüsterte ich den Zeigern zu, ohne darin Befriedigung zu finden, aber ich wußte, daß er mich gehört hatte.

Sagen Sie, fragte ich laut, bevor er die Tür hinter uns zuzog, wächst dieses Ding noch?

Sarah stand plötzlich vor ihm und zog den Kopf des Kindes mit Gewalt nach drinnen. Wir geben die siebzig nicht zurück! sagte sie und knallte die Tür zu.

Erna, ich glaube, wir müssen deine Uhr in einen Blumentopf tun, sagte ich, bevor wir das Treppenhaus verließen.

Plötzlich hob Erna überrascht die Hand. Noch immer hielt sie das violett geküßte Wasserglas in der Hand.

Lassen wir es eben hier, sagte ich, oder wir tun es in den Briefkasten.

Bist du verrückt!? schauderte Odelia. Es ist noch Wasser drin.

Jetzt nicht mehr, sagte Erna und trank einen letzten, großen Schluck, als sei es Kognak. Dann hielt sie das Glas gegen das Neonlicht im Eingang. Es war ein normales Küchenglas, ein Wasserglas, doch Erna sah verborgene Storchen darin.

Nehmen wir auch, sagte sie.

Das Glas stieß im Gehen leicht gegen das glatte Holz und gab einen dumpfen Ton von sich, den Erna genoß, als habe ihn Schubert komponiert.

Die Zeit anders vergehen mit solcher Uhr! verkündete sie. Holz hat andere Zeit. Kreise. Nicht vorwärts, wie alle denken.

Es gelang Odelia, die Tür mit dem Hintern aufzustoßen, ohne Erna loszulassen, deren parfümierte Achsel sich leicht nach oben verzog, und es war sogar noch Platz für meinen Fuß, bevor die Tür die Schachtel zweiteilte.

Wenn im Autobus kein Platz ist, dann sitzt Erna, und auf ihr drauf die Schachtel, drohte ich hinter dem Karton.

Wird gut sein, sagte Erna. Die Zeit vergehen langsam.

Odelia schloß den letzten Knopf des Pelzes an Ernas morschem Hals und bemühte sich, nicht zu den Ohrringen in dem Büdchen zu schauen. Die orangen Lampen des Minimarkts beleuchteten noch immer die »Zustellungen frei Haus«, doch Ernas Brosche, die diesmal auf der anderen Seite war, glitzerte nicht.

Wenn du einmal willst, Kindchen, ich geben dir Ohrringe. Ich habe viele zu Hause.

Auch von den Auflösungen?. tuschelte Odelia und paßte auf, daß Erna nicht in der Schlammpfütze vor dem Gemüseladen ausrutschte.

Nein. Von Franz. Von Franz für seine Ernika, erklärte sie, und man sah, daß sie fror, denn sogar ihr Zahnfleisch wurde blau.

Aus der Schachtel tickte die Uhr weiter gegen meine Titten. Sie war nicht schwer. Ich hätte die Augen schließen und den Holzfäller sehen können, der sie geschnitzt hatte; nicht Ehud Schwarz aus der Armee, dessen Frau einen Baulöwen geheiratet hatte, sondern einen echten, dämonischen Troll, mit einem Filzhut, einer Filzkirsche, Schuhen aus Kalbsleder und hervorstehenden Augen. Ich konnte ihn auch einem der unzähligen Bücher, die ich gelesen hatte, zuordnen, wobei es unwichtig ist, ob da etwas über ihn geschrieben steht, so wie ich mir vorstellen konnte, diese ganze Armee, die in Form eines widerwärtigen Einberufungsbefehls bei mir auf dem Tisch liegt, sei nichts weiter als eine sprachliche Erfindung, womit allerdings auch Dubeks Kind etwas echter wurde. Doch ebenso wie Erna fürchtete ich mich vor der Pfütze, so daß ich die Augen nicht schloß, sondern zur Uhr hineinblinzelte.

Man sah die Uhrzeit nicht. Die Uhr lag auf dem Bauch, als hätte auch sie Seitenstechen vom Gelächter über Odelia, und manchmal stößt sie mich richtig ab, obwohl sie bloß ein kleiner, gefällter Baum ist, nicht der ehrwürdige Holzfäller in höchsteigener Person. Ich überschlug, wieviel Uhr es sein müsse, und ignorierte, daß ich eine Wanduhr in den Armen hielt, weil es Situationen gibt, in denen das bedeutungslos ist und man die ganze Arbeit allein machen muß, und ich wußte, daß Jefim bestimmt schon mit all den Mathematikbüchern ohne Lösung gegangen war, traurig vor allem darüber, daß ich nicht da war, denn das hätte ihn getröstet. Auch Dubek ist jetzt dabei zu schließen. Er nimmt die Besenin aus dem Lager und wirbelt den Staub von einer Ladenecke in die andere, weil die Schaufel verschwunden ist und er eine neue zu kaufen vergißt. Ja, es könnte nett sein, einmal mit Jefim ins Kino zu gehen, wie er vorgeschlagen hat, damals, im Laden, während er darauf achtete, mir in die Augen zu schauen, das heißt, bevor ich meine Gilinka dem Hirnfick ausliefere, fast sicher, daß Jefim einwilligen würde, Gilinka zu sagen, oder Frauengarten, fast sicher, Dubek dagegen bestimmt nicht. Er würde es so nennen, wie man es immer nennt, und in aller Kürze. Aber wenn ich mit diesem Jefim ins Kino gehe, dann nur in einen Film, der aus einem Buch geboren ist, denn sonst könnte ich ebensogut den neuen Mini von Thérèse aus der Boutique anziehen, auch wenn ich mich an kein Wort von dem, was sie erzählt hat, erinnere, und mir statt ihrer Ernas gläserne Ohrringe auszuleihen.

Nein, Claudius würde besser passen, wenn er nicht ins Fernsehen eingesperrt wäre. Aber genug. Warum war ich von ihm enttäuscht? Ist Dubek vielleicht besser?

Die Uhr schlug in der Schachtel. Sie hatte einen dumpfen Klang, als ginge sie im Holz tatsächlich langsamer.

Die Zeit von Holz geht in Kreisen, wiederholte Erna.

Ja, sechzig Kreise süßen Harzes. Marmelade. Aber wohin um Gotteswillen würde sie dieses Monstrum hängen? Ihre Wände platzen eh schon.

Es ist nicht so, daß er mich richtig anfaßt, nicht immer, tickte Odelia mit einemmal unter Chandeliers Armen, als habe Erna plötzlich die quietschende Feder im Rücken einer ihrer modrigen Batistpuppen aufgezogen. Er guckt nur, steht da und guckt. Ganz lange. Aber es ist schrecklich, es ist schrecklich, weil er sich danach bestimmt selbst…, weinte Thérèse jetzt, als bete sie, und es war nicht mehr festzustellen, wo ihre Hände und wo die parfümierten Achseln der Chandelier anfingen.

Wenn du zur Polizei gingst, würde das nicht passieren, sagte ich streng in den Karton hinein.

Gila, du Dummheiten. Polizei ist nichts. Dem Franz sie gesagt, Socken hier verboten, und er Socken verkauft dreißig Jahre.

Und woher kommt all das Geld für Uhren und Diamanten und Auflösungen? fragte Odelia und hob Ernas Pelzarm, um die Tränen, die auf ihren Wangen perlten, abzuwischen.

Das ist runde Geschichte, sagte Erna, die trotz des Mantels immer blauer wurde.

Wieder spannte sich über Odelias Gesicht eine Art leerer, verschlossener Raum.

Sie meint lange, sagte ich zu ihr und hatte das Gefühl, daß nicht nur meine Arme, sondern auch das Kompakte die Uhr tragen.

Nein, beharrte Erna, rund.

Du hast versprochen, da zu sein. Du hast es versprochen. Ich hatte Karten für die erste Vorstellung. Dubek hat gesagt, du kommst bestimmt. Aber nein. Und ich habe gewartet. Eine Stunde und zwanzig Minuten vielleicht habe ich gewartet. Umsonst.

In Ordnung, in Ordnung, sagte ich Jefim. Ich weiß, daß ich nicht gekommen bin, was ist daran neu? Abgesehen davon habe ich dir gar nichts versprochen. Ich habe nur Dubek versprochen, daß ich für dich die blöden Mathematikbücher aussortiere, und das habe ich gemacht, nicht wahr? Zweiundvierzig Bücher, stimmt's? Waren es zweiundvierzig?

Vorher, als ich mit Erna und Odelia und der Uhr zurückgekommen war, hatte ich nicht verstanden, wieso er auf einmal am Briefkasten klebte, hier, in meinem Wohnblock. Und dann, als Odelia aufgehört hatte zu kichern und sie Chandelier eiligst zu ihrem Kognak gebracht hatte, und ich, nachdem ich die Uhr auf ihrem Balkon deponiert hatte, wieder herunterkam, da dachte ich, daß er mit den kleinen

Schlitzen, die er statt richtiger Augen hat, und dem strichförmigen großen Mund genau zu den kleinen, schiefen Briefkästen paßt, von denen die Namen längst abgefallen waren; doch unser Briefträger, der sie schändlicherweise auf die Gasbehälter geschrieben hat, weiß sie längst auswendig.

Du hast doch gesagt, daß du auf dem Akkordeon spielst, erinnerte ich ihn plötzlich. Jefim hob die Augenschlitze von den grauen Kacheln. Sein Mund öffnete sich jetzt, als schöbe ich eine zusammengerollte Zeitung hinein.

Und? fragte er.

Nichts, sagte ich. Ich verschränkte die Hände unbefangen über der Brust. Bequem. Sowieso hatte er keinen Mut, die Augen weiter abwärts wandern zu lassen. Es gefiel mir, das Akkordeon. Viel mehr als Kino. Eigentlich müßtest du auch Bücher lieben, wegen deiner Arbeit, oder?

Jefim zuckte mit den Schultern. Der zerbrochene Briefkasten von Sonja aus dem dritten Stock schnappte sich einen Wollfaden aus seinem Pullover.

Warte, sagte ich ihm, ich hole ihn dir raus. Und streckte sogleich meine große Hand aus, um ihm diesen Liebesdienst zu tun. Es amüsierte mich.

Jefim starrte auf die fette Hand. Die Finger waren so dick, daß man sie als Würstchen in festes Nylon hätte einschweißen können. Fünf Päckchen.

Gefällt dir meine Hand?

Jefim wurde rot, und jetzt ähnelte er schon nicht mehr den schwarzen Briefkästen, von denen er sich endlich löste.

Hör mal, sagte ich und hatte Mitleid mit ihm. Du bist nicht mein Typ. Du bist zu zart. Schau mich an – groß wie ein Pferd. Ich wurschtelte den Faden zurück in den Pullover. Was willst du mit einem Jungenmädchen?

Jefim schaute mich an, als sei ich der Sonnenuntergang.

Plötzlich erschien Dubi mit zwei Kindern aus dem Haus.

Dubi spielt mit uns Verstecken, verkündete der kleinere von beiden. Auf der einen Hälfte seines bräunlichen Gesichts hatte er seltsame weiße Flecken, von denen alle sagten, daß eines Tages Krebs daraus werden würde, und weil sein Vater Lastwagenfahrer war, knatterte er die ganze Zeit wie ein Motor.

Schön für euch, sagte ich gleichgültig, auch wenn ich wußte, daß Versteckspiele mit Dubi etwas anderes ist. Aber paßt auf, daß Sonja nicht mit dem Müll herunterkommt...

Dubi lachte und nickte, seine gelben Zähne glänzten golden wie die Ähren, die Thérèse-Kindchen einmal in der Müllhalde gegenüber gepflückt hatte. In seiner zu groß geratenen Hand hielt er ein riesiges weißes Taschentuch, als hätte er für irgend jemanden gewaltige Zahnschmerzen eingeplant.

Schön, sagte ich wieder und sah mit blinder Langweile, wie die drei einander bei der Hand nahmen und auf die Mülltonnen zugingen. Der Kleine, der nicht aufhörte zu brummen, fing schon an, die Hose auszuziehen.

Jefim schaute mich weiter an, als sei ich noch immer nicht im Meer versunken. Weil ich ein Immigrant bin, kommst du nicht, stimmt's? Deswegen!

Was? Was quatschst du da, sagte ich, und lachte wie jedesmal, wenn ich dieses Quatsch-Wort höre, ein heiteres Quietschen für sich, und sonst gar nichts.

Jefim verstand nicht, worüber ich lachte und war gekränkt.

Gila, du bist böse zu mir, so gemein. Du weißt, daß in meinem Herz die ganze Zeit Gila-Gila-Gila, ja? daß ich...

Wie bist du überhaupt hierher gekommen? unterbrach ich ihn, weil ich das Gila-Gila-Gila nicht ertragen konnte. Wer hat dir gesagt, wo ich wohne, hm? Dubek? Wie unterstehst du dich überhaupt, hierher zu kommen, dich hier aufzupflanzen, im Wohnblock, ohne es vorher zu sagen, ohne Einladung? Ich habe dir gar nichts versprochen, hörst du? Gar nichts. Ich habe für dich die blöden Bücher zusammengesammelt, damit du sie zurückgibst, das ist alles. Und nicht für Karten oder das Akkordeon, hörst du? Also reiß dich zusammen und schlag dir alle Gilas aus dem Kopf, mit allen Titten, weil ich – keiner soll mir mit Beschwerden kommen. Mit Forderungen. Und in mein Haus drängt sich keiner und schaut mich an, als sei ich die Sonne. Was willst du überhaupt mit all den Gilas, hm? Du bist doch der Bücher-Lieferant. Whow! Wenn ich all deine Bücher hätte, dann würdest du mich nicht bei dir mit zwei Karten für irgendeinen dummen Film finden, der die Phantasie beleidigt; außerdem – ich holte rasch Luft – interessiere ich mich nicht für Männer, verstehst du? Für mich seid ihr alle Neueinwanderer, ihr immer mit euren Titten, und wenn Dubek glaubt, daß mich, nachdem du ihm den Weg geebnet hast, die Angelegenheit mit dem Kind mehr interessiert – dann hat er sich geirrt. Ich habe nur gesagt, es ist nett, daß du Akkordeon spielst, weil ich selbst nicht spielen kann. Das ist alles. Wenn du irgendwann kommen willst, dann sag es vorher, und nur mit dem Akkordeon, keinesfalls ohne. Schließlich kommt auch Dubek nicht, nie, und wenn, wenn er einmal käme, dann nur mit seiner Frau und ihrer Salbe gegen Schmerzen. Aber einfach so, ohne Einladung, kommt keiner her, verstehst du? Ich will jetzt, daß du gehst und mir nicht länger die Zeit durcheinanderbringst. Sowieso muß die Zeit jetzt im Kreis gehen, und wir müssen sie gießen, damit sie nicht vertrocknet. Und schau mich nicht so an, als sei ich nicht bei Trost. Das ist wunderschön im Hebräischen, ›nicht bei Trost‹, du wirst es noch lernen. Es gibt so eine Verrücktheit, eine völlig vernünftige, vernünftiger als die meisten anderen, die ich kenne. Warum läufst du in Kreisen, wie eine Uhr, hm? Sei doch ehrlich. Sei doch, was du bist: Jefim. Ein Mann. Meinetwegen ein schüchterner, der Akkordeon spielt, was wirklich nett ist, wirklich. Also nimm endlich deine salzigen Augen aus meinen und richte sie auf meine Titten, streck die Zunge heraus und sag Ku-ku, Ku-ku, wie alle anderen. Nur lüg mich nicht an, gut? Spiel nicht so einen süßlichen Romantiker, den sogar Ann Mater, die allmählich schal wird, bitte, ich gebe es zu, sofort in den Papierkorb schmeißen würde. Und sosehr diese Titten nur für euch dazusein scheinen – zunächst einmal gehören sie mir. Ich bin diejenige, die sie wäscht und anzieht oder festhält. Ich bin diejenige, die sie trocknet und runterläßt und rausläßt. Sie hängen nämlich an mir. Kommen aus mir. Eine Art runder Fortsatz der beiden Zeiger im Hirn. Meinem Gehirn. Und wie stark du auch an ihnen ziehen magst, drehen, lutschen, wie du in deinem Herz träumst, das vor Gilas platzt – du kannst sie mir nicht wegnehmen. Niemals. Und ich, damit du es weißt, war nie etwas anderes als Gila. Ich werde es nicht zulassen, daß man mich mit einem Film kauft. Mit ›ich habe gewartet und gewartet, und wer ist nicht gekommen ...‹ Dubek sagt es mir wenigstens ins Gesicht. Den ganzen Schmutz. Und verstecke du ihn nicht hinter deinem Russischsein, mit dem Akkordeon und den Sonnenuntergängen. Kapiert? Ich habe selber keine Antworten und Lösungen. Ich warte selbst. Warte und warte und gehe keinem auf die Nerven und störe nicht, einfach so, mit den Büchern und der Chandelier, kapiert?

Sein Gesicht wurde schwarz, auch weil es wirklich Abend wurde. Sein Pullover hing wieder in Sonjas zerbrochenem Briefkasten fest, aber ich hatte keine Lust, ihn noch einmal anzufassen. Sowieso verspürte ich den ganzen Rücken entlang das Frösteln irgendeiner Krankheit. Ich hatte Lust zu gehen. Zu Hause auf dem Tisch wartete der amerikanische Roman auf mich, der sicher aus Maisfeldern und angestrichenen Holzhäusern herausquoll: mit einer Veranda vor dem Haus, die der nördlichen Sonne ausgesetzt ist, auf der Veranda ein quietschender Schaukelstuhl, dessen Schnitzereien verstaubt sind, nur da, wo der Hintern herumrutscht, ist er sauber, sogar ausgebleicht, und hinter dem Haus, wo der alte Tender und der Traktor ohne Motorhaube geparkt werden, steht ein privater Coca-Cola-Automat.

Ein Mädchen mit dem saftigen Gesicht eines Apfelkuchens bügelt die riesigen Bluejeans ihres Vaters, und irgendwo in ihrem amerikanischen Kompakten merkt sie sich den Ladenknopf, der abgerissen ist. Doch der fremde und muskulöse Arbeiter, den ihr Vater sofort eingestellt hat, weil er während der Erntezeit nicht erst lange fackelt, und der bereits zum vierten Mal mit dem Mähdrescher oder der Maschine, die die trockenen Maisstengel abschneidet, herumfährt – bläst ihre gestärkte Bluse jedesmal ein bißchen weiter auf, als atme ein grüner Frosch darin, auch das Hirn löst allmählich all seine Knöpfe, und sie bügelt immer schlampiger.

Dorothy, dear, wird ihre Mutter, die in dem Schaukelstuhl draußen stickt und deren alte Knie nicht mehr so fest geschlossen sind wie früher, ihr plötzlich zurufen, vergiß nicht, um vier Uhr zum Priester zu gehen. Er streicht im ganzen Städtchen die Gebühren für den Jahrmarkt ein – viel zu hoch, wenn du mich fragst. Ein Seufzer, ein kleines Blinzeln, sie reißt den Faden mit den Zähnen ab, obwohl die kleine, rostige Schere im Strohkorb ist – ich habe gehört, daß sie dieses Jahr in der großen Scheune von Mr. Carter einen riesigen Stand für einen Kürbis-Wettbewerb machen wollen, zum Teil sogar aus anderen Ländern: ein Wahnsinn, so wahr ich lebe. Und Mrs. Heimish mit ihrer geheuchelten Bescheidenheit und ihrem Backpulver hat schon gesagt, daß dieses Jahr ihr Kuchen nicht gewinnen wird, aber sie sagt das jedes Jahr, nicht wahr, dear? Ich kann wirklich nicht verstehen, warum man ihre pies nicht ein für allemal prüft. Wozu gibt es denn Dr. Chevro mit seinem Apothekerexamen aus Washington, wenn nicht dafür? Und wie er sich erlaubt zu zwicken, wenn er parfümiert ist, sogar dann, wenn er es nicht ist, ich muß schon sagen. Ich sage dir, Dorothy, dear, wenn es nach der Apothekerwaage mit ihrer exakten Gerechtigkeit ginge, hätte ich längst gewonnen, dearest. Es gibt keinen besseren pie als deinen, das sagt sogar Großvater... Aber das macht nichts: eines Tages wird Mrs. Heimish sterben, wenn du mich fragst, ist sie nicht weit davon entfernt, und dann wird die Gerechtigkeit ans Licht kommen, ich sage es dir, noch zwei, drei Jahrmärkte. Jedenfalls – zum Teufel, wie dick dieser Faden wird, wenn er da hinein soll –, jedenfalls, Dorothy, bist du noch da? Vergiß nicht, bei Sams Kaufladen vorbeizugehen, wenn du vom Priester zurückkommst. Er müßte den roten Stoff schon bekommen haben, den ich für dein Ballkleid bestellt habe. Jeffrey wird bis über beide Ohren rot werden, wenn er von der Marine zurückkommt und sieht, daß du soweit bist, nicht wahr, Honey? Verfluchte Nadel. Oh, ich weiß, daß du jetzt auch rot wirst, Dorothy, aber du kannst nicht leugnen, daß sogar seine Mutter gesagt hat, du seist auf dem Ball letztes Jahr die Schönste von allen gewesen, und glaub mir, Jeffreys Mutter war nie ein Mauerblümchen, Dorothy, dear, oh nein, keineswegs, denn wenn wir schon von ihr sprechen...

Aber der Arbeiter, der Fremde, von dem ich schon weiß – weil ich mich gestern nicht beherrscht und bis zur Mitte vorgeblättert habe –, daß er ein entflohener Sträfling ist, kommt zum fünften Mal auf dem knatternden Mähdrescher vorbei, und jetzt summt er wie für sich selbst ein Lied aus dem Süden, das wie Abendwind von seinen trockenen dünnen Lippen weht. Und das Lied ist so süß und weich, daß der Frosch unter ihrer Bluse zwischen den Hügeln ihrer Brust hin- und herzappelt, als sei der Jahrmarkt schon in Gang, und wie der parfümierte Dr. Chevro am Ende des Hallelujas wird sie, nackt und glatt, ihr Ende in dem kalten Wasser finden, während alle Sterne des Südens zu Boden sinken, um sich dort niederzulegen, sich aneinander zu reiben und zu schwitzen, trotz Wasser und Wind und kühler Wolken...

In Ordnung, sagt Jefim plötzlich und versucht selbst, den Faden aus Sonjas Briefkasten zu lösen, ich komme noch einmal mit dem Akkordeon. Um nur für dich zu spielen. Aber zähl mir nicht die Gilas in mir auf, als seien es Bücher. Ich bin der Hausherr von Jefim, so wie du von Gila. Und ich liebe dich. Plötzlich und sehr. Was hast du? Es tut mir gut, das zu sagen. Mit Eiern. Weil es wahr ist. Und so werde ich es sagen. Die Bücher, die Karten sind nicht wichtig. Gib mir einen Kuß, und das ist alles. Hier, wo es neben dem Auge klopft...

Man sieht gar nichts. Es ist dunkel. Sicher zuckt ihm da oben irgendein Äderchen, nah am Auge, und ein anderes spannt sich ihm unten wie ein Besen. Aber jetzt ist er wenigstens ehrbar. Ehrbar, wie Odelia statt ehrlich sagt, so oft ich sie auch verbessere. Obwohl er nicht wirklich, mithin gar nicht ehrbar ist. Ich weiß nicht warum, aber ich gehe zu ihm und küsse ihn neben dem Auge auf seine russischen Borsten, die zusammenknicken. Auf die Schläfe.

Mein Gott, sage ich, einen Bücherlieferanten küssen!, als würde er gleich wieder das werden, was er wirklich ist. Ein Frosch, der aus dem Briefkasten gesprungen ist. Sag mal, wieder überrasche ich uns beide, hast du, als Russe, je daran gedacht, eine reiche Alte umzubringen? Oder hast du auch dort, in Sankt Petersburg, während du verschneite Bürgersteige abgegangen bist und den Pelzkragen bis über die Ohren gezogen hast, Bücher ohne Lösungen ausgeliefert?

Jefim kichert. Mein Kuß tut ihm so gut wie Kognak der Chandelier. Kann man auf einem Akkordeon überhaupt Schubert spielen?

Jefim rutscht der laute Rülpser eines Betrunkenen heraus und er sinkt in sich zusammen, wie ein Akkordeon, das inmitten all des Tararam weggepackt wird, obwohl der Ball gerade auf dem Höhepunkt ist.

Dorothy tanzt über den karierten Teppich. Ein buntes Quadrat neben dem anderen. Wollreste. Die Möbel blitzen, weil sie sie erst gestern mit Öl eingerieben hat. Und der neue Arbeiter, der ein entflohener Sträfling ist, hat sich heute nacht mit ihr in der Scheune verabredet. Mit Hilfe des Liedes. In der letzten Strophe. My secret love is everlasting, everlasting, honey, you are my one and only, so pay me what you owe me. Das schwarze Pferd ihres Vaters wird sie mit seinen Sternenaugen anschauen, und seine Nüstern, werden sich krötengleich blähen. Schon jetzt wiehert es und stampft mit seinen Hufen.

Ah, seufzt ihre Mutter, der es wegen ihrer Gangräne schwerfällt, allein aus dem Schaukelstuhl aufzustehen. Der Schwarze Pfeil ist wieder brünstig. Man muß Vater sagen, daß er ein paar Worte mit Timothy wechselt. Man sagt, daß seine weiße Stute ein großer Erfolg sei...

Der Lärm der Erntemaschine verliert sich tief in den Maisfeldern. Tante Thelma kommt zu Besuch. Eine alte Jungfer mit Eulenaugen und einem Silberkneifer. Man muß sie bewirten. Wasser aufsetzen. Die Tassen herausnehmen. Vorgestern hat Dorothy zum erstenmal ihren Fingerhut bemerkt. Wie eine Kirsche. Gewölbt. So ist plötzlich, als sie unter der Decke ›Vom Winde verweht‹ las – nicht im mindesten schläfrig und mit gespreizten Beinen – jedesmal, wenn Rhett Butler in seinem schwarzen Reitanzug, seinem schwarzen Hut und einem dünnen Band um seinen Hals erschien, ihre Hand tiefer gekrochen, und ihre Finger ertasteten ein neues Land. Das Klima. Die Erde. Jeffrey in seiner Marine-Uniform und mit seinen roten Elefantenohren kann ihr gestohlen bleiben. Heute nacht geht sie in die Scheune. Bloß warum ist er so winzig! Als sei er ungeeignet, ja, ungeeignet. Feuchter Teig. Teigig. Beim Jahrmarkt würde er keine Medaille gewinnen. Und auch sein Geschmack: Salzig. Ein bißchen bitter. Nur daß jedesmal, wenn sie aufhörte zu kneten, die Erde bebte, als sei es ihr verboten, verboten abzulassen. Obwohl der Rappe, der im Stall mit seinen Hufen hin- und hergeht, auch sie bedroht, alle Sterne des Südens blinzeln im kalten Nordwind, und was ist mit dem fremden Arbeiter? Ist er schon eingeschlafen oder spielt er wie Rhett Butler mit seiner dünnen Krawatte, fächelt mit dem Hut seinem Gesicht, seinen Lenden Luft zu?

Ein wehes Schnauben zerrriß die Lungen des Pferdes. Ihr Vater wälzte sich im Bett herum. Ihre Mutter weinte im Schlaf. Dorothy-Dear spreizte die Beine so weit sie konnte.

Wer verläßt seine Heimat, wenn das genüßliche Zittern nicht aufhört, bis die Decken zu schwer sind, das Nachthemd stört und die Haut überflüssig ist, und da, ihre Ohren gleichen Jeffreys Ohren. Ein reifer Kürbis.

Der Silberkneifer, der aus dem Eulenauge gleitet, läßt sie auffahren. Was errät Tante Thelma, was weiß oder ahnt sie? Oder wartet sie vielleicht einfach auf ihren Tee und die Zimtplätzchen? Sie muß noch zum Priester gehen und die erschreckenden Gebühren für den Jahrmarkt zahlen, ohne zu vergessen, den roten Stoff für ihr Ballkleid in Sams Kaufladen abzuholen, und keinesfalls darf sie mit ihren verschwitzten Händen das Kleid streifen. Tante Thelma ist hinter ihr. Sie wird vorsichtig sein und die Kanne nicht aus ihren feuchten Händen gleiten lassen. Sich nicht verbrennen. Sie wird sich nicht verbrennen. Damit sie heute nacht mit heilen Händen seine Brust, seinen Körper erkunden kann. Wen soll er überhaupt umgebracht haben, ihr neuer Arbeiter – tatsächlich ist die Ernte so hart, daß ihr Vater nicht einmal gefragt hat, von wo er plötzlich aufgetaucht ist, mit seinen braungebrannten Armen und den Schultern, so muskulös, als habe man zu beiden Seiten seines Körpers ein Pferd befestigt. Und warum Mord? Wegen einer Frau? Wegen einer der aufgeputzten Frauen im Wirtshaus? Oder vielleicht wegen eines Erbstreites unter Brüdern? Vielleicht hat er auch gar nicht gemordet. Sondern einfach etwas gestohlen. Bücher, zum Beispiel. Die Bibel. Oder eine goldene Ikone aus der benachbarten Kirche. Erst vor einem Monat stand doch in der Zeitung, daß dort etwas gestohlen worden ist... und warum hat er es gestohlen? Warum konnte er nicht irgendeine arme Alte umbringen, etwa Tante Thelma, und von ihrem Geld eine neue Erntemaschine kaufen, Dorothy my one and only auf den Sitz neben sich heben, mit all ihren Schürzen und Kleidern und gestärkter Unterwäsche, ihren elastischen Büstenhaltern und ihrem roten pie-Gesicht, und for ever, for ever fahren, never gefangen zu werden, tief in die versinkenden Maisfelder.

Plötzlich komme ich zu mir. Jefim steht immer noch verschämt da. Komm, sage ich und ziehe ihn an der Hand, die alle Tasten des Akkordeons anzuschlagen weiß, hinter mir her.

Wir nähern uns leise, um das Spiel nicht zu stören. Hier, flüstere ich ihm zu, beuge dich ein bißchen herunter.

Krankes, zittriges Licht kommt von oben, aus der Lampe hinter einem Netz aus Eisengitter und Spinnweben, stumm atmen wir den scharfen Geruch von Müll ein, lautlos und ohne zu murren.

Dubi nimmt das riesige Taschentuch vom Gesicht des kleinen Jungen, der vor Genuß erstarrt ist, und bindet es um die Augen des größeren, der schon in seinen Hosen gräbt.

Zeh-hen, zwan-zig, drei-ßig, zählt Dubi durch seine gelben Zähne. Der größere Junge zieht sich aus und legt sich angespannt auf zwei Deckel. Die weißen Flecken des kleinen Jungen werden wieder blaß, nachdem sie zuvor so braun wie das restliche Gesicht waren. Er schaut zu dem Großen, der aufseufzt, und beginnt zu kichern. Mit der Ferse klopft er an den großen Blechbehälter. Dubi hat das Gewünschte gefunden und hört nicht auf, mit seiner klebrigen Hand das aufgerichtete Glied zu reiben. Der kleine Junge ist wieder soweit, und der Motor in seinem Hals beginnt erneut zu rumoren. In dem Kämmerchen sind keine Katzen, und wenn welche da sind, verstecken sie sich. Plötzlich hört Dubi auf, und mit idiotischem, goldenem Lächeln beginnt er wieder zu zählen. Von vorne. Bis hundert. Der Schwanz des Großen quält sich. Hier ist er. Hier. Er solle ihn wieder greifen, schreit er. Nimm ihn, du Idiot! Der kleine Junge tobt vor Lachen. Aber Dubi ist beschäftigt. Steht auf und deklamiert: wer vor mir oder hinter mir steht, muß suchen. Dann tanzt er. Springt. Im Container ist ein Rascheln zu hören, vielleicht eine Katze, die sich einbuddelt. Dubi kommt zurück. Der große Junge weint fast. Jefim preßt sich ans Fenstergitter und spielt mit zwei Fingern auf der Wand. Über ihnen sitzt eine große Spinne, vielleicht auch nur ein Schatten.

Mein Kuß ist längst kalt geworden. Er ist ganz auf das Versteckspiel konzentriert. Schau, sage ich ihm nicht allzu leise, es reicht mir, ich gehe hoch, auf Wiedersehen.

Sofort dreht er sich um. Seine Nasenflügel beben.

Meine Gilas, er zittert, soll ich wiederkommen? Mit dem Akkordeon? Er lächelt. Das sind keine Goldzähne. Nur die Stoppeln sind gelb vom kranken Licht.

Ich senke meinen Kopf ein wenig, als sei er die ganze Zeit so, geknickt, deswegen bin ich auf Fotos immer krumm. Halslos. Komm, aber sage es mir vorher, und nicht durch Dubek. Hier, das ist meine Telefonnummer, ich gehe davon aus, daß er sie sich merken wird.

Jemand knipst das Licht im Eingang an: flache, entschiedene Absätze. Ein Kleid. Ein dunkler Hals. Das wilde Stöhnen des Großen bahnt sich einen Weg durch seine Pohälften, Dubis Holzschädel und die Ferse des Kleinen, die gegen den Container trommelt. Plötzlich gefriert die Ferse, und der Kleine beginnt ebenfalls zu stöhnen. Zunächst wie zum Spott, dann richtig und aufrichtig. Und jetzt noch Dubis Schnauben. Abgehackt.

Aber Jefim und ich versperren Tante Thelma, die sich auf niedrigen, mißtrauischen Absätzen nähert, den Weg.

Ah, du bist das, Gila! Die Drohung in ihrer Stimme bröckelt. Sie hat etwas Angst vor mir.

Ja, sage ich und lache Jefim zu. Das ist Gila.

Tante Thelma, die nicht aufhört, Teppiche auf den häßlichen Beton-Kreisen auszuklopfen, die der Architekt zur Verzierung gelassen und der Bauunternehmer vielleicht verschlimmert hat, um zu sparen, lächelt Jefim hartnäckig an und wendet sich wieder mir zu. Eine zitternde, aber gespannte Saite.

Weißt du, warum im Müllhäuschen Licht ist? Nein, sage ich nachlässig. Weißt du es, Jefim? Jefim wird wieder zum Briefkasten. Zweiundvierzig Briefkästen ohne Auflösung.

Plötzlich verlangt es Dorothy zu erzählen, wohin sie heute nacht gehen wird, aber sie darf nicht. Hinter dem Geheimnis der Kirsche verbirgt sich ein zweites Geheimnis. Der entflohene Sträfling, der die Alte umgebracht hat, um allen davonzulaufen und Dorothy kennenzulernen, wird es ihr in der Scheune verraten. Auch dort ist das Licht weich, krank, mondsüchtig. Es bricht sich an den Strohhalmen, die sich mit Abfall mischen. Rohgold und Silber, das Eisen der Sensen und Harken und der aufgedeckte Motor der Erntemaschine. Nur ich liege noch im Hecksel, ein so heckseliges, so verletzliches Wort, daß es vielleicht in die Schutzzone des Notizbuches aufgenommen werden sollte.

Plötzlich schaue ich Sonja an, ihr Profil, ein komisches Wort, aber stark, so wie Sonja selbst.

Schau, Thelma, verhaspelt sich meine Zunge. Dubi ist dort. Er spielt Verstecken.

Sonja explodiert. Eine Million Hektar Maisfelder brennt.

Moment, zu ihrem eigenen Wohl hindere ich sie daran, bis zu den Tonnen Feuer zu speien. Jefim hat die Polizei schon angerufen.

Sonja hustet. Ihr ist übel. Ihre Ätheraugen tränen. Diesen Idioten hätte man längst einsperren müssen. Ich kapiere das nicht, kapiere nicht, sie schlägt sich gegen den Kopf, wie man ihn frei herumlaufen lassen kann. Ihn und all den Schmutz, den er an den Händen hat. Ist das ein Versteckspiel? Sie fordert von Jefim eine Erklärung, bei dem jetzt nichts im Briefkasten ist. Krankhaft, das ist es!

Jefim reißt trotzdem einen Spalt auf, um zu sagen, daß er es nicht vergessen wird. Das Akkordeon nicht vergessen wird. Außerdem, wenn es kein Kino sein soll, dann hätte er auch Konzertkarten. Vom Aufnahmestudio. Ermäßigt.

Ich nicke, aber das Licht im Flur ist ausgegangen.

Geh, trage ich Sonja auf, die ein einziges Schlachtfeld ist.

Sonja preßt den Mund zusammen und geht: Ein dunkler Hals. Ein Kleid. Und das Klappern flacher Absätze. Sie flucht den ganzen Weg über.

Ja? Ein Konzert ist in Ordnung? beharrt Jefim, der jetzt ganz und gar abgekühlt ist, immer noch. Was macht er überhaupt aus all den blöden Heften, die man ihm zurückgibt – die drei schleichen sich hinter mir zur Treppe –, Papierschnipsel, eine milde Gabe für die Vereinigung zum Wohle des Soldaten? Toilettenpapier? Notizbücher aus Umweltpapier? Pferdefutter?

Wie konntest du dich unterstehen, ihm meine Adresse zu geben? Dubek war beschäftigt. Er zog fünfzehn grüne, frische Bände Scholem Alejchem aus dem Karton und räumte sie zu den Bändchen für die Schüler des J. L. Perez-und-Mendel-Gymnasiums. Ich habe ihm schon von jedem dieser Bändchen eins abgeschleppt, baue mir zu Hause ein ganzes privates Städtchen daraus.

Aber Dubek hatte gar nicht vor zu antworten. Man konnte es ihm ansehen. Ein fettiger Heringsschwanz zappelte zwischen seinen Lippen, die den Schalom-Alejchem ausrechneten, als versuche er, sich zu retten. Und als Dubek mir plötzlich zulächelte, ließ er graue Fäden fließen.

Meine Frau möchte mir dir sprechen. Ich habe ihr von uns erzählt. Von dem Baby, das ich angeboten habe. Von dir. Sie sagt, man müsse darüber sprechen. Weil es noch einen Laden in Holon gibt. Die Fischreste schwammen für einen Moment frei im Rachen, bevor sie wieder in der linken Backe gefangen wurden.

Ich begann zu lachen. Dein russischer Lieferant hat mich ins Konzert eingeladen, und du redest mit mir von Babies. Was habe ich überhaupt mit deiner Frau zu tun?

Nichts. Du wirst Dubeks Frau sein, und sie die Ex-Frau, Frau X, er wiederholte die fehlerhaften Wörter, als fülle er das Toto aus.

Ich hasse Babies, sagte ich, als sei es an mir, etwas zu erklären.

Dubeks Baby wirst du lieben. Du wirst sehen. Dubek

wird ihm viele Bücher zu lesen geben, ihm und seiner Mutter.

Steck dir die Mutter in den Arsch, fluchte ich genüßlich, wie Sonja, die ewig auf den Streifenwagen wartete, bis sie endlich anrief, über die anarchischen Zustände schimpfte und einen anderen bestellte, der ebenfalls zunächst nicht eintraf, und als die Polizisten kamen, verhörten sie ein oder zwei Kätzchen und verzogen sich wieder, nachdem sie ihren Namen und ihre schändliche Anschrift mit einem schwarzen Sternchen versehen in ihr recyceltes Notizbuch geschrieben hatten, was mir Odelia aus dem Kristallfenster der Chandelier berichtete, wobei sie sich den Bauch vor Lachen hielt, denn ich war in der goldenen Scheune mit dem fremden, muskulösen Arbeiter beschäftigt gewesen und hatte wegen des Pferdes Todesängste ausgestanden.

Der Laden war leer. Wie immer. Ich will draußen einen Zigaretten- oder Cola-Automaten aufstellen, sagte Dubek plötzlich, der mein Gedankenfeld nie gepflügt hat. Kein einziges Mal. Allenfalls pflanzt er Hundszahngras neben eine Blume.

Jemand wird vorbeigehen, fuhr Dubek fort zu sinnieren, das Ding sehen, wird Lust auf eine Schachtel Time kriegen, Geld einwerfen, die Time bekommen. Dann wird er eine Zeitung sehen. Mit einer großen Schlagzeile. Am besten Blut. Ein Bild. Aber das ist im Fenster. Also wird er reinkommen. Rauchend. Zufrieden. Eine Zeitung nehmen. Und dann wird er sehen – whow, Bücher! Nicht zu glauben, solche werden noch verkauft? Na dann. Versuchen wir es, wie früher... Gibt es einen guten Western? Gibt es. Und einen Krimi? Spionageroman? Was, was sagst du? Dubek unterbrach sich, weil ich nicht aufhörte zu stören mit meinem Gelächter.

Und wenn er Lust auf Dubek kriegt? Und wenn er Lust auf den Idioten Dubek kriegt? Ich tobte vor Lachen, weil mir einfiel, daß ich einmal in einem alten Band eine uralte Reklame für Zigaretten mit seinem Namen gefunden hatte.

Dubek verstand gar nichts. So ist es, wenn du alt wirst.

Du redest wie ein Greis, aber vergißt, wie es früher war. Er sog die zerbrechlichen Gräten des Matjes wieder in den Mund und sagte: Kommst du heute abend, um zu reden? Wirst du kommen?

Und dann? spottete ich – soll ich sie auch mit dieser Creme gegen Schmerzen einreiben?

Gilusch, man muß dich nur sehen, dann gehen die Schmerzen von alleine weg. Sogar bei ihr. Du bist die Gesundheit selbst, flötete er, mühelos von Bettelei zu Schmeichelei übergehend. Eine Professionalität aus Kinderzeiten, die er sich bewahrt hat. Die ihm durch ein medizinisches Wunder geblieben ist. Dabei heftete er seine Pfützenaugen auf mich und saugte an dem Fischskelett wie an einem Lutscher.

Ich denke an Tod und Teufel, sage aber: kann deine Frau mich sehen, ohne in ein traumatisches Koma zu verfallen?

Was?! Voller Genuß stelle ich fest, daß er nicht verstanden hat. Er kichert. Nein, das hat sie noch nicht. Sie will, daß du kommst. Kann es kaum abwarten, dich zu sehen.

Gut, sagte ich, sterbensneugierig, es interessiert mich, wie es bei euch zugeht. Ich komme. Ich bringe ein Baby mit. Als Geschenk.

Wie das? Er strahlt, Matjesspucke in den Bartstoppeln.

Es wird sich schon finden, sage ich und wende mich zum Gehen. Nicht ohne einen Blick ins unterste Regal zu werfen, um zu prüfen, ob irgend etwas gekommen ist, das ich vorhin übersehen habe. Aber nein. Alle Sammelbände des Erdballs haben sich dort zu einem feierlichen Begräbnis eingefunden, in schwarzem, einheitlichem Einband, in ehrsamer Trauer mit Goldschnitt: Klassische Erzählungen aus Südamerika. Klassische Erzählungen aus Europa. Klassische Erzählungen aus Rußland. Dubek bestand darauf, sie als Set zu verkaufen, was jede Klauerei vereitelte, aber er erlaubte wenigstens, daß ich mir die Kontinente einzeln ausleihe. Zwanzig Erzählungen in jedem Band, mit einem kurzen Lebenslauf der Autoren, von denen die meisten seltsame Namen haben, Väter, die Kaufleute sind, Mütter, die eine Schwäche für Musik haben. Sie selbst waren auf irgendeinem Technikum, sind dann bei Zeitungen und in Redaktionen gelandet, haben gar nicht geheiratet, aber ihre Söhne haben sich umgebracht, ihre Frauen sind davongelaufen und verrückt geworden. Das alles unter der Bedingung, daß der unbekannte Autor aus Uruguay nicht vorher gestorben ist, denn bei den »Klassischen« sind sie immer jung gestorben – als erstes rechne ich die Daten zusammen, beinahe das einzige, was ich außer Büchern zusammenrechne, ziehe die 1887 von den 1926 ab und erhalte einen Klumpen Leben, den es schon nicht mehr gibt. Dann verweile ich einen Moment bei dem gelblichen Blatt und konzentriere mich auf die unverständliche Illustration, wenn es eine gibt, so eine Art Schweigeminute, und mit besonderer Begierde mache ich mich daran herauszufinden, ob der Schriftsteller seinem Leben selbst ein Ende gesetzt hat, danach nehme ich ein Vergrößerungsglas und schaue in die gemalten Augen und auf die Pfeife, wenn eine da ist, und gebe ihm eine Minute von meinem Leben, bevor ich mich an die Geschichte mache, die ebenfalls um ihr Leben kämpft, obwohl sie hier ist, von Dubek ausgeliehen, in meinen groben Händen, weil niemand außer mir sie haben will oder liest, denn auch ich kann nicht die ganze Welt oder ihre Klassiker auf meinen Schultern tragen, wenn ich in meinem Reservat um jedes Wort kämpfen muß.

Nicht verzweifelt – wie es in den weltweiten Lebensläufen steht, daß sie sich trotzdem daran gewagt haben zu schreiben, trotz des Technikums und des KaufmannVaters; ich sage nicht verzweifelt, und weiß, daß der Augenblick kommen wird, da ich vielleicht auch sie aus Dubeks Händen werde retten können, schließlich ist es eine Tatsache, daß es hin und wieder trotz allem einen Augenblick der Gnade gibt. Zum Beispiel ist ein Buch nur wegen der Farbe seines Einbandes und der goldenen Buchstaben dorthin geraten, aber es gehört überhaupt nicht zu den ›Klassischen‹, sondern den ›Schriften‹, und nicht bloß so, sondern zu denen von Tschechow. Das müßte ich bei mir zu Hause haben, eine Entschädigung für Tschechow, den es in diesen Laden und auch noch zu einem solchen Inhaber verschlagen hat.

Und ich habe es satt, auf einen solchen Augenblick zu warten. Man muß ihn herbeiführen. Kein Erlöser hat auf einen anderen Erlöser gewartet. Trotz der Gefahr. Der Erlöser selbst hat das Risiko auf sich genommen, er selbst hat betrogen, leere Versprechungen gemacht und gestohlen, um zu retten. Der Erlöser selbst war nichts als Dreck. Erst später, als die Zeit sich ausgeweitet und einen weiteren Ring zugelegt hatte, – erst da begriff man, welch ein Engel dieser Erlöser war, und wäre er nicht gewesen, was für eine Fratze würde die Menschheit heute haben. Blödsinn natürlich, weil sie sowieso immer wieder dieselben Fehler macht und Tschechow in ein moderiges Regal bei diesem oder jenem Dubek steckt, in Gesellschaft aller klassischen Selbstmörder des ganzen Erdballes, und vom Erlöser denkt sie nur Böses.

Meine Hände zitterten. Ja. Trotzdem drehte ich mich um. Dubek kletterte ein Viertel der Leiter hinauf und wandte sich wieder den grünen Alejchems zu. Ich atmete für einen Augenblick den süßen Waldgeruch, der von ihnen ausging, die Gerüche von Märkten und Kwaß und den finsteren Naphtalinschränken der Rebbezin, zuerst verscheuchte ich die Erinnerung an den Matjes, dann die Säure des Gewissens.

Ah, Gilusch, er wandte den Kopf ein wenig. Du bist zurückgekommen.

Ja, sagte ich. Ich bin zurückgekommen. Immer noch alleine, hm?

Er wippte etwas auf der Viertelleiter. Nicht einmal ein Hund ist reingekommen...

Der wird es auch kaum tun. Dein Fischgeruch verpestet die halbe Straße, wer braucht da das Faß?!

Dubek schaute mich stumpf an. Aufräumen macht ihn immer müde. Die Zeitung, die der Matjes abgestreift hatte, lag auf dem Tisch. Die Fettflecken verklebten sogar ein Bündel mit neuen Totoscheinen. Ich nahm die Zeitung und zerknüllte sie. Achtete darauf, daß sie am Rand liegenblieb.

Dubek grinste und kletterte mühsam von den zwei Leitersprossen. Sein Bauch stieß gegen die Bücher, die ein Regal weiter unten schon eingeräumt waren, und brachte die Leiter zum Wackeln.

Du wirst eine süße Frau sein, süßholzraspelte er. Ordentlich. Sauber. Du, du riechst immer nach Nivea…

Ja, sagte ich, darauf lauernd, daß er die Leiter ins Lager bringt, sie mit dem Rücken zu mir zusammenklappt, um den Tschechow mit der Matjes-Zeitung zu greifen.

Die Eingeweide von Jonas, dem Kutscher, den ich kannte, weil ich sein Unglück schon Dutzende Male gelesen hatte, stülpten sich nicht um. Sein Leben stank sowieso. Trotzdem krampfte sich mein Herz Tschechows wegen zusammen, als ich die fettige Zeitung um den morschen Einband schlug und mit den Händen zerknautschte.

Vorwärts, sagte ich der alten Stute des Kutschers, die mit ihren klapprigen Beinen stocksteif vor Schande und Hunger dastand. Vorwärts! Was ist das schon im Vergleich zu dem, was ihr durchmacht, he?

Hast du was gesagt, Gilusch? Ich mache mir Tee, willst du auch welchen? wollte dieser Dubek aus seinem Lagerraum heraus wissen, wo ihm seine Frau, ohne aus dem Bett aufzustehen, einen elektrischen Wassertopf und ein paar verdreckte Gläser mit einem rostigen Löffel organisiert hatte, ebenso wie den Vorhang mit rosa Drachen und Feuerzungen vor einem Hintergrund aus schwarzen, gewundenen Büschen.

Nein, sagte ich mit dem Gefühl zu ersticken, daß ich von Claudius her nicht kannte, und schluckte die Tränen herunter. Okay, ich geh jetzt los. Den Abfall nehme ich mit. Hörst du, Dubek? Ich bring schon mal den Abfall für dich weg, vielleicht wird dann doch noch jemand kommen, hm? grinste ich bitter.

Als ich die Tür zuschlug, sah ich ihn schon mit dem Tee hinter mir herschwanken, einigermaßen erstaunt, doch ich eilte davon und zu dem Zeitungsbalkon der Alten, den Odelia nie saubermacht, wo ich sofort die Zeitung mit den Matjesresten von dem sauberen und trotz allem duftenden Tschechow in seinem braunen Anzug und mit seinen klaren, runden Brillengläsern entfernte, und bat tausendmal um Vergebung. Ich hatte trotz allem etwas Angst, Dubek könnte mir hinterherlaufen und mich hier mit dem schwarzen Einband und den goldenen Buchstaben ›Tschechow‹ unterm Arm sehen. Aber Dubek kam nicht. Wahrscheinlich reichte ihm mein Versprechen, daß ich heute abend zu ihnen kommen und mit seiner Frau sprechen würde.

Jetzt zog die Stute mit einem gewaltigen Ruck an, und die Kutsche ruckelte los. Jonas, der Kutscher, ließ die schneeverklebten Wimpern zittern und erstickte ein Lächeln. Er würde sich gerade jetzt gerne mit Dubek ein Glas Tee geteilt haben, denn der Schnee war schon viel höher als der Zeitungsberg bei den Alten, und die Einsamkeit, ein weiterer verschlossener Fremder, der zornig und nörgelnd mit dir mitfährt, war ihm längst verleidet. Doch seine Retterin – sie hat eine andere Zeit, Ziele, und sie drängt vorwärts, als sei es nicht seine Stute, als sei auch sie plötzlich durch ein anderes Tier aus einem anderen Buch ausgetauscht worden. Immerhin ist ihm etwas leichter, er kann seine erfrorenen Beine mit dem Sack zudecken, sich nach hinten lehnen und all die Plätze betrachten, die er anders kennt, ohne die Zügel halten zu müssen, während die, die statt seiner zu wildem Galopp antreibt, aus unerfindlichen Gründen auch bereit ist, seine Trübsal zu tragen.

Verzeihung, fragte mich der Schriftsteller-Arzt unterwegs, aber wozu brauchst du in deinem Alter ein Baby? Eine gute Frage, sagte ich. Die Chandelier hat mich auch schon gefragt. Ich weiß keine Antwort.

Verzeihung, fing der kluge Mann mit seiner runden Brille

wieder an, aber hat dein Herz schon einmal geblüht, oder, wie ihr zu sagen pflegt, sich verliebt?

Nein, gab ich zurück, ruppiger denn je. Auch nicht geblüht.

Warum nicht? wollte mein Geretteter wissen, und es war unmöglich zu wissen, was in seinem Hirn bohrte: ein weiblicher ›Jonas‹? Eine vierte Schwester? Ein Garten mit einer Kirsche? Vielleicht war es aber auch der Arzt in ihm, der ihn dazu brachte, seine Beine so zu verschränken, daß die geraden Streifen der Hosenbeine sich so präzise aneinander anglichen, als seien sie entzwei gesägt, und den pumpenden Geräuschen meines Herzens zu lauschen.

Es ist gar nicht für mich, sagte ich. Mir genügen die Bücher.

Aber selbst in den Büchern gibt es keines. Wirklich nicht. Der Schriftsteller in ihm lächelte entspannt, von dem lauten Schnarchen Jonas' nur unwesentlich beunruhigt.

In keinem einzigen Buch? Für einen Moment war ich konsterniert wie Odelia.

Bei mir nicht. Er wiederholte es voller Wärme. Nur gebrochene Herzen. Was danach passiert, oder passieren könnte. So jedenfalls wird es interpretiert... Ich bin kein Experte für diese Operationen.

Wozu dann das ganze Theater? Ich biß mit der Hand in die schwarzen Zügel mit den Goldbuchstaben.

Welches Theater? fragte er und streckte den Bogen seiner langen Finger aus, um irgend etwas an einem der Fingernägel zu untersuchen. Vielleicht ein Blutgerinnsel, das nicht desinfiziert war. Vielleicht ein unregelmäßiger Fingernagel, oder auch ein widerspenstiger – was für ein Wort! – Tintenfleck.

Bestimmt spiegelte sich meine Gestalt in seinen reinen Brillengläsern wider. Eine große, plumpe Gestalt. Schwere, fleischige Äpfelchen. Wurstfinger. Ein flaches Gesicht. Doch es fehlte mir der Mut hinzuschauen.

Vielleicht solltest du zuvor trotzdem das mit dem gebrochene Herzen ausprobieren, vielleicht sogar zweimal, vor dem Baby, vor diesem Mann aus dem Laden, selbst Tschechow ist erschüttert. Das versüßt dir das Alter. Es wird dich mit Erinnerungen umgeben. Eine natürliche Medizin, Erinnerungen. Ohne Nebenwirkungen, auch wenn sie zu Abhängigkeit führt. Sehr nützlich.

Nein danke, sagte ich. Nicht notwendig. Es wird mich dann sowieso nicht mehr geben. Ich werde bald überfahren werden. Das weiß ich, es steht schon in meinem Notizbuch. Obwohl mir noch der genaue Ausdruck fehlt – es ist schon aufgeschrieben.

Schau doch, sagte Tschechow plötzlich wie zu sich selbst, mein Kragen ist fleckig. Verzeihung, bat ich noch einmal. Das ist von Dubeks Matjes. Was kann man da machen? Sie suchen sich nicht aus, wohin Sie verkauft werden, und ich hatte keine andere Möglichkeit, Sie zu retten. Aber bei mir sind Sie sicher. Niemand wird Telefonnummern von irgendeiner Schifra auf Ihnen notieren, niemand etwas ausreißen oder verschmutzen. Bei mir werden Sie sauber sein, das verspreche ich.

Nein, lächelte er. Das ist nicht der Matjes. Da, schau hin. Ich habe heute eine Baronin behandelt, die eine Abtreibung hatte. Eine tragische Geschichte.

Vielleicht aus Ungeduld wechselte er seine verschränkten Beine. Der Sack Jonas' rutschte ein Stückchen herunter. Die Atemzüge seines klaffenden Mundes erzeugten weitere Kältewolken. Während er sich bückte, um den Stoff auf den Knien des Kutschers zurechtzuziehen, fragte Tschechow mich: Hattest du je Gelegenheit, einen toten Fötus zu sehen?

Wo sollte ich so etwas sehen? entsetzte ich mich und versuchte, die Kutsche wieder unter Kontrolle zu bringen.

Die meisten Frauen bekommen die Gelegenheit, Tschechow blieb ruhig. So oder so, falls du von jenem Dubek schwanger werden solltest, ist es besser, wenn du es weißt. Es ist ein blau-rotes Körperchen, wie ein Flamme. So menschlich, daß es schmerzt, aber kalt. Deformiert vor lauter Liebe.

Wessen Liebe? wunderte ich mich.

Des Uterus. Und des Versäumnisses.

Chandelier sagt, Uterus sei ein Männerwort. Daß man statt dessen ein Wort von Frauen finden muß, sonst sei das eine sprachliche Beschlagnahmung.

Das stimmt, sagte er. Ich stimme durchaus zu. Aber ich erfinde keine Wörter. Ich sammle sie nur auf dem Papier: ordne sie, wenn du so willst, erklärte er ruhig.

Und was machen Sie mit den Fötussen?

Ah! Das ist eine andere Angelegenheit. Er setzte sich bequemer zurecht. Die veröffentliche ich nicht, sondern begrabe sie. Wie Skizzen.

Kannst du mir vielleicht einen geben, damit ich ihn Dubeks Frau mitbringen kann? Ich ignorierte seine Augenbrauen, die sich einen Moment über die Brille hoben. Anstelle dessen, das ich gebären werde, mit all den Schmerzen und dem Blut... sagte Odelia kindisch aus meinem Hals.

Nein, das tut mir leid. Sie sind alle tot. Aber vielleicht... beschwichtigte er und ließ mein enttäuschtes Gesicht aufleuchten. Ich werde schauen, was sich machen läßt.

Danke, sagte ich. Energisch brachte ich die ausgehungerte Stute bei den Wohnblocks zum Stehen. Hier müssen wir aussteigen. Aber Sie sind eingeladen, zu mir heraufzukommen. Meine Bibliothek ist durchaus akzeptabel.

In Ordnung, sagte er, warum nicht?

Fein, ich strahlte, und entschuldigen Sie die Häßlichkeit, diesen Anblick, die Betonkreise...

Unsinn, sagte er wegwerfend. Das entsteht aus derselben Liebe. Die, von der ich vorhin gesprochen habe, die Liebe des Versäumnisses. Auch die zu früh geborenen Fötusse fasse ich ohne Handschuhe an.

Verzeihung, aber ist das nicht gerade aus Angst? Daß wir ihnen Nahrung geben, Medikamente, Beton, sie am Leben erhalten, damit etwas da ist, das man versäumen, über das man sich beschweren kann? Das man genießen kann?

Er zuckte mit den Achseln. Wenn du in meinem Sommersitz leben würdest, mit den Gartenmöbeln und den vom See nassen Schwanenfedern – würdest du anders empfinden?

Ich antwortete nicht. Weil ich es nicht gelesen hatte. Nicht richtig. Sein Stück liegt schon mehr als ein Jahr bei mir, aber ich habe es nicht gelesen. Stücke machen mir Schwierigkeiten, mit ihren kurzen Zeilen und den Krümeln in Klammern.

Sagen Sie, fragte ich ihn plötzlich, warum haben Sie es nicht so gemacht, daß der Sohn von Jonas dem Kutscher am Ende nicht wirklich stirbt? Oder daß ihm wenigstens jemand zuhört?! Warum denn nicht? Warum muß er so bleiben, einsam und ängstlich, mitten in eurer Schneestadt – um mit seiner Stute zu plappern?

Wegen dem, was du gesagt hast.

Was? Wegen Sonjas Teppichen und den Betonkreisen und den zerbrochenen Briefkästen, wegen Dubek und Dubi in den Mülltonnen, Odelia und ihrem Vater und mir?

Wenn du so willst, wieder zuckte er mit den Achseln. Die Rockaufschläge seines Anzugs knisterten.

Wenn ich heirate, stecke ich dich unter mein Kleid, damit es alle warm haben, flötete ich und konnte nicht glauben, daß Odelia tatsächlich mit mir macht, was sie will.

Wundervoll, freute sich Tschechow. Bestimmt ist der Geruch dort bessser als in dem Einwickelpapier von dem Matjes.

Das hoffe ich, schämte ich mich.

Sagen Sie, fragte ich, bevor ich ihm die knarrende Tür zum Treppenhaus öffnete, können Sie Dubeks Frau helfen?

Hmm… was nimmt sie gegen die Schmerzen?

Irgendwas. So eine Creme. Das hilft gar nichts.

Dann braucht sie dich, um gesund zu werden. Um eifersüchtig zu sein, um zu leben. Du wirst ihr helfen.

Ich mag Babies nicht, sagte ich und schloß vorsichtig die Tür hinter ihm.

Du mußt nicht, wirklich nicht. Außerdem werden nicht alle geboren. Das von der Baronin heute morgen zum Beispiel war eine Fehlgeburt. Schade, daß du seine Finger nicht gesehen hast. In keiner meiner Geschichten ist mir das gelungen. Diese durchscheinende Fleischlichkeit. Die Transparenz.

Die Chandelier hat auch keine Kinder.

Nun gut, die Chandelier ist nicht echt.

Was ist sie dann?

Eine Erfindung.

Richtig, lachte ich. Deswegen schreibe ich sie die ganze Zeit in mein Notizbuch.

Tschechow nickte.

Bitte, sagte ich und ließ ihn vor mir die Treppen hinaufgehen, und wirklich, entschuldigen Sie bitte den Dreck.

Unwichtig, unwichtig, galant wischte er es beiseite. Ein Arzt ist viel schrecklicheren Dingen ausgesetzt, glaub mir.

Und der Schriftsteller?

Tschechow winkte mir mit seinem dünnen Zeigefinger zu, wie um meinen Scharfsinn zu loben, und stieg begeistert die Treppen hinauf. Du möchtest schreiben, ja? Das ist es.

Überraschend hielt er vor einer der Türen.

Nein. Ich denke nicht einmal daran. Nur lesen.

Gut, sagte er, du bist ein gesunder Mensch.

Eine Menschin, verbesserte ich ohne Stimme und fügte leise hinzu: aber nicht sehr gelungen...

Sonja öffnete die Tür. Funkelnd. Du hast bloß so dahingesagt, daß ihr die Polizei gerufen habt. Bloß so. Der Streifenwagen war in deinem Mund, und das ist alles. Deinetwegen vergewaltigt dieser Schwachsinnige Kinder, und du... verängstigt hielt sie inne, denn ich war näher und näher gekommen, wobei ich mich natürlich vergewisserte, daß Tschechow von meinem Rücken geschützt war. Dann, als es kaum noch nötig war, begann ich zu lachen, schubste, was von ihr übrig war, nach drinnen und knallte ihr vor der Nase die eigene Tür mit dem zu großen Spion zu, der wie ein Gerstenkorn aussah.

Das ist Sonja, erklärte ich und sah sie hinter der Tür wie ein Ungeziefer aus einem anderen Buch.

Sein angenehmes Gesicht war bleich geworden. Das heißt, ich fühle mich plötzlich nicht gut, geriet er in einer seiner alten Übersetzungen durcheinander. Das ist alles wegen des Fötus, eine Art verspätetes Trauma, scheint es. Des Schriftstellers. Weil es mir unmöglich war, ihn zu retten, ich hatte nicht einmal die Kraft, ihn zu schreiben. Wegen seiner Finger, mit denen ich nicht konkurrieren kann. Seine Beerdigung habe ich auch völlig vergessen. Ein Skandal ist das, ein Skandal, daß er auf meinem Arbeitstisch zum zweitenmal zum Tode verurteilt ist... seine Stimme brach.

Wenn Sie wollen, werde ich ihn für Sie begraben, erbot ich mich sofort. Ich spürte, daß mir wieder Tränen in die Augen traten.

Das ist schön von dir, begeisterte er sich, während er sich leicht an die verkritzelte Wand lehnte. Aber wo, wo wirst du ihn begraben? Du wohnst doch...

Im Uterus, sagte ich mit der Erhabenheit einer Florence Nightingale und korrigierte mich sofort, in der Ernika, wenn es Ihnen recht ist. Aber in meiner. Chandelier ist zu alt.

Und das wirst du aus Liebe tun? staunte der Arzt und versuchte, gleichmäßig zu atmen.

Ich habe keine Ahnung, sagte ich. Aber das ist es, was ich will.

Du bist ein guter Mensch, sagte er und drückte leise meine fünf Würstchen zu einer Art taubedeckten Blume zusammen. Ich schaute hinunter: seine Hand schwitzte blaue, glänzende Tinte aus. Du bist gütig, wiederholte er. Danke, ich errötete. Aber das ist ein Geheimnis, was Sie jetzt gesagt haben. Ein großes Geheimnis.

Wie du willst, lächelte Tschechow, ich werde dein Geheimnis nicht ausplaudern, auf mein Wort.

Ein paar Minuten nachdem ich ihn zum Ausruhen auf mein Bett neben der Bibliothek gelegt hatte, klopfte Odelia.

Was ist los? schauderte sie. Warum siehst du so aus?

Was ist mit dir los?! erwiderte ich ihren Angriff, ohne zu verstehen, wie es sich im Wohnblock schon herumgesprochen haben konnte, daß ich mir einen Fötus einverleibt hatte. Warum fragst du?

Odelia hob die Schultern beunruhigt, zog es aber vor, das Thema zu wechseln. Erna weiß nicht, wo die Uhr ist. Wo zum Teufel hast du sie hingetan? Sie sagt, daß ihre Zeit jetzt deinetwegen in gerader Linie rast, wie ein Messer, und daß sie Erinnerungen hat.

Selbst Odelia mußte angesichts dieser Beschwerde kichern.

Ich komme gleich hoch, sagte ich. Aber geh jetzt.

Moment, kämpfte Odelia. Ich werde Fotomodell. Jemand hat es mir heute angeboten. In der Boutique, von der ich dir erzählt habe. Ich bin hingegangen, um meinen Rock vom Umändern abzuholen, und da war dieser Mann, und er hat mir angeboten, Modell zu stehen. Er hat gesagt, ich sei wie dafür geschaffen...

Für was Modell stehen?

Was heißt für was? Odelia war beleidigt.

Für was sollst du Modell stehen? fragte ich noch einmal ungeduldig.

Was soll'n das heißen? jaulte sie. Kleider! Natürlich Kleider! Nicht Waschpulver oder ohne...

Schön, sagte ich zerstreut. Dann gehe Modellstehen. Ich komme gleich hoch.

Ich wußte, daß sie denkt, ich sei mitten beim Lesen, aber es war mir egal. Ich ging ins Zimmer zurück und nahm den Einberufungsbefehl, der auf dem Tisch lag, und zerriß ihn in Schnipsel, ich wußte, daß die baldige Hochzeit allen den Mund stopfen würde. Auch der Armee. Und da mich sowieso das Überfahrenwerden erwartete...

Tschechow drehte sich, im Schlaf brummend, leicht auf seinem Lager. Vielleicht im Traum. Einem schönen Traum. Weiß.

Der Vater wird nicht geehrt, sie sterben vor dir, seufzte

plötzlich Jonas, der Kutscher, von dem nur der alte, schwarze Hut zerdrückt über dem Schnee herausschaute. Wozu brauchst du denn das Baby?

Die Stute verdeckte mit ihren gereizten Hufen jetzt auch den Hut. Sie häufte schmutzigen Schnee neben seiner Krempe auf. In der Hoffnung, doch etwas zu fressen zu finden. Auch die wilden Ähren Thérèses würde sie nicht verschmäht haben.

Ich wollte sagen, daß meins sowieso nie geboren werden würde, daß es eh nur um ein Reservat geht, aber der Klang seines Gelächters lähmte mich. Es gefiel diesem Kutscher, abwechselnd aufzutauchen und völlig zu verschwinden. Ein Blatt aus einem Buch zu sein. Futterpapier für Pferde. Einen Augenblick fürchtete ich, daß es vielleicht ein Fehler gewesen war, ihn vor Dubek zu retten, daß es vielleicht einfach übereilt war, die Begeisterung der Erlöser, denn wer sagte, daß er dort mehr gelitten hatte? Daß der Sommersitz besser als der Wohnblock sei?

Doch die Schulter des Schriftstellers, der sich wieder herumdrehte, blinkte unter der Decke hervor, und ich deckte sie wieder zu. Damit er sich nicht erkälte. Der Blutfleck an seinem Kragen kam einen Moment zum Vorschein, wurde wieder verdeckt und weiß. Nur der blaue Tintenschweiß funkelte weiter auf seiner Brille.

Als ich zur Chandelier kam, sah ich, daß Odelia ihr eines der mürben Ballkleider vorführte. Sie stolzierte wie eine kaputte Puppe über den Teppich und rief Erna ferne, gebrochene Herzen in Erinnerung.

Ah, endlich Gila! rief Erna, vom Kognak erhitzt, doch noch immer wie jemand, dem ein spitzer Stein von der Seele gerollt wird.

Kennst du diese Sorte? fragt Soia interessiert und zieht aus der verdunstenden Plastiktüte des Supermarktes eine rechteckige Schachtel.

Nein, sage ich, und habe das Gefühl, mich gut benehmen zu müssen, wie bei einer Lehrerin.

Dubek plaziert hinter ihrem zerbrochenen Rücken ein Kissen nach dem anderen, doch Soia stöhnt bei jedem Kissen auf.

Meine Mutter hat Voltaren genommen, das heißt, bevor sie weggefahren ist, um mit ihrem neuen Typ in Jehennem zu leben, kichere ich.

Und du? So allein zu Hause? fragt Soia, während sie Creme aus der Tube melkt.

Dubek macht mir hinter ihrem Rücken Schweinsaugen, allerdings spiegelt er sich vollständig im Fernseher, der ihr gegenübersteht.

Ach, ich bin schon ein großes Mädchen, erkläre ich. Ich verschränke meine festen Arme unter meinen Brüsten, um sie zu zeigen. Warum liegt mir eigentlich so viel daran, überzeugend zu sein?

Ja, sagt Soia, du bist ein großes Mädchen; kein gutes Mädchen, fügt sie mit verdorbenem Lächeln hinzu. Aber das Lächeln zersplittert in ihrem Gesicht.

Ich zucke mit den Achseln.

Dubek will ein Kind, ein Baby. Ich konnte ihm keines geben. Ich bin eine kranke Frau. Du willst Dubek ein Baby geben. Einen Erben. Denn wenn du einwilligst, dann könnte man sich arrangieren. Sie dreht ihren Kopf zu Dubek, erwischt ihn, als er mir so macht, mit der Zungenspitze, wie Odelias Vater, der auf der Treppe absichtlich an mir entlangstreift. Aber ich habe eh gesehen, daß sie ihn schon vorher erwischt hat, als ein letzter Sonnenstrahl sich in dem gewölbten Glas des Fernsehers brach und auf dem Schwein landete, um es ihrem Auge deutlich zu zeigen.

Unablässig verfolge ich das Grimassieren ihrer verschlagenen Lippen. Vielleicht sind es die Cremes, die ihre Schmerzen ebenso verstärken wie vermindern und ihr im Rücken, im Nacken Augen wachsen lassen.

Ich mag Babies nicht. Ich komme nicht mit ihnen zurecht. Ich bin Einzelkind, und ich räume lieber Zeitungen ein, als Babysitting zu machen. Bücher interessieren mich mehr – ich habe das Gefühl, ausführlich sein zu müssen.

Unwichtig, sagt Soia wegwerfend. Mißt mich, als sei ich ein Lasttier. Du bist stark. Du wirst es zur Welt bringen, und Dubek und ich werden es aufziehen.

Aber ich dachte, es ginge um eine Scheidung, sage ich und würge an dem Kuchen, den man mir abgeschnitten hat. Schwarz, vielleicht aus Schokolade und Marmelade, und jedenfalls gekauft.

Oben auf dem Büffet stehen Unmengen von rosa-cremefarbenen Vasen in einer Reihe, und in allen Plastik- oder Seidenblumen. Ich zähle die Blumen auf, die ich kenne, und wölbe die Hand zu einem Käfig für die Kuchenkrümel – Orchideen, Rosen, Chrysanthemen, Nelken. Das war's. Was habe ich mit Natur zu tun? In Büchern gibt es Orchideen, und bei den Bäumen handelt es sich immer um Ulmen. Wenn in einem Buch eine Topfpflanze blüht, dann ist es eine Geranie. Wie sehen Ulmen und Geranien aus? Orchideen kenne ich, weil ich welche auf einem Buchumschlag gesehen habe, und das, obwohl die Heldin selbst ein Gewächs war und die Orchidee an ihr nagte wie Krebs. Eigentlich ein sparsamer Tod, wenigstens muß man keine Blumen fürs Grab kaufen. Und wohlriechend.

Ich weiß nicht, was ich mit den Krümeln machen soll, die sich in meiner Hand angesammelt haben, und schlucke sie als Klumpen hinunter. Plötzlich fällt mir Odelia ein, die jedes Jahr die wilden Ähren, die sich auf der Müllhalde gegenüber haarig und mit ihren Warzen aufrichten, pflückt und sie in die Kristallvasen der Chandelier tut. Aber schon beim erstenmal sah man ihrem Gesicht an, daß ihr das nicht genügt. Und wirklich, als die beim drittenmal trotz des Meister Proper in sich zusammensanken, fragte sie, ob man Brot aus ihnen machen könne. Vollwertbrot, wie im Supermarkt. Erna lachte. Sie nahm ihr Gebiß heraus und zeigte, daß das Vollwertbrot bloß die Zähne verstopft. Doch Thérèse-Kindchen gab nicht nach und sagte, daß sie die Bäckerin im Supermarkt fragen würde, die mit ihrem weißen Kittel und dem Schild »Luda Puschkerin, Bäckerei« wie eine Apothekerin aussieht – denn wenn es möglich wäre, dann sei das eine geniale Erfindung. Wildbrot würde sie es nennen. Und sie könne irgendeinen chinesischen Verdauungsspezialisten finden, der es empfehlen würde, wie in den Zeitungsreklamen für pflanzliche Wundermittel aus dem Osten, die das Leben verlängern und Falten glätten und den Appetit zügeln, und nur die, die der männlichen Potenz Wunder versprechen – wir beide haben schon einmal darüber gesprochen, wie brutal diese Wörter sind –, nur die zerreißt sie zu Schnipseln, damit ihr Vater nicht darauf stößt. Alle anderen reißt sie für Erna heraus, doch sobald Erna verstanden hat, daß es sich nicht um Sonderangebote handelt, schiebt sie sie beiseite und nickt ein, und dann nimmt Thérèse-Kindchen sie leise und heimlich und heftet sie in den Ordner, den sie für ihre alten Tage aufbewahrt, wenn ihre Haut nicht mehr wie Sahne, ihr Haar nicht mehr wie Sesam sein wird, und ihre Tränen nur noch widerwärtiger Teer...

Magst du Blumen? fragt mich Soia, der kein einziger Krümel entgeht, weder die, die ich verschluckt habe, noch die, die trotzdem hinuntergefallen sind.

Nein, sage ich.

Ich liebe sie, aber ich bin allergisch. Darum vielleicht all dies, fügt sie hinzu und hebt die Tüte vom Supermarkt, die noch weiter verdunstet ist, seit ich gekommen bin, bald wird die ganze Medikamentensammlung herauskommen, nichts kann sie davon abhalten, und sie wird machen, was sie will: einen Aufruhr unter den Vasen, den Platz der Blumen einnehmen, Krankheiten erfinden.

Was für ein Arrangement soll es dann sein, ohne Scheidung? frage ich wieder und kann nicht verhindern, daß ich auf die Krümel trete, die auf dem Boden zermatschen.

Der Boden ist kahl. Ohne Teppich. Auch vor der Tür, erinnere ich mich, war nichts. Man kommt herein und geht wieder, als sei es ein Bahnhof. Ein Laden.

Eine gute Regelung, sagt Soia. Dubek glaubt, daß er dich liebt. Du bist jung. Frisches Fleisch. So ist das. Männer. Sehen über ihre Nasenspitze nicht hinaus. Ein halber Körper genügt ihnen. Sie sagt das vor ihm, als sei er bloß ein Kind, das gesündigt hat; aber ohne Tadel. Sie ist klug. Bei den Worten frisches Fleisch ist ihm sowieso der Saft in die Augen gestiegen.

Ich lache, weiß aber noch nicht, ob sie mir sympathisch ist. Irgend etwas fehlt ihr, und kein Gewürz. Gepfeffert ist sie. Aber sie ist keine Chandelier.

Auch für dich ist es eine gute Regelung, das weiß ich. Du willst nicht zur Armee, nicht wahr? Nein, du willst nicht. Jetzt nimmt auch sie sich ein Stück Kuchen. Wieder klopft Dubek die Kissen zurecht. Bemüht sich, würdig zu sein. Die Haltung ist ihm ein paar Nummern zu groß.

Hast du daran gedacht, will ich ihr sagen, daß wir alle, wirklich alle, einem mindest einmaligen Genuß eines Mannes entsprungen sind. Und das ist sicher. Denn der Genuß der anderen Seite ist nicht selbstverständlich. Er ist immer zweifelhaft. Immer. Aber stell dir vor, will ich ihr sagen und schweige, stell dir vor, daß wir dem Genuß entsprungen sind. Stell dir doch diese Last vor, von Anfang an. Daß du dich überfahren lassen mußt, obwohl ein Teil von dir sich aus Genuß zusammensetzt. Oder aus Genuß Schmerzen leiden mußt. Um des Genusses willen hassen mußt. Aus Genuß weinen.

Ich sage nichts. Sie ist nicht die Chandelier. Ihre gelbe Zunge wird mich nicht verführen, ehe ich keine andere Wahl habe, als das Notizbuch der Rettung aufzuschlagen und ein Kapitel zu überschreiben – Soia.

Das ist richtig, sage ich. Ich will nicht zur Armee. Aber alles hat seine Grenzen. Ein Baby, zum Beispiel, ist zuviel.

Aber deswegen sitzen wir doch hier, sagt sie, ohne im mindesten an dem Kuchen der Bäckerin-Apothekerin

»Luda Puschkerin, Bäckerei« zu ersticken, in der eines Tages Kindchens Müll-Brot in verdunstenden Plastiktüten mit dem Foto des chinesischen Verdauungsexperten liegen wird, und mit der Erläuterung: So-und-so-viele Vitamine. So-und-so-viele Nährstoffe. So-und-so-viele Kalorien. So-und-so-viele alte Autoreifen, Zeitungen, Cola-Büchsen, ausgedrückte Zigaretten, Hundescheiße, Taubenscheiße, Staub aus Sonjas Teppichen, alte Kaugummis von Odelia, Schachteln von Doppelrahmstufe mit etwas Doppelrahmstufe, Cotege ohne Cotege (Dubi leckt alles bis auf den letzten Rest aus), faule Apfelsinen, einen zu weichen Apfel, den die Chandelier nicht mochte und den ich aus dem Fenster geschmissen habe, Tampons, extra weiches, rostfarbenes Klopapier, eine offene Windel, leere Kognakflaschen, Blätter, die ich aus dem Notizbuch gerissen habe und auf denen Wörter stehen, die sich erholt haben und nicht länger selten sind, Zeitungsreklamen für Potenzpillen, zerrissene Putzlumpen von Odelias Arbeit, ihre Sahne-Meister-Proper-Fingerabdrücke auf den wilden Ähren. Und ein Datum. Mindestens haltbar bis...

Moment, ich höre auf, ihr davonzulaufen. Moment mal. Ich habe Dubek so verstanden, daß er von Heirat spricht, sagte ich und schaue zu, wie ihr nicht einmal der Schatten eines Krümels herunterfällt. Und man sieht es, weil kein Teppich da ist. Alles nackt.

Ja, ja, Heirat, sagt sie, als sei ich hysterisch. Aber er wird weiter mir gehören. Wir werden einen Vertrag machen. Er wird oft hierherkommen. Mich einreiben. Ordnung machen. Einkaufen. Das Kind hierherbringen. Damit es mich sieht. Kennt.

Wen kennt?

Seine Mutter kennt, sagt sie und nimmt das Ende der Cremetube, um ein Krümelchen herauszupulen, das ihr zwischen die Zähne geraten ist.

Aber ich bin seine Mutter, sage ich, und gleich fühle ich mich nicht gut, obwohl ich doch sonst wirklich so gesund bin wie ein Pferd. Eine Stute. Nur daß mich jetzt etwas quält. Vielleicht ist es das Gesundheitsbrot von Odelia. Odelia, die Traum-Verwirklicherin. Mann. Haus. Vasen. Kind. Brot. Ohne Bücher. Ohne Notizbücher. Bloß dieser Ordner mit Naturheilmitteln fürs Alter. Und die drei Ann Maters, die eh mir gehören. Die Fotos mit den Bettlaken aus Deutschland. Ja, genau so.

Aber du magst Kinder doch nicht, wiederholt Soia meine Worte, die noch wie Vasen im Raum stehen.

Ich weiß nicht, mache ich einen Rückzieher. Versuche, gewisse Tränen aus den Augen zu verscheuchen. Und wie zum Teufel komme ich plötzlich auf dieses ›gewisse‹? Was soll das? Habe ich eine Orchidee verschluckt? Und was soll diese Flennerei in letzter Zeit, als sei meine ganze Rettungsaktion im Grunde eine Art Odelia-Konzentrat – Sahne, Erdbeeren, Sesam, Perlen; Zubereitung: genüßlich einweichen, genüßlich die Zähne hineinschlagen – Guten Appetit! Denn was rauskommt, ist das, was man reingetan hat, und was man reintut, das kommt raus. So einfach ist das. So natürlich. Dafür braucht man weder ein Notizbuch noch ein Reservat. Dabei fällt mir der einzige Satz ein, an den ich mich aus all den Büchern, die ich gelesen habe, erinnere, und auch an ihn erinnere ich mich nur, weil ich ihn abgeschrieben habe, alle anderen sind ein einziger großer Brei.

Sowieso hatte ich anfangs ehrgeizigere Pläne, nämlich ausgewählte Zitate zu retten und aufzubewahren, um alle möglichen Situationen zu heilen. Aber das hat nicht geklappt. Ich habe einfach angefangen, ganze Sätze abzuschreiben, dann Absätze, dann Seiten, wie eine Süchtige, doch ich habe mich erwischt. Wer bin ich überhaupt, daß ich entscheide, wie die Welt zu retten sei? Und ich bin zu den Wörtern zurückgekehrt, um nur sie zu retten, die seltensten von ihnen, die keine Chance mehr haben. Trotzdem ist der Satz aus Kafkas Tagebüchern hängengeblieben, von denen ich zuerst Band B, das Ende bekommen habe, erst ein paar Wochen später fand Dubek den Anfang, so daß ich –

wie es sein soll – mitten in Kafkas Leben gestoßen bin und auf den Satz, der lautet: »Noch habe ich Möglichkeiten, gewiß, aber unter welchem Stein liegen sie?« Jedesmal wühlt dieser Satz mich auf und läßt mich in einen Tränenstrom ausbrechen. Voller Salz. Wie die Spritzer eines Wischers. Wenn man darüber nachdenkt, ist das ein völlig übergeschnapptes Wort, Wischer. Und ich weiß, ich weiß, daß er das geschrieben hat, als er Migräne bekam. Während er auf seinem Sofa lag und all die grauen Schornsteine Prags sah, mit den Tauben, die die Flöhe aus ihren rosa Federn pickten, ja, gegenüber von den Schornsteinen, die Erna so vermißt, und Franz, nicht ihrer, sondern der kafkaeske Franz, wollte damals im Innersten seiner Seele sterben. Unten stritten sich seine Eltern. Sein Vater, der nicht aufhörte, unnötigerweise den Holzfußboden abzumessen und wie eine Ratte zu quietschen, bestand darauf, er müsse Jura studieren oder wenigstens weiter in der Bank arbeiten. Arbeiten. Um mit Anstand die Hälfte des Genusses zu tragen, aus der man ihn zusammengesetzt hatte. Und heiraten. Einen Hausstand gründen, zum Teufel. Denn wozu beugt er die ganze Nacht den Kopf über seine erbärmlichen Blätter und puhlt darin!? Puhlt! Bestimmt gab es im Deutschen von damals ein anständiges Wort für puhlen. Einstweilen wollen wir es dabei belassen. Denn wer kann sowas brauchen? Wer wartet schon darauf, und was hat er davon, hm? Er, der dem Parasiten bis heute ein Dach über dem Kopf gibt, will das wissen! Das Quietschen einer Kehrtwendung. Das Klopfen von Absätzen. Will das wissen! Ohne Ausrede! Und sofort.

Währenddessen hörte Kafka nur, wie die rechte Schläfe gegen die linke pochte. Die Botschaft einer Ader dünnen Blutes überbringt. Weil du keinen Mut hast, sendet die linke Schläfe der rechten Schläfe. Alles ist auf dem Papier! Wärest du ein richtiger Schriftsteller, hättest du es längst getan. Längst. Und mit der Pistole nachgeholfen, wenn nötig. Aber du nicht, du nicht, erwidert die rechte Schläfe der linken, gemorst und exakt. Ein Feigling bist du. Ein Hasenherz. Vor allem ein Hasenherz. Du bist nichts weiter als ein Beamter. Auch hier, über deinen Blättern, ohne Bankstempel und Zahlen.

Sicher dachte er damals weder an Babies noch an eine Hochzeit, während er sich krank machte, doch ein neuer und reiner Anfang ging ihm durch den Kopf. Er verstand nicht, verstand nicht, wie man sich tot fühlen kann, eine Null, auf die jeder nach Belieben seinen Dreck schmeißen kann, aus eigenem Willen mit all den Pillen, Cremes, Verbänden und der Enttäuschung gemästet, und sterben wollen, sterben! Auf einen der Schornsteine klettern und herunterfliegen, auf dem Bürgersteig zerschellen – und zur gleichen Zeit, in demselben, abgründigen Bruchteil, in dem all das Gift sich in seinem vollgestopften Kopf ausquetscht, der mehr und mehr einem schwarzen Nudelholz, einem Holzpflock, einer Stange, einem Kohlestift ähnelt, fällt ihm ein neuer Anfang ein. Was für ein Bild. Was für eine Idee. Eine brillante Formulierung. Spiritus. Blau. Und er haßte sich. Verabscheute sich, der er sich so beeinflussen, beherrschen ließ. Sogar die weichliche Hoffnung beherrscht ihn. Daß er wie ein Verbrecher abhaut. Eine finstere Straßenecke. Ysop-Treppen. Eine knarrende Dachstiege. Ein Wortschornstein. Himmel. Er schließt die Augen und sieht das blaue, sich ausbreitende Feuer der Phantasie. Seine Lider brennen, als verursache dieser Brand physischen Genuß. Das langsame Befeuchten der dünnen, rötlichen Lippen, die schwarz werden und zerbröckeln, nichts anderes als Rohstoff in der Hand des Werks. Eine einzige Flamme. Und das Feuer kennt kein Erbarmen. Schon sind die Verbände Asche, die Streitereien unten und die Tauben gegenüber – Rauch. Nur dieses Feuer krempelt ihn auf, als sei er ein Ärmel, in dem der Bürger K. steckt, und wenn nicht der, dann ein großes Schloß, Amerika und noch ein paar kleine und ungeheuerliche Dinge, wie auch dieser Satz, der einzige, an den ich mich erinnere, und vielleicht ist es gut, wenn er ihn aufschreibt. Aufsteht und ihn aufschreibt. Für mich.

Aber er hat keine Kraft aufzustehen. Wieder scharren die Schritte seines Vaters stumpf über den Holzboden. Bohren sich tiefer. Fachen das Feuer an. Nähren die Phantasie. Und sein Verstand wird konzentrierter und reiner als Alkohol. Ein Rohstoff, der noch unentdeckt ist. Das ist alles, es ist still. Jetzt steht er auf. Ein Mann, der gebärt. Ein schöner Mensch. Zur gleichen Zeit trüb und rein. Ich weiß es, weil Chandelier, die ihn ebenso bewundert wie ich, mir einmal aus ihrer tschechischen Zeitung, die irgendeinen Todestag von ihm gefeiert hat, ein Bild zum Aufbewahren herausgerissen und es mir verstohlen unter den Ausschnitten fernöstlicher Wundermittel zugesteckt hat, damit Odelia es nicht sieht. Denn wenn sie es sähe, würde sie bestimmt fragen, wer das ist, weil er nicht wie ein chinesischer Verdauungsexperte aussieht, und woher wir ihn kennen, in welcher Serie im Kabelfernsehen er mitspielt, wenn überhaupt, und wenn nicht, wer das sein soll und wozu, denn damit würde sie alles kaputtmachen, die ganze Majestät, die in der präzisen Bewegung der alten Finger steckt. Seitdem weiß ich auch, daß er schön ist. Aus Zeichen gehobelt. Verzweifelt. Sorgfältig gekämmt, und obwohl dieses sorgfältig ein Wort ist, das mich normalerweise amüsiert, spitzt es sich hier zu. Wird finster. Ist überhaupt nicht amüsant. Bloß prächtig, erschreckt und von grauenhafter Ordnung. Denn unter dem aus der Zeitung gerissenen Gesicht trägt er seinen Morgenrock. Einen Morgenrock aus Samt, vielleicht auch aus Seide. Jedenfalls einen teuren Morgenrock. Pedantisch. Und er schreibt. Ja, jetzt schreibt er. Und je mehr er schreibt, desto wacher wird er. Klärt sich. Betäubt sich nicht im mindesten. Das Feuer verlischt mit der Migräne, und auf dem Papier steht dieser Satz, der mich immer aufwühlt und um dessentwillen ich versucht habe, eine andere zu werden. Viel raffinierter und klarer. Ich habe angefangen, ausgewählte Zitate ins Notizbuch abzuschreiben, bis ich verstand, daß ich bloß kaputtmache. Daß es nicht meine Aufgabe ist zu bauen, sondern zu retten. Daß das, was

Kafka erlaubt ist, mir nicht zusteht. Daß ich allenfalls die Umgebung, nicht mich selbst verbrennen werde. Trotz all der Größe und Stärke und Gesundheit muß ich aufpassen, und auch auf mich selbst muß ich achtgeben für meinen Augenblick, den Augenblick des Überfahrenwerdens. Da habe ich nur diesen Satz behalten, der mir wie ein fiebriger Kopfschmerz im Kopf steckt und nicht abläßt: Ja, ich habe noch Möglichkeiten, sicherlich, aber unter welchem Stein liegen sie? Du bekommst den Laden hier und ich den in Holon. Du bekommst Dubek, aber er wird auch mir gehören, wie vorher. Dubek wird für mich den Laden managen, die Krankheit und das Haus, und du deinen Laden. Du wirst Dubek ein Kind gebären, ich und Dubek werden es großziehen. Du wirst mit Dubek schlafen, wann immer er Lust hat, aber nachts wird Dubek bei mir schlafen.

Ich hob meine brennenden Augen von dem Punkt, auf den sie nicht einen Krümel hatte fallen lassen, hörte ihre katalogisierende Stimme aus einer anderen Stadt und dachte, daß beispielsweise sie erfolgreich mit den Zitaten, die die Welt heilen, uns allen vieren das Leben einschmieren könnte, ohne sich vom Sofa wegzurühren, und jeden Tag mit einer Fernbedienung unter dem Kissen vom türkischen Kanal zum arabischen und vom arabischen zum türkischen schalten. Aber sie wird länger leben als ich. Das Lebensdatum, wie es nie in der Weltliteratur geschrieben steht, in den Lebensläufen mit der verschwommenen Illustration der Klassiker der…

Plötzlich begann ich zu grinsen, denn ich merkte, daß ich das Baby mitgerechnet hatte. Daß ich an uns vier gedacht hatte, als sei es schon aus dem Papier herausgekommen, wie der Bürger K., wie Odelia, die trotz allem imstande ist zu überraschen und zu verwirklichen, wenn nicht Brot, dann ein Baby…

Hör zu, sage ich entschieden und stoße gegen die Medikamententüte, die sich inzwischen aufgelöst hat wie eine verbrannte Plastikblase, ohne der Umwelt zu schaden und ohne irgend etwas beizusteuern; ich muß darüber nachdenken. Ich werde darüber nachdenken und dann meinerseits einen Vorschlag machen. Immerhin habe ich dich kennengelernt, und das war es, und darauf war ich neugierig.

Ich stehe auf und hebe die Creme hoch. Dubek, der bisher geschwiegen hat, wirft sich mir mit seinem ganzen Körper entgegen, als sei ich gekränkt. Aber meine Worte lassen ihn einhalten: Hier steht, daß das im Kühlschrank sein muß. Warum ist es dann nicht im Kühlschrank?

Soia stößt all ihre nach Medikamenten stinkende Luft auf einmal aus. Was, wirklich? Das wußte ich nicht. Dubek, hast du gesehen, was da geschrieben steht, mit diesen kleinen Buchstaben?

Ja, bestätige ich wie Loda Puschkerin, Bäckerei und Apotheke. Dann entledige ich mich der Creme, Richtung Tisch, als habe sie die ganze Zeit alles vergiftet und schlimmer gemacht, ohne daß die beiden es wußten. Obwohl da eigentlich nur steht: Kühl und trocken aufbewahren. Und dieser Ort ist ja kühl. Ohne Teppich oder Matte. Oder Bücher. Nur der große Fernseher, die Vasen voller Plastik und die Medikamente.

Dubek beugt sich zur Creme und versucht heimlich, meinen Arm zu streicheln, wie er es tut, wenn er darauf besteht, mir die Zeitungsstapel direkt in die Hand zu geben. Vielleicht hat sie mich doch gekränkt. Und wenn ich gekränkt bin – na und? Muß man es zeigen? Erzählen? Bei der Polizei Beschwerde wegen sexueller Belästigung durch eine Frau einreichen? Die auch noch krank ist und keine Kinder hat. Sagen, daß sie mich frisches Fleisch genannt hat. Und wird jemand bei der Polizei überhaupt auf solche gebräuchlichen Wörter wie frisches Fleisch eingehen? Welcher Polizist wird sich ihretwegen die Mühe machen, sein Notizbuch zu öffnen und die Überschrift: ›Soia‹ hineinschreiben?

Soia ächzt. Deswegen hilft es nicht. Deshalb die Schmerzen. Du schmierst und schmierst mich einfach so ein. Er hätte es lesen müssen…

Glaubst du, daß es geschadet hat? fragt sie mich plötzlich, zusammengeschrumpft vor lauter Selbstmitleid, aber trotzdem streift sie das Hemd hoch, um mir einen krummen und gelben Rücken zu zeigen.

Ich beuge mich einen Moment vor, um hinzuschauen. Es gibt bessere Dinge für mich, aber unter welchem Stein liegen sie? Und wenn ich einen anderen Stein hochhebe, allein, dann ist da vielleicht eine Schlange, oder Odelias Vater... Vielleicht ist der Stein aber auch so schwer, daß ich ihn gar nicht werde aufheben können? Das hast du gemeint, nicht wahr, Kafka?

Aber Kafka schreibt. Er hört nichts. Weder mich noch seine Mutter, die immerhin versucht, ihn seinem Vater gegenüber zu verteidigen, während sie an einem Riechfläschchen schnuppert, hustet und wie wahnsinnig klingelt, damit das Mädchen frischen Tee bringt, wie es das inzwischen gelernt hat, mit etwas tschechischem Kognak von Chandelier, bloß ein paar Tropfen.

Die Tauben sind auf den Schornsteinen festgefroren. Der Rauch ist verflogen. Ein dunkler, kleiner Mann in einem Morgenrock ist in seinem Zimmer wie in einem Käfig eingeschlossen. Jetzt kann jeder kommen und nach ihm pfeifen, man kann ihm Essen hinwerfen, Körner, Brocken gekauften Kuchens. Man kann neue Medikamente gegen Migräne anbieten, ein höheres Gehalt bei einer anderen Bank, chinesische Gifte, die erst jetzt in den Westen importiert werden und sehr zu empfehlen sind, man kann einen neuen Vater anbieten, eine frische Frau mit dem Geschmack von Sahneerdbeeren, die auch Bücher mag. Aber Kafka hört nichts. Ist nicht zu verlocken. Er schreibt. Für mich schreibt er, und er weiß es nicht. Für mich. Schließlich muß ja irgend jemand auch mich retten, bis ich überfahren werde.

Hört zu, ich bin kein Arzt, sage ich angewidert. Ich weiß wirklich nicht, ob das geschadet hat. Vielleicht ja. Fragt einen Arzt. Schade, daß ihr nicht früher nachgelesen habt...

Doch Soia beruhigt sich nicht. Wieder und wieder warnt

sie Dubek, er solle nachsehen, nachlesen. Solle endlich einmal lesen, was da geschrieben steht, damit er das Richtige tue. Solle sich den Rücken ebenfalls anschauen, da, wo er gebrochen sei, wo er weh tue, solle hinschauen, damit er sehen kann, was ihr zugestoßen ist, weil er nicht nachgelesen hat.

Dubek schaut hierhin, schaut dorthin. Danach betastet er sie. Seine Finger wandern herum, ohne auf die Knochen Rücksicht zu nehmen.

Au, schreit Soia. Sie sei noch nicht geschlachtet. Er solle aufpassen. Nein, alles ist in Ordnung, sagt er, wirklich alles in Ordnung. Genauso, wie vor der Creme. Wie verbleiben wir also? Das Mädchen geht gleich. Seine Stimme klingt meinetwegen erschreckt.

Endlich beruhigt sie sich. Deine Gila sagt, sie würde ihren Preis nennen. Das hast du doch gesagt?

Vielleicht versteht sie sich doch nicht auf Zitate, amüsiere ich mich plötzlich.

Richtig, sage ich. Ich werde mein Angebot machen. Ich werde darüber nachdenken, es abwägen, und jetzt muß ich gehen.

Was macht dein Vater? wirft Soia, plötzlich lebendig geworden, in den Raum.

Mein Vater ist auf dem Meer. Läßt Schiffe fahren. Eigentlich kocht er. Er ist Schiffskoch, kichere ich. Ein guter Mensch. Er bringt mir immer eine Menge Sachen mit, die ich nicht brauche: Spielsachen, Spiele, Regenschirme, Jeans aus Brasilien, stell dir vor! Kinkerlitzchen von Matrosen. Zollfrei.

Soia zerquetscht nicht einmal ein halbes Lächeln. Und mit wem lebt deine Mutter?

Mit irgend jemand. Sie sind geschieden.

Und du bist allein in der Wohnung? Ganz allein? Das Verhör wiederholt sich von hinten nach vorne, so, wie ich die Tagebücher Kafkas gelesen habe. Aber jetzt bin ich schon mutiger. Und ich stehe, bin viel größer als Dubek.

Ich komme gut zurecht. Ich habe Bücher. Ich habe Odelia und Erna, Nachbarinnen, erkläre ich knapp.

Ah, lächelt Soia, aber so wirst du noch mehr haben. Sie nimmt wieder die Creme, um die kleinen Buchstaben anzusehen, die sich in einem ersterbenden Sonnenstrahl krümmen, der gerade durchs Fenster dringt und sich im Käfig des Fernsehers bricht. Ich weiß nicht, fügt sie hinzu, so aufgerichtet sie an einem Haken sein kann, in der Apotheke haben sie nicht gesagt, man müsse sie in den Kühlschrank tun, stimmt's, Dubek? Aber ihre Augen sind ausschließlich auf mich gerichtet.

Du bist noch ein Küken. Es gibt Dinge ohne Für und Wider. Sie existieren, basta. Wie Schmerzen. Wie das hier, zum Beispiel. Wieder hält sie sich den Rücken. Aber du bist klein und dumm, du hast keine Ahnung. Wenn du Schmerzen haben wirst, so wie ich, dann wirst du es verstehen.

Vielleicht, sage ich und habe noch die Kraft, meine Stimme zu erheben: Dann auf Wiedersehen einstweilen. Laß es dir gutgehen. Wir werden voneinander hören.

Draußen ist Prag. Die Schornsteine grauer Wohnblöcke. Einfach so, aus irgendeinem luftigen Leichtsinn heraus, hob ich den ersten Stein, der sich mir darbot, und darunter war gar nichts, nicht einmal eine Schlange, nicht einmal ein weiterer Stein, und weil es so leicht war, ihn hochzuheben, schleuderte ich ihn fort, kräftig, und im Flug traf er den Reifen eines Autos, das da im Stau stand, und der Besitzer, der sowieso gereizt war, stieg aus und verfluchte mich, weswegen ich ihm ins Gesicht lachte, und wegen meines Gelächters verfluchte er mich noch einmal, dann bereute er es und machte irgendeine ordinäre Bemerkung über meine Titten, deswegen trat ich ihm mit meinem großen Schuh nah am Blech gegen einen Reifen, jetzt glaubte er nicht mehr, daß wir spielen, und bot mir an einzusteigen, aber die Ampel schaltete um und ein Hupkonzert setzte ein, er mußte losfahren, sozusagen deswegen bin ich nicht eingestiegen, und er fuhr davon.

Ich weiß, wie es sein wird: ich sitze im Wohnzimmersessel und lese, und Dubek sitzt auf dem engen Balkon. Dort ist der Himmel blau – sofern es ihm gelingt, durch die halb offenen Jalousien zu dringen. Dubek wird die leichten Stühle verrücken, solche, wie man sie immer in den Reklamen findet, die den Briefkasten füllen, wo sie Garten- und Terrassenmöbel genannt werden, und immer sitzt eine schöne Frau darin, die die glückliche Braut und Balkonbesitzerin darstellt; weiße, federleichte Möbel. Auf dem Tisch steht ein riesiger Teller mit Früchten, es gibt einen Sonnenschirm und manchmal einen Strohhut; für alle Fälle. Möbel, die dir das Gefühl von Ferien, von einem Hotel geben, auch wenn du verheiratet zu Hause sitzt.

Doch das ist alles in den raschelnden Reklamen, die die zerbrochenen Briefkästen zusammen mit den Klempnern und Anstreichern ersticken. Bei uns tritt Dubek einen oder zwei Stühle zur Seite, um sich wie ein Gorilla an die Balkonbrüstung zu klammern und Luft zu schöpfen. Denn bestimmt ist es Sommer oder Spätsommer. Er trägt ein großes Netz-Shirt, daß die Luft durch alle ursprünglichen Löcher und all die Löcher vom Waschen hereinläßt, denn ich habe nicht vor, irgend etwas auszubessern, sondern zu lesen.

Doch das stört Dubek nicht, im Gegenteil, Hauptsache, es kommt so viel Luft wie möglich durch. Denn es ist wirklich zum Ersticken. Da sind lange Sonnenstreifen, lange, goldene Haare, auf denen Unmengen von Staubkörnchen wie auf einer Rolltreppe schweben werden. Sehr angenehm ist das, diese Körnchen zu sehen, wie sie sich in meiner Wohnung bewegen, die sicherlich weniger staubig sein wird als die von Dubek und Soia. Allerdings macht das keinen großen Unterschied, da ich ja vorhabe, ausschließlich zu lesen.

Und Dubek, dem das egal ist und der den leichten Stuhl zur Seite getreten hat, hängt schon an der Brüstung. Er trägt kurze Hosen. Keinen glänzenden Slip, wie die schönen, jungen Männer auf den Reklamen für Bootsfahrten auf dem

See Genezareth, die ebenfalls alle Briefkästen füllen, und auch keine Khaki-Shorts, denn das Vaterland ist schon aufgebaut und eine Wohnung ist auch da. Nein, es werden Hosen mit einem Gummibund sein, senffarben oder in ausgeblichenem Schwarz, denn Dubek ist schon furchtbar alt. Dann hebt Dubek sein dickes Bein hoch, gerade als ich umblättere und konzentriert weiterlese, wobei meine Augen die ganze Zeit fotografieren, was da vor mir auf dem Balkon passiert, obwohl sie es eh schon wissen – und er wird sich nicht einmal nach mir umwenden. Wozu auch? Ich werde sowieso nichts machen. Weder kommen noch etwas bringen, nicht einmal antworten, denn ich lese. Er wird seine häßlichen Schultern hochziehen, die sich aus dem T-Shirt heben, zwei kahle Hügel im Sommer oder Spätsommer, und danach die Hose hochziehen, deren Gummi ins Fleisch zwickt und rote Eisenbahnschienen auf der Haut hinterläßt – um auch da zu lüften. Und dann werden sie herauskommen. Zwei ärmliche, längliche, graue Klümpchen, mit elefantenartiger, rauher Haut. Und weil Sommer oder Sommerende sein wird, denn vorher werden wir sicher nicht heiraten können, wird ihr Geruch auf dem Balkon hängenbleiben. Weil da eh keine Luft ist. Und Dubek duscht sich nicht täglich, nicht einmal im Sommer. Ich blättere nicht weiter, die Zeilen verrutschen nicht länger vor meinen Augen, weil ich die ganze Zeit an diese Eier gefesselt bin, die herausgekommen sind, um sich ein wenig auszuruhen, wie in den alten Kinderliedern, für die es mir immer an Geduld gefehlt hat, in denen man sieht, wie wollige Lämmer sich Kopf an Kopf reiben, mit schwarzen Lippen, die Grünzeug kauen, und darunter steht in Schreibschrift: Mäh-mäh-mäh. Die Lämmer sind herausgekommen, um sich auf der Weide zu tummeln. Mäh-mäh-mäh.

Ich weiß nicht, ob Dubek weiß, daß ich weiß, daß seine Eier rausgekommen sind, um sich im Sommer oder zu Sommerende auf unserem Balkon zu tummeln, aber das ist unwichtig, denn plötzlich seufzt er auf, als wehe großer, saftiger Wind vom Meer her. Und das stimmt nicht. Denn wir sind von anderen Wohnblocks umkränzt, und das Meer ist irgendwo versperrt und weggeschlossen, hinter Tellerantennen und Sonnenboilern, leicht findet man es nicht, nicht einmal mit dem Opernglas der Chandelier, und die einzige Bewegung ist die der Staubkörnchen, die in der kleinen Galaxie unseres Wohnzimmers schweben.

Dann werde ich die Augen und das Buch schließen, werde endlich aus dem Sessel aufstehen, um den Lappen, den ich in meine Ernika reingestopft habe und der sich wie ein Wischtuch mit Dubeks Samen vollgesogen hat, rauszuziehen. Denn ich bin nicht bereit, mit Dubek zu schlafen. Also nimmt Dubek, sofort, nachdem er sich selbst gemolken hat, einen alten Lappen und läßt ihn sich vollsaugen, den stecke ich mir wie eine Windel zwischen die Beine, und man wird sehen, was dabei herauskommt, denn Dubek bezweifelt, daß dabei ein Baby herauskommen wird. Seiner Meinung nach ziehen Babies es vor, den langen Weg zu nehmen, das heißt, er muß mir sein ganzes Fleisch und die Gerüche anhängen, tief in mich eindringen, so als sei ich seine kleine Schatulle hinter dem Schuhschrank auf dem Balkon. Aber ich kann das nicht, so wie ich auch nicht putze und nicht koche, nicht komme und nicht antworte. Nur lese. Und im Bad verschließe ich die Tür mit dem winzigen Riegel, den ich angebracht habe, wenn auch ein bißchen krumm, mit eigenen Händen habe ich ihn etwas krumm angebracht – ich weiß, daß ich das ›mit eigenen Händen‹ aus einer Broschüre habe, die man mir einmal in einem Geschäft für Farben und Werkzeuge gegeben hat, weil sie dachten, ich sei ein Irrtum der Natur, und wenn ich wie ein Handwerker aussehe, der einen Hammer und Nägel verlangt und zufällig vorne ein Paar schaukelnde Möpse hat, warum soll man mir dann nicht diese Broschüre aufdrängen, die vulgärerweise ›Mach es mit deinen eigenen Händen‹ heißt und in der man die schönen, jungen Männer von der Bootsfahrt auf dem See Genezareth sieht, die ihren nassen, schwarzen Slip gegen einen sauberen, gebügelten Overall vertauscht haben und so tun, als hämmerten sie mit einem neuen Hammer auf ein weißes, gehobeltes Brett, einen Fuß elegant auf eine dreifach verstellbare Aluminiumleiter gestützt, und drumherum ist alles mit glänzender Ölfarbe gestrichen.

Jetzt, im Bad, das mit einem krummen Riegel verschlossen ist, nachdem ich Dubek auf dem Balkon zurückgelassen habe, damit er sich nach unserem Schein-Fick auslüftet – ziehe ich den unendlichen Lappen aus mir heraus, so wie ein Zauberer Tücher aus seinem Hals, und obwohl das nicht möglich ist – höre ich einen Samen von dort schreien, daß es so schrecklich schwer ist. Schrecklich kompliziert, zur Eizelle zu schwimmen. Und wenn es geht, dann bitte etwas tiefer. Reinschieben, nicht herausziehen. Aber mir ist das wirklich egal. Ich will nur schnell wieder in meinen Sessel und das Buch da aufschlagen, wo Dubeks schlappe Beutelchen auf die Weide gegangen sind und mich beim Lesen gestört haben.

Deswegen schmeiße ich den Lappen ins Waschbecken, drehe den Wasserhahn auf und wasche mir auf der Stelle die Hände. Und meine Ernika – ich nehme mich mit aller Kraft zusammen und wasche sie nicht. Denn vielleicht wird einer dieser Samen von Dubek trotzdem, wie einer der schönen Männer vom Genezareth, erfolgreich und mutig Wasserski fahren und bis zu einer meiner jungen Eizellen gelangen, die gemütlich in meiner Ernika liegt, mit einem Obstteller, einem Strohhut und einem Buch, um sich mit ihr zu vereinigen, auf daß sie sich sofort teilen und trennen können und ich mein Teil an unserem Deal erfülle.

Überhaupt riecht diese ganze Angelegenheit nach Meister Proper. Das ist wichtig. Denn meine Ernika zum Beispiel hat den Salzgeruch von Meer, das Dubek ohne weiteres riechen könnte, würden die ganzen Wohnblocks um uns herum es nicht verstecken, auch ohne mir durchs ganze Haus, vor allem um den Sessel herum, wie ein läufiger

Hund nachzulaufen. Dubeks Eier dagegen und alles, was da bei ihm zusammengefaltet ist, riechen wie eine Flasche Meister Proper, deren Stöpsel man nicht zugemacht hat. Und der Meister Proper bleibt wie Kleber auf der Haut, sogar Odelia würde das zugeben müssen, denn wenn sie vom Putzen zurückkommt, besprüht Erna sie mit Unmengen von altem, bitterem Parfüm, das nicht weniger stinkt.

Jedenfalls wasche ich mir gründlich die Hände. Dann lasse ich das Waschbecken mit Wasser vollaufen, schütte etwas Waschpulver dazu und tauche den Lappen mit all den möglichen und unmöglichen Babies hinein, den begabten und den zurückgebliebenen, den schönen und den häßlichen, denen, die mir oder ihm oder uns beiden ähnlich sehen, oder sogar – auch das kann einem im Leben widerfahren – den schönen Männern und Frauen aus dem Briefkasten, – ohne Mitleid tauche ich sie ein, tief hinein in das duftende Wasser. Und ich öffne die Beine ein bißchen, damit auch zu mir ein Schwall Luft kommt und den einen stärkt, der da trotz allem schwimmt, gegen den Strom und trotz aller Schwierigkeiten, obwohl ich weiß, daß bei dieser abgekürzten Kocherei bestimmt nichts daraus wird und ich mir keine Sorgen zu machen brauche; dann gehe ich aufgeheitert wieder zum Sessel im Wohnzimmer.

Wir haben keinen riesigen Obstteller. Bloß die getrockneten Steine irgendeiner Frucht, an der Dubek vorgestern geknabbert hat, sind auf dem Tisch liegengeblieben, weil ich nicht putze, nicht antworte, nicht komme, nicht mit ihm schlafe und überhaupt gar nichts mache, außer lesen.

Aber Dubek steht noch immer da. Er hat inzwischen das Bein gewechselt und die Eier sind wieder drinnen. Vielleicht haben sie geniest. Vielleicht haben sie Gänsehaut bekommen. Oder sind krank geworden. Sowieso weiß ich, daß, wenn er jetzt wieder unseren leichten Balkonstuhl zurückschleift, sich wie ein Stier draufsetzt und die Beine spreizt, wie Männer die Beine spreizen, wenn sie sich hinsetzen, egal wo, ob zu Hause oder in der Öffentlichkeit, – daß dann die Spitze seines Schwanzes rötlich und klebrig herauslinsen wird, wie die Zunge einer alten Frau, die gerade eben an einer Pflaume gelutscht hat. Ich bin nicht sicher, ob Dubek denkt, daß ich es weiß. Daß ich es sehe. Aber darum geht es nicht. Denn genau dies wird geschehen, wenn er seine Arme jetzt von der Brüstung löst, den leichten Stuhl mit seinem geschwollenen Knöchel, unter dem der Fußzeh sich fast zusammengerollt hat, zu sich heranzieht, um sich hinzusetzen. Einen Knöchel am anderen reibt. Das Bedürfnis, grünen Schleim mit Obstresten auszuspucken, bezähmt. Die Wohnblocks anschaut. Einen behaarten Arm auf die Brüstung legt. Und schaut. Die Knöchel reibt. Das Bedürfnis zu pinkeln – wegen des roten Zipfels draußen, der sich etwas verkühlt hat – bezähmt, jetzt auch mich anschaut, dann wieder die Wohnblocks, die Wäscheleinen gegenüber, die Badeanzüge, die Büstenhalter aus gestreiftem Piqué, hinter dem zerrupften und zwergenhaften Wipfel des Sommers oder des Sommerendes, wieder zu mir schaut, Ferse gegen Ferse, die Blase plagt ihn, und die Hand, die sich um die Brüstung schlingt, gleitet einen Moment zu dem lästigen Gummi der Hosen, um zu kratzen, kehrt jetzt, nach einer weiteren, unbeabsichtigten Kratzstation am linken Ei, zu der Brüstung und den Wohnblocks zurück, dahin, wo das Meer eingeschlossen ist, danach noch ein kurzer Blick zu mir, zu dem, was seiner Meinung nach zwischen meinen Beinen ist, doch noch ein saftiges Ausspucken vom Balkon hinunter, wieder Ferse gegen Ferse, ein rasches Kratzen an der Nase, die er zwischen den Fingern rollt, er rutscht mit den Pobacken auf dem Stuhl hin und her, richtet sich heftig auf – die Blase!, ein starker Wunsch aufzustehen, ein stärkerer Wunsch, nicht aufzustehen, er beherrscht sich mühsam, umklammert die Brüstung voller Bedrängnis, starrt im Kreis die Wohnblocks, wieder mich, den Baum und die Gedanken an, und die ganze Zeit die Hitze des Sommers oder des Sommerendes, Luft, die sich nicht bewegt, die ein eigener Körper ist, eine Mauer, eine Absperrung, wie Gila im

Wohnzimmer gegenüber, mit den geschlossenen Beinen und dem offenen Buch.

Doch Dubek setzt sich nicht, wir haben auch nicht geheiratet, und noch weiß ich nicht, ob er, im Sommer oder zu Sommerende, wirklich so gerne auf unsere Weide, den mit Gartenmöbeln übersäten Balkon hinausgeht, ein federleichter Luftzug, damit sie sich tummeln wie zwei kleine Lämmchen, die Gila! Gila! pochen, komm und bring uns wieder in den Pferch. Bitte, Gila dear, komm! Der Herbst ist nah. Und die Stürme. Wir werden uns erkälten. Werden erkranken. Verloren gehen werden wir. Mäh mäh mäh. Was ist dir, Gila dear? Siehst du nicht, daß es schon Nacht wird, deine Mutter näht noch auf dem Balkon, von Rheumatismus geplagt, Tante Thelma ist blind vor Durst, und der brünstige Rappe hat sich auf alle viere herabgelassen und schäumt, Vater stirbt auf seinem Krankenlager, goldenes Feuer strömt durch die Scheune, das Ballkleid ist Asche, die Maisfelder Rauch, der Mähdrescher ist gestohlen worden, der Gefangene ist entflohen, ist alleine entflohen, und, mäh!, warum hast du uns hier draußen in der Hitze des Sommers oder Sommerendes gelassen und bist wie ein unartiges Blatt aus deinem Fenster geflattert…

Ich sitze bei Erna und tue so, als würde ich für sie die Uhr stellen, mit ihren Plastikzeigern im Baumstamm, der ohne Blätter und Vögel mitgeliefert worden ist.

Du wirst dummes Fotomodell, tadelt Chandelier Odelia, deren scharfer Meister-Proper-Geruch zusammen mit all dem bitteren Parfüm Ernas mir den Kopf platzen läßt.

Gar nicht wahr, heult Thérèse, die seit Jahrzehnten nicht mehr über einen neuen Namen nachgedacht hat. Vielleicht weil die Sache mit dem Model ihr das Hirn überschwemmt hat, ohne einen Kontinent übrigzulassen, auf den sie sich flüchten könnte. – Gila geht gleich mit mir zu Pierre, fährt Odelia zu Erna gewandt fort, ich werde ihn dir vorstellen, sagt sie zu mir. Er ist bezaubernd, wirft sie in das abgedroschene Zimmer der Chandelier. Einfach bezaubernd. Er hat gesagt, nur dafür sei ich geboren, flötet sie aufgeregt unter einem weichen Sesamwipfel. Die Lämmerhirtin.

Erna seufzt, steht mühsam auf, schlurft zur Anrichte und kommt mit drei alten Telefonbüchern wieder. Kindchen erhebt sich vom Teppich und läßt sich ihre Hausaufgabe auf den Kopf laden. Sie versucht, sich aufzurichten. Als sie durchs Zimmer schreitet, bewundere ich doch, wie es ihr gelingt, sie nicht fallen zu lassen und dabei so aufrecht zu gehen wie ein Häkchen.

Ein Mann dir so etwas sagen – Auspresser! Chandelier läßt nicht locker.

Du meinst Erpresser, lacht Odelia, die durch die Telefonbücher auf dem Kopf etwas kleiner ist.

Auspresser ist für mich ein besseres Wort. Das ist die Wahrheit. Er spritzt dir Blut wie Orangeade…

Die gerunzelten Augenbrauen Odelias bringen die Last fast zum Fallen. Sie meint, ich ziehe erfolglos an dem kleinen Zeiger, der sich verklemmt hat, daß du für gar niemanden geboren wurdest, weder Mann noch Frau, verstehst du? Nur für dich selbst. Aber eigentlich will sie sagen, übersetze ich geübt weiter, daß dieser Pierre dich sicher schon wie einen Kreisel auf seinem linken Hoden tanzen läßt.

Odelia wird rot und verliert ihr krummes Gleichgewicht, doch nur ein Buch fällt polternd zu Boden. Eine dunkle Staubwolke steigt auf, langweilt sich und landet wieder. Erna, die in ihren Sessel zurückgekehrt ist, niest und wickelt sich fester in das Samtcape um ihre Schultern, obwohl schon Frühling oder Frühlingsanfang ist. Sie lächelt mir zu: Nun, Gilusch? Gibt es Zeit?

Eine einzige Minute geht die Uhr im Rhythmus aller Uhren der Welt, dann fängt sie wieder an, im Kreis zu holpern. Jahr auf Jahr. Wort auf Wort. Ereignis auf Ereignis. Ich verberge mit meiner Hand den kleinen Zeiger, der abgegangen ist, und sage: Kreisrunde Zeit! und lächele zurück.

Erna küßt mich durch die Luft. Läßt angenehme Wärme in meinem Körper entstehen.

Ich heirate Dubek nicht! verkünde ich plötzlich in den Raum und quäle einen Moment lang auch den großen Zeiger. Denn wie soll ich, fahre ich wortlos fort, mit einem Lappen zwischen meinen Beinen lesen. Das wäre so, als sei mir ein unterer Zweig gewachsen. Es reicht, wenn Männer so geboren werden, mit einem dritten, kurzen Bein, das sich manchmal in der Luft aufrichtet und im Gehen gefriert. Wie der Marschschritt eines dämlichen Soldaten im Fernsehen, den Odelia für einen Moment angehalten hatte, um die Kriegsuniform zu bewundern. Aber so, im Gleichgewicht, plump, stößt er wie ein Golem gegen alle möglichen Gegenstände. Ein Maulwurf ohne Augen. Nur Blut. Und nur, wenn er auf alle möglichen Ernikas stößt und sich eingräbt, streckt er seine Waffen zugunsten von Millionen Babies. So laufen Männer mit einem Schlauch von Mutterschaft herum. Ein Überbleibsel weiblichen Fleisches am Ende des Männchens. Wirklich merkwürdig. Sehr merkwürdig. Mit dem Geschmack von Diebesgut. Wie das aufgerissene, ausgeraubte Loch bei uns. Denn es ist Erna, die Franz geschaffen hat. Immer ist es Erna, die Franz schafft. Und jeder Franz bestiehlt Erna, um es irgendeiner anderen Erna zu geben, die ihrerseits bestohlen wird, sei es als alte Frau oder als Baby. Wie eine starke, runde Uhr ohne Zeiger.

Habt ihr gehört, wiederhole ich und habe nun auch den großen Zeiger in der Hand – Dubek kann mir den Buckel runterrutschen.

Du bist klug! lobt Erna mich und verstärkt die Wärme in meinem Körper. – Ja, sagt Odelia, die sich ermüdet auf den Teppich gesetzt hat, ernst und öffnet eines der Telefonbücher, das sie zuvor herumgetragen hat. Kein Wunder. Ich verstehe eh nicht, wie du zu ihnen gehen konntest, um darüber zu reden. Das ist ekelhaft, sagt sie und fährt mit ihrem Meister-Proper-Finger über die Namen.

Weil ich neugierig war, sie zu sehen, sage ich und versuche, die Zeiger in ihr Loch zurückzustecken.

Haben die was zu verkaufen? will Erna jetzt wissen.

Nein, sage ich lächelnd. Die kaufen nur.

Dich kaufen sie nicht, nickt Ernas Kopf wie eine Taube auf einem Samtpilz.

Bestimmt nicht, bestätige ich. Auch ein Baby verkaufe ich nicht. Ich bin doch keine Bäckerei.

Erna kichert und schickt mir noch einen Kuß. Meine Ernika glüht. Sprudelt Saft hervor. Jedes Pochen des Stoffes meiner Unterhosen pickt ein winziges Käppchen heraus. Meine Augen fließen auf die alten Finger, die das Samtcape eng um den kalten, verhüllten Körper ziehen. Ha, wenn man doch mich so umarmen wollte!

In Ordnung, schließlich und endlich muß es etwas Französisches sein. Denn wenn ich das Model von Pierre sein werde, muß es passen. Was sagt ihr beispielsweise zu Jeannette? Odelias Finger ist an einer Jeannette Primeur, Kosmetikerin, mit Vorwahl aus dem Norden, hängengeblieben.

Ich beginne zu lachen und stehe auf, um die Uhr in ihren alten Brotkasten zurückzutun, damit sie da nachgeht. Streife die Alte unbeabsichtigt.

Auch Chandelier lacht, aber winkt ausgerechnet Jeannette zu sich. – Bitter klappt Odelia das Telefonbuch zu und humpelt zu ihr hinüber. Erna öffnet für einen Moment das Cape, so, als hebe sie ihr Kleid für Franz hoch, und umschließt den Sesamkopf. Verbirgt ihn tief zwischen ihren trauernden Beinen, beschützt sie mit samtener Liebe.

Jeannette schnurrt wie eine Katze. Ihr ganzes Gesicht ist Erdbeermus. Du kommst mit, nicht? Du hast es versprochen. Ich habe ihm gesagt, daß wir da zusammen arbeiten können.

Was?! schreie ich alamiert. Ich soll da arbeiten? Jetzt sag nur noch, daß sie mir auch Fetzen anziehen und mir sagen werden, ich solle mich wie eine kaputte Puppe bewegen!

Nein, murmelt Jeannette, von Liebe verdorben, genüßlich. Irgendwas beim Schneidern. Beim Kontrollieren der Schneiderei. Der letzte Schliff. Sie erklärt es wichtig. Außerdem will ich, daß du mir sagst, was du von ihm hältst.

Ah! spotte ich und spüre, wie die Eifersucht mich zum Leben erweckt. In meinen Knochen zieht. Jedesmal, wenn ich darüber in den Kitschromanen gelesen habe, mußte ich grinsen, aber jetzt weiß ich, daß sie in den Knochen brennt, oder in dem, was den Körper aufrecht hält, und schmerzt, bis man rasend wird vor Eifersucht.

Ich kann dir jetzt schon sagen – quäle ich die kleine Traumhirtin, die über Filme weint, sich vor den Augen ihres Vaters auszieht und sich wie ein Kleiderbügel zwischen den Beinen meiner Liebsten krümmt –, daß er mir zu geleckt ist. Widerlich. Wie dein Vater, als er jung war. Und Gel in den Haaren hat!

Chandelier lacht wieder, aber ohne mir den kleinsten Kuß zu schicken.

Überhaupt – ich lasse nicht von ihr ab, wie in den Kitschromanen beschrieben, wenn das Schicksal die Heldin zweimal, ein drittes Mal betrügt – sobald man Pierre kennt, vermißt man Dubek und Jefim. Ich tobe, ziehe bitteren Trost aus Ernas Lachen, die das Cape losläßt, um sich zurückzulehnen. Die aufgehört hat, mit dem Sesamhaar von Kindchen zu spielen. Aber Jeannette ist noch in ihr drinnen. Von ihren Beinen umschlossen wie vom Meer.

Du finden Mann wie Franz, und alles kommt in Ordnung. Und du auch! tadelt sie mich plötzlich.

Ich kriege Gänsehaut, als hätte ich trotzdem einen Kuß bekommen. Ich zucke mit den Achseln.

Erna hat genug von uns beiden, außerdem ist ihr kalt, obwohl schon Frühling oder Frühlingsanfang ist. Ich gehe hinter ihr her und trage ihr das Cape. Ihre durchsichtigen Hände streifen mich, als unsere Hände sich begegnen. Nur daß ich jetzt völlig erstarrt bin. Ein Eisblock. Sogar so laufe, krumm, denn das alles ist zwar nur in meinem Hirn, aber da ist sie noch, die Erinnerung an Dubeks Lappen. Keine Luft.

Die Uhr im Brotkasten schlägt plötzlich sechs Uhr, viel zu früh. Whow! Jeannette, deren modische Uhr immer nachgeht, schrickt zusammen. Die Boutique schließt um sieben. Komm. Wir müssen uns beeilen.

Wie war das Buch, das du gelesen hast? frage ich plötzlich und habe alle Zeit der Welt, wie in den Kitschromanen, wenn die Heldin sich trotzdem ihrem bitteren Schicksal stellt. Aber sie ist schon nicht mehr eifersüchtig. Was für ein erbärmliches Geschöpf, denkt die Heldin, und der Mut weitet ihre Seele, die tief, tief in die Finsternis schaut wie eine Eule. Ein schwächliches, weißes Geschöpf, orange, mit dem Geruch von Meister Proper. Wie konnte ich nur?

Aber es war doch nur ein Telefonbuch! flüstert Jeannette verwirrt und öffnet die Tür. Ja, aber wie war es? beharre ich.

Jeannette hebt ihre Kleiderbügelschultern ein wenig. Es war interessant, sie gibt endlich nach. Ich habe da einen Namen gefunden. Einen neuen Namen. Französisch, führt sie sanftmütig aus.

Schön, sage ich, ich freue mich wirklich für dich, Jeannette… aber meine feine Ironie ist an sie verschwendet.

Ich verstehe nicht, was plötzlich mit dir los ist, versucht die neue Odelia mich auszuforschen, nachdem sie die Chandelier eingeschlossen hat. Denn sie hat einen Schlüssel.

Das Meer überspült die Treppe. Fällt langsam von Stufe zu Stufe. Die Wellen teilen sich, wie in einer Gegenströmung. Lange, schwarze Tropfen.

Sonja kommt plötzlich heraus und schüttet einen weiteren Eimer aus. Ich weiche rechtzeitig aus. Odelia nicht. So eine Scheiße! brüllt sie und hebt ein tropfendes Puppenbein.

Komm, lache ich und muß mich zusammenreißen, um ihr nicht den Lappen anzubieten, der noch in meinem Hirn fault – Pierre wird dich schon auspressen.

Berge von Männern liegen auf dem Tisch. Ihre Jeans sind gebügelt und straff. Jeannette bringt mir die Arbeit bei. Ihre Zungenspitze leckt die Lippen und flieht, leckt und flieht.

Ihre weißen Finger, die am Morgen noch in der Wohnung der beiden Alten in einen Putzeimer getaucht waren, öffnen jetzt den blauen Reißverschluß. Der Klang durchsägt die Luft. Das heißt, eigentlich gibt es keine Luft. Nur eine geflügelte Luke hinter einem rußigen Ventilator, und in dem rhythmischen Licht, das sie hereinläßt – mehlige Fäden und eine zermalmte Spinne. Doch die Lungen merken es nicht, wenn sie Staub atmen. Sie atmen und basta. Atmen Staub ein und stoßen ihn aus. Atmen ein und aus wie eine Maschine. Das Plakat eines Models ohne Büstenhalter, aber mit Hosen rollt sich an seinem Stückchen Wand. Etwas weiter eine Telefonnummer, über der ›wichtig‹ steht, darunter: Arieh T., Versicherungsvertreter. Auf der anderen Seite des Models – die Zeichnung einer Wurst mit Eiern, und an eine Pinnwand aus Kork ist die durchnumerierte Bestellung für »Navah, der verrückte Megamarkt, Kfar Saba« geheftet. Ich wende mich Jeannette zu, die gerade die Zunge einrollt und die Kinnbacken aufbläst, um einen weiteren Reißverschluß zu öffnen, und tue es ihr nach.

Die Männer auf dem Tisch strecken ihre muskulösen, endlosen Beine noch weiter aus und weiden sich an unseren Fingern, die ihnen die Reißverschlüsse aufmachen. Wir entfernen überflüssige Fäden innen und an der Seite, ziehen glatt und knöpfen zu. Hunderte von Erektionen stehen und fallen in unseren Händen, und Jeannettes Zunge leckt und flieht, leckt und flieht. Dabei reißt sie nur widerspenstige Fäden ab, und das ist wirklich eine leichte Arbeit. So leicht, daß Pierre nichts dafür bezahlt, es ist bloß zu unserem Vergnügen, zumal er Jeannette morgen früh einen Fototermin organisiert hat, und Jeannette, die sich unablässig vorstellt, wie sie morgen früh antreten wird, um ihren Hintern für das neue Modell herzugeben, schnurrt wie eine Katze, während ihre Zungenspitze leckt und flieht, leckt und flieht. Neben mir ruht eine schwere Schere. Fast eine Heckenschere. Am liebsten würde ich jetzt damit die blauen Erektionen in kleine, ordentliche Stoffstreifen schneiden und aus

Jeannettes Zungenspitze die elementaren Worte herauspressen: nein, nein, nein. Zum Teufel, Thérèse, zu Claudius' Zeiten haben die Models ihren Hintern wenigstens Bildhauern zur Verfügung gestellt.

Pierre kommt herein. Er trägt keine Jeans. Er hat Stoffhosen an, deren Falten hin- und herflattern, und er säuselt. Ein wunderbares Wort, das ssl, ssl hinter sich läßt, wie eine Nähmaschine. Pierre schneidert Jeannette eine Zukunft, und er hat wirklich Gel im Haar; wie habe ich das erraten? Aber er ist nicht so abstoßend, wie ich gehofft hatte. Im Gegenteil. Er hat das helle Gesicht eines Prinzen und elfenbeinfarbenes Haar. Seine Stirn ist hoch, klettert hinauf, und seine Augen sind braun. Er schickt seine Finger wie Schilfrohr zum Tisch und prüft, ob wir vorankommen. Da haben wir ein winziges Fädlein vergessen, hier vergessen zuzuknöpfen. Und unten – dehnen, einen Saum auf den anderen. Nicht vergessen, Mädels: Saum auf Saum. Eine präzise Falte. Einheitlich. Macht die Arbeit ordentlich, okay, Mädels? Und schnell.

Mädels. Wir falten Jeans. Jeannette nennt es Qualitätskontrolle. Morgens putzt sie, und am Abend – Qualitätskontrolle. Und morgen früh, sehr früh, stellt sie ihren Hintern dem neuen Modell zur Verfügung. Pierre wird es nach ihr benennen. Der Schneider und seine Muse. Und die Freundin von dem, der in Dubeks Laden kommen wird, um ein Päckchen Marlboro zu kaufen, und bei dieser Gelegenheit auch eine Zeitung erstehen und in einem alten Krimi blättern wird – die wird in Pierres Boutique unter der Schneiderei gehen und Jeannettes Hintern verlangen, und im Gegensatz zu dem mit den Zigaretten, der am Ende den Krimi auf den Stapel zurücklegt – wird sie kaufen, sogar ihre Freundin zum Kauf überreden, obwohl die Hintern der beiden breit, der von Odelia dagegen schmal ist. Und der, der die zusammengerollte Zeitung unter die Achsel geklemmt hat, hat schon gemerkt, daß dem Krimi ein paar Seiten fehlen, warum betrügt Dubek die Leute und verkauft

Bücher, die keiner Qualitätskontrolle unterzogen worden sind – was bildet er sich denn ein, der Betrüger, daß er es mit jemandem zu tun hat, der nicht rechnen kann? Daß er nicht gesehen hat, wie er von 144 zu 161 gesprungen ist!? Was, ist er von vorgestern? Daß er nicht mit eigenen Augen lesen kann?

Durch die Öffnung der Ventilatorluke sieht man, daß es Abend wird. Langsam verschmilzt der mehlige Ruß mit Himmelsschnipseln. Pierre macht das Neonlicht an. Ein Männerberg hängt schlaff am einen Tischende, am anderen häufen sie sich wie ein Aufmarsch von Toten. Wieso zum Teufel helfe ich ihr? Glaube ich, es wird eine Katastrophe geben, wenn ich mich nicht einmische?

Plötzlich ist Odelias ganzes Gesicht erleuchtet. Heiliger Geist in ihren Augen. Und ihre Zungenspitze leckt und flieht, leckt und flieht. Aber aus den Augenwinkeln beobachtet sie mich. Ob ich ordentlich arbeite. Präzise bin. Saum auf Saum. Die Zunge auf der Lippe. So wie Pierre es wünscht. Mach ja keinen Mist, Gila!

Und ich ziehe glatt, so wie Pierre es will. Umsonst. Ich hätte mir nicht träumen lassen, daß ich meine eigene Qualitätskontrolle Jeannettes Hintern opfere!

Die Chandelier hat gesagt – in meinem Kompakten klingt es noch nach –, daß es am besten sei, wenn wir uns einen Franz suchen. Jede von uns und ihr Franz. Dabei hat Franz nicht einmal Hosen verkauft. Socken hat er verkauft. Jeden Tag stand er, vom frühen Morgen bis zum Mittag, am Kikar haMoschawot, und hat aus seinem alten Koffer ein Paar nach dem anderen verkauft, Made in Czechoslovakia. Socken, die müden Fersen angenehm sind. So angenehm, wie erste Haut für den Körper. Und dann, wenn er nach Hause kam, in braunen Sandalen und beigen Socken, die sich bereitwillig spannten, wo der krumme Knochen herausstand, schwerfällig die Treppe heraufstieg – dann wußte ich, daß es Zeit war, das Radio einzuschalten. Denn immer wenn Franz mittags pünktlich nach Hause kam, flog

Nils Holgersson zu seiner Fortsetzungsreise mit den Wildgänsen los. Eine lange, weiße Reise warmer Federn, ein mitreißendes Rauschen und Sehnsucht, die Stimme eines Sprechers, der zum Kind wird und Abenteuer sucht, und bis heute erinnere ich mich an das Lied der Reise, obwohl ich keine Ahnung mehr habe, welche Wörter darin umherzogen. Und zur gleichen Zeit zog Franz, ein Stockwerk unter mir, seine Sandalen und Socken aus und streckte seine müden Beine auf den warmen Rücken der Gans und schaute schläfrig schnuppernd von oben auf Kornfelder und Fischteiche neben der bröckeligen Brotscheibe und der Suppe, die kalt wurde, und nur Chandelier, von Schubert und Kognak parfümiert, wälzte sich in ihrem geheimen, säuerlichen Liebesnest, als bebrüte sie Eier der Erinnerung, und wartete treu auf ihn.

Deine Freundin da – der haben die Hühner wohl das Brot gefressen! sagt Pierre zu Jeannette. Eine Visage, zum Fürchten!

Jeannette kichert wie eine Nähmaschine, in der sich ein Faden verfangen hat, und fürchtet für ihren Hintern. Ja, sie stimmt ihm zu, die Gurke. Na, was ist mit dir los, Gila, daß du so ernst bist, hm? Wer ist gestorben?

Meine Finger sind schon Stunden über einem blauen Reißverschluß gefroren. Als müßte ich mich auch noch darüber freuen, daß wir hier Als-ob spielen. Daß wir Mädels sind.

Ich schließe den Reißverschluß und lächele säuerlich. Würde mich liebend gerne verdrücken. Aber Chandelier erwartet von mir, daß ich auf sie aufpasse. Daß ich diese elementaren Wörter sage, die in ihrem Vokabular nicht vorkommen, nie darin waren. Daß ich statt ihrer bei der Wahl des Franz' vorsichtig bin. Die Adler, die die Reise begleiten, sich schon über lose Federn hermachen und Experten für Qualitätskontrolle sind, fernhalte.

Pierre streichelt ihr gerade den Rücken. Gleitet hinunter. Ein kleiner, hinterhältiger Prinz. Jeannette erschaudert. Die weiseste Gans weiß den Weg, der ganze Schwarm folgt ihr. Ein beschwerliches Geschwader aus beschnittenen Federn. Nur Nils ist federleicht. Wie Franz. Ohne Sandalen und Socken und Koffer. Der mir immer in die Augen geschaut hat, sogar als die Titten eines Morgens begannen, sich aufzublasen – Franz ist nie abgerutscht. Warum also liebt Chandelier sie? Weil sie schön ist? Dumm? Naiv? Vielleicht wegen der Mischung all dieser Zutaten. Vielleicht zieht sie sie auch wegen ihres Alters vor. Des Alters, das ihr wie ein junger Athlet mehrmals täglich auf den Rücken springt, ihn beugt, ganz langsam, Rippe um Rippe, während Jeannette ihren einmaligen Hintern der Menschheit darbietet?!

Aber Erna ist immer noch, die ganze Zeit über, ein großer Himmel der Weisheit. Ein Lied der Wolken. Jede einzelne der alten Falten kennt den Weg, ohne zu wissen woher. Und wenn sie ihn manchmal vergißt, in den Momenten, in denen das Alter sich an ihren Rücken klammert und es ihr schwer wird, den Kopf zu heben – dann befreit sie Schubert. Wirft ihn hoch in die Luft, von Nirgendwo nach Nirgendwo. Denn da ist er ja sowieso. Vom Mittelpunkt der Dinge, von der Basis aus.

Aber was hat Schubert, daß sie sich von den Zeitsprüngen erholt und wieder weise wird? Und warum begnügt sie sich nicht mit ihm, sondern käut zusätzlich aus dem Storchenrachen Kognak wieder, um zu starten? Beweint die einstige Schönheit, als sei die wer weiß was gewesen. Als beginne das Nicht-Wirklich hinter dem Tod schon, während du noch eine verblichene Landkarte aus Haut, Fleisch, krummen Knochen und einem abgenutzten Hintern bist. Warum also? Weil sie eine Frau ist? Weil sie jetzt schon nicht mehr zu gebrauchen ist? Selten, aber überflüssig, wie ein lächerliches Wort. Oder eher ein ganzer Wortschatz. Ein reicher, aufregender, einmaliger Wortschatz, aus dem Jeannette keinen einzigen Namen schöpfen kann, weil er bei ihr eh ausradiert ist?

Aber dafür ist ja Gila da. Gila, die Sammlerin. Denn Gila

hat viel Kraft. Und Verstand. Doch Erna wird Gila niemals lieben, wie sie Jeannette liebt. Und wird Gila niemals so lieben, wie Gila es sich wünscht.

Was wünscht Gila sich? Vielleicht Erna ein Baby zu geben, wenn Erna es wollte. Ihr vielleicht einen kräftigen, klobigen, aber jungen Körper geben. Und auch eine Seele. Bücher und Notizbücher, ein ganzes Reservat. Damit die Alte sich zurücksinken läßt an die riesige Brust, den Kopf anlehnt und ausruht. Nicht stirbt. Ausruht. Wie die erschöpfte Gazelle einer seltenen Rasse an einem blühenden Baum mit einem Schild: Bitte die Tiere schützen! Sie sind gewarnt! Wer sie verletzt, wird bestraft. Wieso bestraft? Wer bin ich; Dubek? Hat eine Strafe zu gewärtigen. Eine schwere Strafe. Die Todesstrafe. Da er sich erhoben hat, dich zu vertilgen, wird er vertilgt werden, nicht?

Aber Erna fürchtet sich, weil sie eben bloß Erna ist. Zweiter Stock eines Wohnblocks, mit einem Kristallüster und Teppichen und einer Rente aus Deutschland. Und sie sehnt sich nach Franz. Franz, der zu seiner täglichen Fahrt aufgebrochen und am Kikar haMoschawot angekommen ist. Und eines Tages nicht zurückkam. Die Polizei hat einen schwarzen Koffer voller Socken gebracht, die nirgendwo mehr hinwandern an müden Fersen und endlich in den Mottenschränken der Chandelier Ruhe gefunden haben.

Warum also liebe ich Chandelier? Und warum weine ich? Weine schon wieder.

Liebst du mich schon? fragt der hinterhältige Prinz Jeannette gerade, die vor Glück zusammensinkt wie eine leere Jeans. Sein Kuß gleitet tiefer und spießt sie auf, wie die Spitze eines Sterns am Hals. Jeannette kichert. Ihr Vater begafft sie im Bad, und wenn sie angezogen ist, dann zieht sie sich vor den Augen des kleinen Prinzen aus, während sie andere zuknöpft. Immer ist sie irgend jemandes Kleiderbügel. Kommt das von den Genen? Denn einmal wärmt sie die ausgedörrte Ernika der perversen Alten mit den Kristallen, die ihr die Beine wie ein Buch öffnet, mir aber befiehlt, auf sie achtzugeben; ein anderes Mal bietet sie ihren Hintern einem Hosenproduzenten dar. Und gerade dann passe ich nicht auf. Beschuldige sie statt dessen. Als würde sie das herausfordern. Alles. Wie ein Eimer voll trockener Traurigkeit, auf den man absichtlich oder unabsichtlich stößt, und dem man einen Tritt versetzt. Voller Genuß einen Tritt versetzt.

Soll sie doch nach nebenan in Pierres Schneiderei gehen und auf der Nähmaschine die Beine für ihn spreizen wie ein Paar guter Hosen. Ein Bein nach hier, eins nach da. Der Saum wird danach glattgezogen. Hauptsache, der Schnitt ist schön, das Fleisch delikat und die Maße gut. Sehnen sich danach, gestreichelt zu werden. Die Nadel wird von selbst nähen: ssl, ssl. Eine lange Naht im Kreuzstich. Nein, zuerst feststecken – die Skizze der Schneider. Danach der letzte Schliff. Im Zickzack. Weiß. Gleich geht die Reise zu Ende. Noch ein Reißverschluß und noch einer, noch ein Paar und noch eines. Socken, Hosen, Büstenhalter. Gestopfte Gänse. Fertig gemacht.

Nur die alte Gans erinnert sich. Ohne sich zu erinnern. Ein kreisförmiges Erinnern. Vielleicht sagt sie sich auch einfach los. Wieso hat es sonst zwischen uns geknistert? Und das hat es. Der Feder-Kopf Jeannettes lädt ihr die Ernika auf, füllt die rostigen Batterien, aber aus Gilas Wurstfingern kommt der Kurzschluß! Große Leuchtkörper! Eine Uhr ohne Zeiger. Seltene Wörter, die Wache stehen. Aber wenn die Alte sich lossagt, dann stimmt hier irgend etwas nicht, ist nicht in Ordnung, wird Tschechow schreiben. Und ich, ich soll doch überhaupt Dubeks Braut sein. Eine Papierbraut. Zermalmte Fäden und Staub alter Bücher. Es gibt Kleidermotten und Büchermotten. Verwandte, aber unterschiedliche Arten. Die Kleidermotte frißt Bücher und umgekehrt, aber das jeweilige Insektenspray ist ein anderes. Jede Motte und ihr Asmodeus.

Ich bin nicht eifersüchtig auf Jeannette. Aber ich liebe Chandelier. Wenn ich mich jemandem hingäbe – dann der

Chandelier. Danach könnte ich fünf, sechs Notizbücher von Dubek klauen und sie mit Schätzen füllen. Ein überströmender Himmel. Des Verstandes und des Gefühls, und in solch einer Komplexität, daß kein Vollkornbrot mit chinesischem Aroma im Geschmack konkurrieren könnte. Denn nur ich vermag die alte Karte zu lesen. Auch wenn ich nirgendwohin gehe. Weder auf der Erde noch am Himmelsgewölbe. Ich habe nicht die leiseste Ahnung, warum ich überhaupt dort bin; oder hier – und mich und meine kreisförmige Zeit für einen festen und dummen Hintern opfere.

Ich hebe die Augen vom letzten toten Mann auf dem Tisch. Jeannette ist nicht da. Das Stöhnen des kleinen Prinzen schneidet durch die Luft. Nur daß hier keine Luft ist. Franz und Chandelier habe ich kein einziges Mal gehört. Obwohl die Wände Papier und die Betonpfeiler löchrig sind. Vielleicht wegen der tschechischen Höflichkeit. Vielleicht, weil ich versucht habe zu lesen. Denn Sonja hat sich mehr als einmal beschwert, daß sie ihr die Ohren kaputtmachen und die Kinder verderben. Aber Sonja ist eine Geisteskranke. Falls sie überhaupt Geist hat. Sowieso begnügt sie sich damit, wie ein Wirbelwind die Teppiche auszuklopfen. Das ist der einzige Geist dort im Wohnblock. Das und die Böen im Winter. Wenn der Regen die Betonsockel durchnäßt, die Hintern sich verkühlen und man die meiste Zeit bei den Mülltonnen pinkelt, so daß die Katzen in einen anderen Block ziehen müssen.

Aber es gibt auch Chandelier. Der große Geist aus dem zweiten Stockwerk. Mit ihrer Wohnung, in der sich aufgelöste Haushalte türmen. Doch woher hat dieser Geist so viel Geld für Einkäufe? Wie kommt es, daß eine so heilige Frau wie ein Marktweib kauft und kauft? Denn Franz hat nur verkauft, nämlich Socken. Ist das deutsche Gewissen – das jeden einzelnen Monat mit einer Briefmarke kommt, wie der Katalog für Bettzeug von Odelias Frau Donnerstag – so schlecht, daß man mit seiner Hilfe alle Zeit der Welt kaufen kann?

Ssss … flüstert Odelia dem Sssäuselnden zu, Sss … Bitte. Das Flügelrauschen von Millionen Männern in einem kleinen Schneider. Es gab einmal diese Kindergeschichte, über das Schneiderlein, das sieben auf einen Streich getötet hat. Doch Jeannette ist nur ein Mädchen. Ohne die elementarsten Wörter. Und Pierre schneidert ihr eine Zukunft, direkt auf den Leib.

In meinen Kitschromanen näht man uns ein blütenweißes Kleid, Nachthemden oder Schürzen. Oder man zieht uns die Haut ab.

Hier, gackert die alte Gans schwerfällig, hier, man sieht schon das Haus. Noch eine Wolke, ein Regenbogen und ein Hügel, das ist alles. Der Wohnblock.

Schon? stöhnt Nils über den Beinen des Kleiderbügels auf der Singer-Plus-Nähmaschine in der Schneiderei nebenan.

Ich greife zur Schere und schneide. Ein Saum und noch einer. Präziser Schnitt. Großzügige Maße. Und die Streifen sind blau. Ordentliche, kontrollierte Himmelsschnipsel. Fadenrauschen und Schneidersäuseln. Ssl, ssl und rsch, rsch. Bis Franz' Socken herausschauen. Damit wir uns entscheiden können. Uns um Gottes willen nicht irren. Richtig wählen. Wer ein Adler ist. Und wer Franz.

Deine Freundin ist übergeschnappt! Bist du bescheuert? Du hast die ganze Ware kaputtgemacht – verdammte Hure! Alles hast du kaputtgemacht! Alles!

Odelia, die plötzlich wieder Odelia ist, weint. Ihr Reißverschluß steht offen.

Ich möchte lachen, kann aber nicht. Anscheinend stimmt es doch nicht, daß die Lungen einfach atmen und atmen. Anscheinend hat dieser zermalmte Staub seinen Preis.

Komm, sage ich ihr und umfasse mit meinen kräftigen Armen sie, auf die ich nicht im mindesten achtgegeben habe. Gehen wir nach Hause. Wenn du morgen kommen willst – dein gutes Recht. Jetzt machen wir uns aus dem Staub.

Und ich weiß, daß es dumm ist und obendrein zu spät, aber es geschieht ihr recht, der Chandelier.

Ich kratze dir die Augen aus, du häßliche Hure! Dafür wirst du teuer bezahlen. Mit Narben! kreischt der Prinz, dessen ganze Stirn zu Treppenstufen eines Palastes geworden ist, die Augen zu Finsternis.

Jetzt lache ich wirklich. Mit Leichtigkeit. Schwanke, ob ich ihm mit der Faust drohen oder einfach den Tisch umwerfen soll. Statt dessen gehe ich und ziehe Odelia hinter mir her. Die Qualitätskontrolleurin schleppt sich hinter mir her wie ein krummer Kleiderbügel. Warum? heult sie. Warum?

Mach dich aus dem Staub, sage ich ihr, als wir in den Abend hinaustreten. Sage der alten Graugans, daß ihr neuer Nils nach Hause gekommen ist. Etwas abgefuckt, aber wieder da.

Odelia schaut mich an, als hätte ich einen ganzen Eimer Putzmittel getrunken. Lehnt aufsässig an einem Strommast, ihre Zungenspitze, die vorher nicht aufhörte, sich herauszustrecken und herumzulecken, ist jetzt geschwollen wie ein Stopfen, dem ohnehin die elementarsten Wörter fehlen.

Ich lasse sie stehen und gehe. Als ich zum Wohnblock komme, hebe ich den Kopf. Im zweiten Stock brennt Ernas Lüster wie ein riesiges Leuchtfeuer. Auch in der Müllkammer ist Licht. Als ich an meinem zerbrochenen Briefkasten vorbeikomme, halte ich, weil etwas herausragt. Ich trete näher, hole zwei Einladungen zum Konzert heraus und einen Zettel voller Fehler von Jefim: Komm, Gila. Bette. Ich bin wahnsinnig nach dich. Jefim. Ich breche in Gelächter aus. Plötzlich paßt alles zusammen: Jefim, in Pierres Jeans ohne Saum, spielt auf einem Akkordeon Schubert. Ich schalte das Licht ein und will hochgehen. Doch zuvor schaue ich, wie in den Büchern, zum Himmel: Federwolken und ein oranger Mond. Und Franz, der durch einen löchrigen Strumpf zum zweiten Stock guckt. Wer gibt auf wen acht? Die Lebenden auf die Toten, oder umgekehrt?

Draußen in der Dunkelheit verdichtet sich langsam Odelias Gestalt. Sie steht mir im Eingang gegenüber. Macht in kindischer Wut, gereizt, einen Bogen um mich und geht vor mir hinauf.

Das Licht verlischt. Ich schalte es wieder ein. Reihe zwanzig, Platz sechs und sieben. Dienstag, das heißt morgen, um acht Uhr dreißig. Und der Name des Dirigenten. Berühmt. Sicher von Geburt an.

Dubi kommt aus der Müllkammer, ein heuchlerisches Lächeln auf dem Gesicht. Die Kinder schleppen sich hinter ihm her. Flaum, Haut, Knochen und Genuß. Dann gehen alle hoch, und ich bilde, wie üblich, die Nachhut.

Seine Wohnung war ein winziges Labyrinth mit ein paar Technikbüchern und Reproduktionen von Bildern. In die Küche ging ich erst gar nicht. Warum soll es für ein Mädchen, das zum Vögeln kommt, auch wichtig sein, in die Küche zu gehen? Ich erinnere mich, daß die Fahrt dorthin ein einziger Stau war: ein paar lärmende Ampeln, eine große Kreuzung, danach zwei, drei Sträßchen, und das war's, gleich ins Bett. Nein, so war es nicht. Denn ich habe die ganze Zeit gedacht, da, jetzt habe ich einen Freund – einen Mann. Und wirklich hatte er diesen starken Männergeruch, als hätte er sich an den kleinen Lämmchen auf meinem und Dubeks Balkon gerieben. Ein sehr scharfer Geruch für einen kleinen und gebildeten Mann.

Und vielleicht weiß ich, warum ich es gerade damals gemacht habe, als die Luft nach Feiertag stank und die Läden sich ausstaffierten – ein ärgerliches Wort, wenn man es bedenkt –, sich mit Schleifchen und Blumen schmückten, als seien sie selbst die Geschenke; und die Menschen liefen herum wie eine Herde, die Geld scheißt, und kauften, was ihnen in die Hände geriet. An der Kreuzung, an der wir hielten, eilten Arbeiter in grauen Overalls herbei, spreizten riesige Leitern und kletterten hinauf, um kleine, scharfkantige Fähnchen aufzuhängen. Die Bäume waren schon mit elektrischen Ketten dekoriert, die man einmal im Jahr aus den Speichern holt, und all das erinnerte mich an die Sachen, die mein Vater von irgendeiner Pißtour um die Welt mitgebracht hatte. Unmengen von Kram, die mir im Traum nicht eingefallen wären, ebensowenig wie ich diesem Ingenieur-Studenten davon erzählt haben würde, der auf dem ganzen Weg zu seiner Bude den Straßenverkehr verfluchte: ein roter Schirm, auf dem sich geflügelte Schlangen wanden, eine Indianerpfeife *Made in Taiwan*, eine häßliche Holzpuppe aus Holland mit Clogs und einem Eimer, eine Strohkutsche mit eckigen Rädern, die Streichhölzer geladen hatte, als liefe ich den ganzen Tag herum und dächte darüber nach, wo ich mich am besten verbrenne, und eine reiche Ausbeute erbärmlicher Kleider mit Spitzen und Bändchen. Ich wußte ja, warum diese ganzen Koffer wie ein Tropenregen, in den sich tote Kröten mischen, über mir ausgeschüttet wurden, gerade damals, genau einen Tag bevor ich diesen Ingenieur kennenlernte, in dessen Wagen ich mich zusammenrollte, die ganze, stockende Fahrt zu seiner Bude über; denn erst zwei Wochen zuvor, als mein Vater noch auf dem Meer war, packte meine Mutter einen ausgesprochen nützlichen Koffer und zwitscherte mit ihrem neuen Mann nach Kanada ab. Ließ mich allein auf Vater und all seine ausstaffierten Koffer warten, ihm die salzigen Unterhosen waschen und ihm erklären, daß es aus ist. Daß sie endgültig weg ist.

Doch all das erzählte ich meinen Ingenieur nicht, der Aftershave von Schafen verbreitete und auf dessen Kinn ein hartnäckiges Stoppelfeld stehengeblieben war. Seine Augen waren schwarz und blitzten wie Fenster nach einer Putzaktion Odelias, so als habe er sie zu meinen Ehren poliert, bevor er losfuhr, um mich zu Hause abzuholen; seine Hände wirkten fest und stark, solche, die es – wie in den Reklamen – fertigbringen, eine in Spitzen und Bändchen verwickelte Braut zu tragen, während sie sich gleichzeitig an dem verdammten neuen Wohnungsschloß, das nicht aufgehen will, zu schaffen machen.

Unter dem krummen Bett meines Ingenieurs, auf der Seite, die sich später als die meine herausstellen sollte, waren jedenfalls Hefte mit einer Schwäche für Titten. Und meine, so sagte er, machten ihn an, und er hörte nicht auf, sie auszuziehen, selbst als sie schon draußen waren, in so einer Überfülle über die Brüstung meines Büstenhalters, der mir noch umgeschnallt war, quollen. Allmählich zogen sich meine Toffee-Brustwarzen zusammen und wurden unter seinen Glasaugen, die nicht aufhörten zu beißen, zu Klümpchen.

Ich erinnere mich nicht genau, wie alt ich war, aber das läßt sich anhand der Briefe meiner Mutter überprüfen, die sich seither auf dem Teller mit den Telefon- und Stromrechnungen angesammelt haben, der auf dem Küchentisch steht. Sicher ist das irgendeine Art von Freiheit, ein Kreis für sich. Doch ich erinnere mich, daß sich die ganze Luft zusammenzog, um irgendeinem erbärmlichen Fest Platz zu machen, das vor der Tür stand und wartete, bis auch die Nachzügler damit fertig waren, ihre Fahnen und Symbole aufzuhängen und den Müll an allen möglichen geheimen Plätzen zu verstecken, so, als würde man über die Müllhalde nebenan grasgrüne Plastikbahnen breiten, auf der Mädchen in orangen Röcken mit Jungen in zitronengelben Hosen tanzen.

Meine Titten blieben nicht lange alleine entblößt. Denn er zog mich auf der Stelle ganz aus, legte – der Kultur zuliebe – eine läppische Distanz zwischen uns und skizzierte hastig auf einem Blatt zwei plumpe Pampelmusen und das schiefe Gesicht eines kahlköpfigen Mädchens.

Und es gelang mir noch, ihm zu sagen, daß nach Picasso alles erlaubt ist. Ob einer was kann oder nicht. Aber guck dir an – das Bett war schändlich niedrig –, wenn sie es nackt und realistisch versuchen. Nach der Natur. Wie in Griechenland und Rom. Erst dann…

Doch das Gerede war verspätet und überflüssig. Trotzdem richtete ich mich plötzlich auf meinen Knien auf, als sei ich im Namen der Kultur beleidigt, und vielleicht wollte ich auch das Fest spüren, das sich draußen und sogar im Herz sammelte – und heftete die Augen auf die Reproduktion einer Frau über dem Bett. Endlich stand auch er seufzend auf, der halbe Körper eines nackten und behaarten Mannes, sein Bein zeichnete einen eckigen Fuß ins Laken, und sagte, weißt du, wer der Maler ist? Und die ganze Zeit benahm er sich, als sei er selbst das Modell irgendeiner unbekannten Malerin, die ihn verewigen sollte, und ich benahm mich, als besuchte ich mit der Klasse eine Ausstellung und würde überraschend geprüft. Das war ziemlich komisch, wenn man es recht bedenkt, auch wenn ich schon Jahre oder Monate, das kann man nachprüfen, versuche, nicht daran zu denken oder zu lachen. Dann zog er mich unter sich und tat mir fürchterlich weh, und nachdem ich geschrien und mich gewunden hatte, obwohl er nicht einmal richtig eingedrungen war und es ihm schließlich wenig feierlich zwischen meinen Beinen kam, fragte ich ihn, und das ist das Absurdeste, ob jemand von seinen Nachbarn etwas gehört habe. Denn ich erinnere mich mit Bestimmtheit, daß seine Wohnung im Erdgeschoß war, und genau als es passierte, kam eine große, festliche Gruppe laut die Treppen herunter, gerade als ich schrie genug! genug! wie eine Wöchnerin. Ich schrie nicht »Nein!«, vielleicht dachte ich, das ginge nicht, vielleicht, weil es zu spät und überflüssig war; ich schrie nur: genug! und danach überlegte ich auch, warum ich nicht schon vorher »Nein!« geschrien hatte, bevor er sich auf mir ausgestreckt, seine Brusthaare in meine Nasenlöcher gesteckt hatte und mich mit seinen Stoppeln am Hals kratzte. Denn auf dem Gymnasium, kurz bevor ich ihn traf, hatte ich eine Arbeit über Goya gemacht, über sein Werk und sein Leben, einen Monat ungefähr lief ich mit ihm im Kopf und im Bauch herum, und als ich mich im Bett auf den Knien gegenüber der Reproduktion der bourbonischen Frau aufrichtete, die nur ein Ausschnitt aus einer viehischen, glitzernden Königsfamilie ist, als ich mir in einer

Art privaten und primitiven Fests vorstellte, daß ich einen Freund habe, und alles ein Strudel kalter und warmer Farben war, Schüttelfrost und Schweiß – gerade da, als er mich fragte, ob ich wisse, wer der Maler sei – ich sagte ja, er sei Spanier, nicht wahr, er ist Spanier? zum Teufel, ich habe den Namen vergessen. Aber es ist ein Spanier, nicht?

Ich weiß, daß das alles nicht stimmt, vielleicht wußte ich es schon vorher, aber es war schon nicht mehr möglich, etwas auszuradieren oder zu richten. Und er, der darauf achtete, daß das Laken seine wolligen Schamteile gut verbarg, sah mich an, als sei ich nichts als Titten, und fing wieder an, mich eilig und grob auf sein zusammenbrechendes Bett zu skizzieren, unter dem die Nacktblättchen waren.

Und als das vorbei war, stand er auf und rief einen Freund an, einen anderen Ingenieur, um ihn daran zu erinnern, daß sie ausgemacht hatten, sich später am Abend für die Prüfung übermorgen zu treffen, es war gerade mal eine halbe Stunde, seit wir hier angekommen waren, und schon schaute er nicht mehr mich, sondern seinen sorglosen Fuß unter dem Laken an, dessen großer Zeh sich krümmte und bewegte, und selbst wenn die Prüfung erlogen war, was ist das schon im Vergleich zu meiner Lüge oder meinem Fehler, denn das ist manchmal ein ziemliches Durcheinander – das innere Fest, die Aufregung und die Freude, bevor man zum erstenmal mit jemandem schläft.

Dann stand ich auf und hatte das Bedürfnis, mich in das Laken zu hüllen, mit dem er, der schon angezogen war, sich zuvor bedeckt hatte. Vielleicht, weil ich das aus einem Film kannte, den zu sehen Odelia mich einmal gezwungen hatte, als ihre Mutter gerade erst eingeliefert worden war, vielleicht auch, weil die Malstunde vorüber war und das Modell mit den gebissenen Brustwarzen aufstehen und sich einwickeln durfte. Jedenfalls wankte ich sofort zur Toilette und war sicher, daß eine lange, schöne Blutschleppe sich hinter mir herzieht, wie hinter einer geschlachteten Braut, doch nachdem ich gepinkelt und mich abgewischt hatte, sah ich bloß ein paar Tropfen schwarzen Bluts auf dem Klopapier, und das war alles. Nur daß ich mich ganz einzigartig fühlte, als würde das Fest erst beginnen, und ich selbst sei diese Bourbonin Goyas oder die ganze Familie Karls des IV., und gleich würde mein kultivierter Ingenieur kommen, um mich zu skizzieren, zu malen, würde mir Fragen stellen und mich prüfen – jetzt, da ich offen und bereit war und zitterte. Denn in ein paar Minuten werden unter dem Laken andere Schalen wachsen, die hart und grob sind, und ich werde mich für immer verbarrikadieren.

Und es werden noch viele Wochen folgen, in denen ich in Kreisen die Wände hochgehen werde, den Kopf gegen die Wand schlagen, Goya, Goya, Goya. Aber es wird zu spät und völlig überflüssig sein, sowieso werde ich keinen Freund mehr haben, denn als ich voller Verwunderung von dem Blut sprach, tat er so, als höre er in der Küche nicht und brummte nur. Und deswegen kam ich angezogen und gepanzert zu ihm heraus und stellte mich abwartend vor ihn. Aber er, der sorgfältig gekämmt Orangensaft trank – und diesmal war das ›sorgfältig‹ lächerlich, weil er bestimmt den Kopf unter den Wasserhahn des Spülbeckens gehalten und auf das Geschirr gespuckt hatte, um sich dann mit einer Gabel zu kämmen – er fragte mich nur, ob ich wisse, wie ich von hier nach Hause käme.

Ich nickte: ja. Obwohl der Weg mir ein Rätsel war: ein paar bewimpelte Ampeln, eine laute Straßenkreuzung und zwei, drei Sträßchen, eine Wohnung wie eine Höhle und ein Bett. Zudem war ich nicht einmal sicher, ob es sich nicht um einen seltsamen Traum handelte, der gleich vorbei sein würde, ich würde in meinem Zimmer aufwachen, von all den Geschenken umgeben, die mir mein Vater dafür, daß meine Mutter abgezwitschert war, mitgebracht hatte. Deswegen lief ich wie zusammengestaucht herum, als sei ich noch nicht fertig angezogen und der Panzer noch nicht richtig angelegt, so daß ich sehr gekränkt war, als ich ging, weil er mir nicht einmal Saft angeboten hatte.

Draußen herrschte feierliche, hoffnungslose Dunkelheit. Tatsächlich schaffte ich es mit meinem beschissenen Orientierungssinn sofort, nirgendwo zu landen, zwei Reihen geschmückter Laternen inmitten einer verdreckten Straße, ohne irgendeine Autobushaltestelle. Und du wirst nicht glauben, wen ich dann sah. Ja, von allen Menschen ausgerechnet sie, meine Kunstlehrerin! Wirklich und wahrhaftig! Geht im Dunkeln mit ihrem kleinen, uralten Hund spazieren, über den sie einmal in der Klasse gesagt hat, wenn er stürbe, dann stürbe sie auch, und alle lachten. Ich mochte sie sehr, rundlich, mit einem blonden Knoten, der mit dem Älterwerden ausblich, und in indischen Kleidern mit winzigen Glöckchen, die jedesmal, wenn sie sich zur Tafel drehte, klingelten; deswegen sage ich ihr jetzt: Schalom, erinnern Sie sich an mich? Ein zitternder Papierstreifen von einem jungen Mädchen, denn ich war entsetzlich jung, das gewissermaßen in der großen, echten Prüfung durchgefallen war, nur ihr Körper ist bis hinauf zum Kompakten aus Bronze gegossen, allerdings ebenso wie eine Statue der Vogelkacke ausgesetzt. Meine Kunstlehrerin hält ihren alten, blinden Hund an, der neben mir vor Angst und auch wegen seines Lungenödems pfeift, und macht das Gesicht von jemandem, der einen nicht erkennt. Mit kläglicher Selbstsicherheit sage ich ihr, daß ich vor den Ferien ihre Schülerin war, sage nicht, heute abend habe ich Goya nicht erkannt, obwohl sie mir auf meine Arbeit ein ›vorzüglich‹ gegeben hat. Wenn ich es ihr verraten hätte, würde sie mir vielleicht von Frau zu Frau gesagt haben, daß es nicht das sei, was zählt. Nicht jetzt, und vielleicht solltest du zur Polizei gehen und Anzeige wegen Verführung Minderjähriger erstatten.

Nur daß keine von uns irgend etwas sagt. Sie weiß es eh nicht, und die Tatsache, daß sie am Vorabend dieses Feiertages allein ist, nur in Gesellschaft eines verendenden Hundes, bedeutet nicht, daß sie jetzt ausgerechnet noch mich am Hals haben will. Zudem denke ich, daß es eh meine Schuld ist. Hätte ich gesagt, daß Goya, der Hofmaler beim spanischen Königshof wurde, ihnen wegen der Wahrheit, die in seinem Blut brodelte, einen langen Pinsel in den Rükken stieß – dann wäre all das zu verhindern gewesen, und auf dem niedrigen Bett hätte das große Fest zweier Gehirne stattgefunden.

Fein, sagt meine Kunstlehrerin plötzlich mit dem Zynismus der Einsamen, wenn du sagst, daß du meine Schülerin warst – schön für dich. Und frohes Fest… damit zieht sie das Modell des Hundes, der sich nur mit Mühe vom Fleck rührt, weiter und entfernt sich allmählich. Als sähe ich wirklich so nackt und verletzlich aus wie eine Statue.

Zu Hause finde ich meinen Vater im Wohnzimmersessel eingeschlafen, verlassen wie ein Baby. Deswegen gehe ich nicht allzu leise in die Küche, um auf dem Kalender nachzusehen, ob ich meine Periode schon hätte bekommen müssen. Aber nein. Und wenn das so ist, dann stammt das Blut von einem anderen Mord. Ich gehe ins Bad und dusche mich mit unendlicher Geduld. Schrubbe gründlich und gelassen jedes Fleckchen. Und nachdem ich mich acht- oder neunmal gestriegelt habe, geht dieser Geruch von Schafen ab, so wie eine dichte, fettige Weidewolke sich entfernt und mit lächerlichem Mäh-Mäh den Hügel hinunterläuft. Danach schaue ich ganz genau in den Spiegel, setze mich auf den Badewannenrand, nehme einen kleinen Spiegel und öffne die Beine, hebe eines hoch und lasse es herunter, hebe das zweite hoch und gucke. Aber da sind wirklich keine Spuren mehr.

Ich bin müde, gestatte mir aber nicht zu weinen. Ich gehe wieder ins Wohnzimmer und schleiche mich auf Zehenspitzen vorbei, als sei ich nur ein Traum, was ein ziemlich komischer Ausdruck für eine wie mich ist, ein grobes, plumpes Viech mit riesigen Brüsten, und mein Vater wacht nicht auf. Er segelt auf dem Rücken eines gepolsterten Schiffes und träumt. Ein trauriger, salziger Mann, vor allem im Schlaf. Nicht besonders groß, eher zart. Mit all diesen Geschenken wie mit Algen bekränzt, und ohne zu wissen, daß draußen Feiertag ist, wo ich bin und wann ich zurückkommen werde. Ich decke ihn mit einer leichten Decke zu und gehe in mein Zimmer, dort stoße ich endlich einen Seufzer aus, der in Kitschromanen als herzzerreißend beschrieben wird, und mit der Trockenheit, mit der es auch dort, allerdings in bezug auf den Helden, weitergeht, ziehe ich den roten Gombrich aus meiner Bibliothek und schaue mir die Bilder wieder und wieder in der zufälligen Reihenfolge des Blätterns an: die Renaissance, die griechische Architektur, Dadaismus, Kubismus, der Impressionismus, der retuschierte Stier aus der Höhle, die plastische Abstraktion, der Surrealismus. An irgendeinem beliebigen Ort auch Goya, zusammen mit meinen Exzerpten – was für eine Schmach man ihm heute angetan hat. Aber er wird dem standhalten. Er ist stärker, als man denkt.

Als ich schon merke, wie tiefer Schlaf aus vollgestopften Federsäcken auf mich fällt, denke ich, daß ich verliebt bin. Daß das vielleicht Liebe ist. So schlafe ich auch ein, sozusagen mit Liebe. Denn irgendwie mußte ich doch das Loch füllen, das heute abend in mir aufgerissen wurde. Erst jetzt, nachdem ein paar Kreise dazugekommen sind, weiß ich, daß ich nicht geliebt habe, daß ich auch nicht lieben werde, niemals, verstehst du? Daß mir das niemals gelingen wird, so sehr Tschechow auch versuchen mag, mich vom Gegenteil zu überzeugen.

Es ist wirklich nett von dir zu denken, daß du mich liebst. Und nur, weil du fremd und empfindsam bist, mich in Konzerte einlädst, zu deinem Vergnügen Akkordeon spielst und dich auch noch von Büchern ernährst – erzähle ich dir das alles. Ich habe das nämlich bis heute niemandem erzählt. Nicht einmal Chandelier, schon gar nicht Odelia, die Fleischbällchen aus mir machen würde – mich, die ihr die ganze Zeit Predigten hält und sich dabei selbst wie ein Putzlumpen benimmt. Dabei fällt mir ein, daß auch Putzlumpen maskulin ist, als sei die Sprache selbst ein heimlicher Gesetzgeber...

Deswegen bin ich auch so geworden, ein Holzklotz, und manchmal sogar ohne Zeiger. Und deswegen genügen mir seitdem, eigentlich schon ein bißchen vorher, die Bücher. Die Wörter. Das Reservat. Ich habe mich schon entschieden: ich will nicht heiraten. Soll das Militär zum Teufel gehen. Das werde ich verkünden. Ich werde sagen, ich sei fromm. Daß ich Gott gegen meine Bücher getauscht habe. Nur Chandelier würde ich für eine Umarmung, für einen wirklichen Kuß aus Fleisch und Blut niemals »nein« sagen, auch wenn das nie geschehen wird, oder vielleicht doch, ich weiß nicht, was spielen sie hier überhaupt heute abend, Schubert oder Dvořák?

Und untersteh dich, mich irgend etwas über Dvořák zu fragen. Denn sogar wenn ich es weiß, werde ich mich verhaspeln und durchfallen. Und nicht, weil ich heute das Gefühl hätte, ich habe einen Freund – einen Mann. Habe ich nämlich nicht. Bloß einen Bekannten. Einen Begleiter. Jemanden, mit dem man ins Konzert geht, während alle Lichter brennen. Weil er mich eingeladen hat und ich neugierig bin zuzuhören. Abgesehen davon bekommst du gar nichts, denn seither habe ich gelernt, »nein« zu sagen, das ist mein Wort im Leben, und ich weiß wirklich nicht, warum ich heute abend soviel rede, obwohl wir uns schon hingesetzt haben, Reihe zwanzig, Platz sechs und sieben, und die Musiker gleich kommen werden. Und merk dir, wenn du plötzlich feststellst, daß ich nicht hier bin – dann liegt das nur daran, weil ich Musik bin, so wie ich manchmal Farbe bin und meistens – Wörter. Vor allem Wörter. Besonders seltene. Solche, die getilgt werden. Und wenn du fälschlicherweise meinst – wie in amerikanischen Kitschromanen die Heldin dem Helden auseinandersetzt –, daß ich mich aufmerksam umsehe, mit geweiteten Augen, als handle es sich eigentlich um einen Film – dann liegt das nur daran, daß ich aufsauge. Alles in die inneren Räume einsauge. In dem Bewußtsein, daß sich alles auflösen wird. Deswegen bin ich meistens bei den Büchern. Denn Bücher kann und darf man umarmen. Obwohl auch von ihnen nicht viel bleibt, wenn keiner sie aufbewahrt. Bloß eine Ansammlung von Kakerlaken der Spezies Alphabet, gedrängtes Schwarz in vergilbten, zerfressenen Einbänden, für die Bibliotheken der Menschen mit einem schwachen, zuckenden Gedächtnis. Trotzdem sind die Wörter wirklicher als Farben und Klänge, und das ist ihr Mangel. Du kannst sie mit erbärmlicher Leichtigkeit in Besitz nehmen, so wie sie sind, aus dem Nichts hervorsprießen. Und sie sind herrschsüchtig, eingehüllt in einen teuflischen Pakt der Freundschaft, an der Schwelle der Menschlichkeit.

Schsch ... da kommen die Musiker. Still jetzt. Gleich fangen sie an. Weißt du, es ist schade, daß du nicht Flöte spielst. Dann könntest du dich dazuschleichen und mitmachen. Mit dem Akkordeon ist das schwierig. Wenn ich zum Beispiel ein Buch lese, dann tue ich mich immer selbst hinein, mit meinem ganzen Leben, und danach tue ich das Buch in mein Leben hinein, weil es keinen Wächter oder Dirigenten gibt und ich es fortsetzen kann, wo ich mag. Natürlich gibt es Fälle, in denen ich mich verhaspele. Nicht mehr weiß, wo das Buch aufhört und Gila anfängt und umgekehrt. Und wenn plötzlich ein Ingenieurstudent käme und mich über eine Geschichte von Tschechow prüfte, dann würde ich ihm ohne mit der Wimper zu zucken sagen, genau wie in den Amerikanischen der Held zur Heldin – daß dieser alte Kutscher eigentlich mein Vater ist, und das Pferd sein Handelsschiff. Und weil er, der Ingenieur, mich wieder anschauen wird, als sei ich ein plumpes Viech mit bombigen Titten, das allerhöchstens genug! schreit – sorge ich dafür, daß kein Ingenieur kommt und mir Fragen stellt. Denn die kriegen ja eh immer die Auflösung am Ende des Buches, und irgendwie verstehen sie immer alles, vor mir und nach mir.

Male dir also nicht Sachen im Kopf aus, die nicht stattfinden werden. Schau, was für eine versklavte Musikerbande da kommt, um zu spielen. Jeder einzelne dazu verurteilt, ein anderes Instrument zu spielen, bearbeitet ergeben einen kleinen Raum, eine Holzkiste, ein Metallrohr, und ihnen gegenüber ein Dirigent mit schnittigen Schwänzen, der sie überwacht und ihnen mit einer kurz geratenen Peitsche Befehle gibt. Jetzt, da man es ein bißchen dunkler macht, ist alles strahlender, die Resonanz ist klarer, glänzt und zerbricht in tausend Klänge, die Klänge kommen und vergehen, ziehen hinter sich weitere Klänge und Farbe her. Wie komisch, daß der Cellist so zerknitterte Hosen hat und alte Schuhe, die trotz der Risse mühsam poliert sind; und die Frau, die höflich an den Saiten der Viola zupft, trägt ein ebenso altmodisches Kleid wie Sonja am Schabbat und den Feiertagen, und das Gesicht eines anderen schmilzt dahin, als würde er schmusen, und die daneben hat ein Gesicht, das gar nicht hier ist, vielleicht beim Geschirrspüler, der kaputtgegangen ist, vielleicht, wie üblich, bei den Kindern und Sorgen, und wenn alle umblättern, blättert auch sie um, wenn es nötig ist, schließt sie sich den anderen an, aber Dvořák hat sie heute abend nicht im Kopf – das sieht man.

Nein, nimm nicht meine Hand. Bitte. Ich will mit mir allein sein. Und schau mich nicht so mitleidig an, weil ich vor Aufregung weine. Schau einfach nach vorne und höre zu. Oder höre sonstwie zu. Als sei ich nicht hier. Als gäbe es mich nicht. Als hätte es mich nie gegeben. Was macht es, daß ich seit dem Moment, da wir uns getroffen haben, kein Wort gesagt habe. Keine Silbe. Erst jetzt die Tränen. Und wieviel du auch über deine Stadt in der Ukraine gesagt und berichtet und erzählt hast, über die Wälder dort, die Bären, die grauen Häuser und die Elektrische – ich habe die ganze Zeit geschwiegen und zugehört. Nur mir selbst. Habe nach innen geschaut. Denn daß ich nichts gesagt habe, das heißt gar nichts. So wie ein nacktes Mädchen, das zum erstenmal mit einem Mann in einem wackeligen Bett ist, an anderer Stelle sagt – das beweist gar nichts. Nichts. Denn wenn man ihr in diesem Moment die Ernika öffnete – dann würde man dort Goya finden, zusammengerollt, am Daumen lutschend und bereit, wieder herauszukommen und alle Farben zu verschmieren, ganz von vorne. Und ich habe schon gesagt, wenn ich einmal werde ja sagen wollen, dann nur Erna. Denn Erna wird mir den Raum im Raum ausfüllen, wie Wahrheit mit Wahrheit. Verdörrte Brüste auf vollen Brüsten. Ein faltiger Bauch auf einem glatten Bauch. Ein zerbrochener Körper auf einem modellierten Körper. Frau auf Frau. Soll Sonja doch denken, was sie will. Sie kann ruhig einen Lautsprecher nehmen und es herausposaunen. Ein ganzes Orchester. Es spielt eh keine Rolle, wenn Erna nicht will. Wenn sie Franz und Schubert so treu bleibt, als sei ich Luft, obwohl es zwischen uns große, elektrische Feste gibt.

Nein, versuche nicht, mich mit deinem angenehmen Arm zu umarmen. Das paßt ins Kino, nicht ins Konzert. Außerdem weine ich gerade. Odelia läßt sich in Hinterzimmern erbärmlicher Schneidereien ohne Auflösung ficken, und ich bin diejenige, die weint. Denn sie weiß es nicht einmal. Und Dubek ist bestimmt nicht der Franz, auf den Erna und ich warten. Du aber auch nicht. Niemand ist es. Gib dich keiner Illusion hin, mit deinem gelblichen Bartanfang und dem Akkordeon, das auf deiner Wampe hängt, selbst wenn es nicht dort hängt, so, als würdest du an einem überflüssigen Feiertag gleich auf die Unterhaltungsbühne klettern, während oben unzählige bunte Lämpchen und Fähnchen herumflattern, und eine heitere, verschnörkelte Melodie anstimmen, um all die Feiernden mit ihrem kurzen Gedächtnis zum Tanzen zu bringen.

Denn nein. Du bist nicht das Nichts, das unter Kafkas Stein auf mich wartet. Nicht einmal das. Obwohl du wie die Helden von Tschechow und Dostojewskij riechst und ihre Sprache sprichst. Beinahe. Denn um meine Liebe zu gewinnen, wirst du nicht irgendeine ausgebleichte Alte umbringen, die mich nicht lieben will, du wirst nicht bis zum Äußersten gehen. Zu diesem Äußersten, dem die Lösung fehlt. Du wirst nicht für mich im Gefängnis sitzen oder, wie dort in der alten Übersetzung, im Gefangenenhaus – und dich quälen. Du wirst bloß Gila, all meine Gilas schreien, und wenn der erste Teil vorbei sein wird und alle feierlich klatschen, wirst du deinen Ellenbogen an meiner Brust reiben und schon an das nächste Konzert denken.

Ja, das ist alles, was du tun kannst. Und das ist nicht gut genug für mich. Überhaupt nicht. Ich will mehr. Das ist alles, was ich sagen kann, wenn auch ohne Erklärung. Und danke. Ich gehe alleine rauf. Und entschuldige, entschuldige bitte, daß ich dich nicht entschädigt habe. Daß ich die ganze Zeit furchtbar aufgeregt war und geweint habe und meinen Bauch ganz festgehalten habe, es tut mir leid. Aber ich weiß, du, du hattest genug an meinem Geruch. An der flüchtigen Berührung. Daran, daß ich bei dir war. Eine sehr große Frau mit einem kleinen, gequälten Loch, das sie einfach so, von der Natur bekommen hat, lange vor dem Ingenieur. Schau, jetzt werde ich dich sogar küssen. Hier, auf das Ende deines neuen Bartes. Das hat mich schon immer neugierig gemacht. Wegen Tschechow. Igitt. Ein Haufen trockener Haare. Kratzig. Aber lustig, es kitzelt. Nein, das bedeutet gar nichts. Mach also keinen Schritt. Wir verabschieden uns gerade. Verabschieden uns, ohne zu wissen, ob es ein nächstes Mal geben wird. Hab eine gute Nacht und auf Wiedersehen. Ja, auf Wiedersehen, Jefim. Es war schön. Wirklich. Danke für die Einladung und auf Wiedersehen. Nun, genug, steh hier nicht wie ein verlassener Vater herum. Wie ein Kind. Klettere auf den Rücken eines dieser Bären aus deinem weißgrauen Wald und geh. Morgen früh mußt du Bücher ausliefern, die Mängelexemplare in Ordnung bringen, zu deinem Vergnügen auf dem Akkordeon spielen und mich dir aus Kopf und Schwanz schlagen. Das ist viel Arbeit. Viel Arbeit für einen Tag. Geh jetzt also. Von dem Konzert ist nichts übriggeblieben. Nur ein Raum, der schreit, und zwei abgerissene Karten in deiner oder in meiner Tasche. Und die große Dunkelheit. Nein, schalte das Licht nicht ein. Überlaß die Dunkelheit sich selbst. Es ist ihr Recht, nichts zu wissen. Schau, ich gehe auch. Gehe hoch.

Denn es ist genug. Ich bin es müde, zu reden und zu reden, ohne den Mund aufzumachen, wie ein Bauchredner, der schummelt. Gib zu, gib zu, daß das ein süßes Wort ist – schummeln. Obwohl es böse ist. Dunkel. Wie Erna.

Gute Nacht also, Jefim. Und nochmals danke. Vielleicht sehen wir uns mal in Dubeks Laden. Gute Nacht.

Ich gehe die Treppen hoch und lasse ihn starr und beleidigt stehen. Schließlich fängt er sich, dreht sich um und schaltet das Licht an.

Ich gucke noch einmal, neugierig, und sehe ihn dort stehen, als warte er darauf, daß graue Arbeiter kommen, Leitern spreizen, hinaufklettern und schnittige Fähnchen und bunte Lämpchen aufhängen, und in dem ganzen vergeßlichen menschlichen Wahn werden sie erstmals den Mund öffnen und laut sagen: Gilas! Frohes Fest!

Erna tat so, als sei sie nicht zu Hause. Langsam verwehte Schubert, und das Klopfen ihrer Füße, das von weit her tönte, verklang nahe der Türschwelle. Ich preßte mich an die Tür und schaute noch einen Moment durch ihren großen Spion, um die Klänge hinter der Tür zu erhaschen. Aber die Ritterrüstung stand genau gegenüber und versperrte jede Möglichkeit, ihr zuzuschreien, sie solle öffnen. Daß ich weiß, sie ist hier drinnen. Sich fürchtet, mich zu sehen. Mich zu empfangen. Nachzugeben.

Ich wandte mich ab und setzte mich auf eine der Geschenkkisten, die ich ihr mitgebracht, mühsam von zu Hause hierher geschleppt hatte. Fühlte mich, wie ein abgesetzter Stammeshäuptling.

Dubi kam herunter und grinste zögernd, doch als er all die Schätze inmitten unseres Treppenhauses sah, blieb er voller Verwunderung stehen. Einen Moment dachte ich über Verwunderung nach, wie sehr man spürt, daß das

Wort zweigeteilt ist: verwundet und Wunder, einer, dessen Augen aufgerissen sind, während sein Mund ins Wunder stürzt: ist das kein Wunder? Theatralische Schachteln, Kisten von Seeräubern, Zauberkoffer – hier – in unserem Wohnblock?

Bei Dubi, der sich schon in den roten Schirm gewickelt hatte, hypnotisiert war von gelben Perlenketten, wie sie alte, abgesetzte Häuptlinge durch die Finger gleiten lassen, als zählten sie ihr Leben rückwärts – bei Dubi war das alles viel einfacher. Ein Nebenfluß brauner Spucke, anscheinend vom morgendlichen Kakao, rann auf die Kinnstoppeln, die er nicht rasiert hatte.

Willst du? fragte ich ihn.

Dubi nickte wild und führte den Fluß, der sich jetzt seinen Weg zum Hemd bahnte, in die Irre.

Dann nimm, sagte ich gleichgültig. Es gehört dir.

Er stammelte mit seiner geschwollenen Zunge: Al-les? stotterte er.

Ich schaute auf die Geschenke, mit denen ich Erna umwerben wollte, und versuchte, mich von dem saueren Loch, das meinen Magen aufriß, sich einen Tunnel bis zur dunklen Ernika unten grub, zu befreien. Alles! stimmte ich zu.

Wie ein Verrückter begann Dubi, die Päckchen aufzumachen: einem afrikanischen Elefanten, dessen Haut schildkrötenhaft Kreuze aufwies und dessen Rücken sich zum Feuerzeug öffnen ließ, erlag er sofort.

Gila? wandte sich der Idiot zu mir und rieb seine Nase am Rüssel des Elefanten. Heiratest du Dubek?

Ich fand das komisch. Sogar seine tauben Ohren wußten es schon.

Ja, sagte ich laut. Ich wußte, daß Erna ihr zerbrechliches Ohr an die Tür hielt und sehr gut hören konnte.

Ich wollte einen Augenblick bei der Absurdität von ›das Ohr halten‹ verweilen, aber das schrille Lachen Dubis störte mich.

Wa-ann?

Weiß nicht, sagte ich. Vielleicht morgen.

Mo-o-rgen? Mo-orgen früh? wunderte er sich.

Nein, ich kicherte falsch und umarmte meine Hüften, um den quälenden Tunnel zu beschwichtigen. Nicht am Morgen von morgen. Nicht an dem Morgen. Das ›früh‹ ignorierte ich.

Also an welch-em Morgen? fragte er neugierig.

Komm, schau, lockte ich ihn plötzlich. Hier ist etwas, das dich verrückt machen wird. Daß du nicht wirst loslassen wollen. Obwohl ich alles Erna verkaufen werde. Hier, sagte ich heiter, ich wußte ja, welchen Einfluß das Wort ›verkaufen‹ auf Chandelier hatte, und holte die große Schachtel neben der kleineren, länglichen hervor. Vorsichtig öffnete ich sie.

Dubi ließ den Elefanten fallen. Wa-aas ist das?

Gleich, sagte ich. Wir lö-sen hier das Band, plapperte ich weiter, während ich die Zartheit von ›wir lösen‹ auf der Zunge genoß, die bestimmt auch über den Rücken der Alten hinter der Tür ein Zittern laufen ließ. Hier, sagte ich und streckte es ihm hin. Mein Vater hat es von einem Negerkönig geschenkt bekommen. In Afrika. Darüber liegt ein Fluch. Weißt du, was ein Fluch ist? schloß ich weich.

Verdamm-ter Hurensohn! stellte Dubi mit relativer Leichtigkeit fest und streichelte die winzige Schwertklinge aus Holz. Der grob geschnitzte Gorilla am Griff ließ seine Schulter zittern.

Nein, Idiot! Ich stieß meinen Ellenbogen in seinen Bauch, entwand ihm das Schwert rasch und hielt es hoch, als ginge es um wer weiß was, dann hinter meinen Rücken und über den Kopf.

Dubi seufzte und wand sich. Ein neuer Fluß brauner Spucke spritzte aus seinem Mund, als er das Schwert wieder in die Hand bekam.

Nein, wiederholte ich, ich meine, daß es verzaubert ist. Der böse Blick, sagte ich in seiner Sprache, obwohl ich wußte, daß man es anders sagen muß. Wenn du jemanden liebst, und der liebt dich nicht wieder, dann kannst du ihm den Hals spalten – ich machte mit meinem Finger das Sausen eines Hiebes und wußte, daß die alte Gans sich kein Wort entgehen läßt – so als ob, in der Luft, und dann, dann gehört er dir, verstehst du.

Dubi zuckte mit seinen flatternden Schultern. U-nd gehört es mir oder Du-bek? fragte er naiv.

Ich war etwas überrascht von dem Schwanzende Vernunft, das einen Moment in seinen Augen flackerte, doch sagte lächelnd: Nein, und entriß ihm das Schwert ein weiteres Mal. Es gehört mir, es ist für Erna.

Er-na?! verhaspelte sich Dubi.

Ja, sagte ich entschieden. Das alles ist für Erna. Mit einem Ruck stand ich auf und klopfte wie zuvor laut an die Tür. Ich habe hier Sachen für dich. Zu kaufen. Sachen, die mein Vater verkaufen will. Ich betonte jetzt ›Vater‹. Hörst du, Erna? Ich hörte auf zu klopfen. Sachen meines Vaters, zum Verkauf. Raritäten!

Dubi lehnte sich leicht an die Wand, ohne etwas zu kapieren. Zur Sicherheit bückte er sich und hob das Elefanten-Feuerzeug auf. Umarmte es. Und d-das ist ni-cht mir, Gila? Sein großer Finger lag auf dem Plastikzahn. Der zweite Zahn war abgebrochen.

Ich ignorierte ihn, denn die Tür öffnete sich jetzt vorsichtig. Ein Auge und ein Nasenloch und ein Viertel von den verdorrten Lippen, die trotzdem lila angemalt waren.

Was für Sachen? fragte Chandelier mißtrauisch.

Von meinem Vater. Meine Stimme zitterte. Raritäten aus aller Welt. Dekorationen. Schöne Sachen. Sofort radierte ich das ›Kinkerlitzchen‹ aus, das in meinem Gehirn glänzte, da ich fühlte, wie sich meine Ernika zusammenzog, um den Tunnel vom Magen her zu versperren. Ich schluckte das fiebrige Zittern hinunter und wandte mich ruhig den Sachen zu. Ernsthaft wie ein Händler.

Die Tür quietschte ein bißchen und gab eine weitere Handbreit Gesicht frei.

Aufgewühlt schaute ich Dreiviertel meiner Chandelier an und wollte weinen.

Wo ist Kindchen? Ist Kindchen bei dir? fragte Erna plötzlich feindselig.

Ein kalter Hieb in meinem Gesicht. Doch ich antwortete nicht. Mein Fuß, der sich inzwischen wie eine Schlange vorgetastet hatte, versteinerte auf der Schwelle. Wenn Erna die Tür zuknallt, – wird er zerquetscht. Wenn nicht, ist er der erste, der losstürmt. Mein ganzer Körper stützte sich darauf.

Erna öffnete die Tür jetzt ganz, zog das leichte Seidencape, in das sie sich manchmal wie ein schwarzer Pilz hüllte, über ihrem zerbröckelnden Körper zurecht. Das Kristallschiff mit all seinen durchsichtigen Segeln brannte über ihrem Kopf. Die Jalousien in der Wohnung waren geschlossen, und der Kellergeruch mit dem Kitzeln verdorbener Parfüms verdichtete die Luft zu spinnenartigen Wolken, die in den Zimmern schwebten. Was willst du von mir? fragte sie jetzt, als sei ich ein Vertreter, ein russischer Bücherlieferant, dessen vulgäres Liebeslied gegen seinen Wanst klopft. Trotzdem inspizierten ihre Augen die Ware auf den Treppen.

Die Eiskrusten auf meiner Zunge hinderten mich daran, direkt zu sprechen. Will gar nichts! Gila will bloß verkaufen. Er verstellt das ganze Haus, dieser Plunder, das hat schon ihre Mutter gesagt. Und auch ihr Vater ist einverstanden.

Und warum ich wollen Plunder? fragte Erna merkwürdig logisch. Die Ritterrüstung hinter ihr nickte einen flüchtigen Augenblick mit dem Eisenkopf. Weit weg auf dem Balkon schlug plötzlich die Holzuhr ihre Lackstunde. Erna schauderte in ihrem schwarzen Pilz und schaute mich mit offenkundiger Angst an. Die Ritterrüstung straffte sich.

Ich ließ mich nicht abschrecken, sondern kniete nieder. Hielt ihr das geschnitzte Schwert hin.

Erna stieß mit ihrer dünnen Zunge gegen ihre Prothese

und streckte dann ihre fledermaushafte Hand aus, um mein Geschenk an sich zu nehmen.

Dubi stand immer noch an der Wand, tiefe Verwunderung im Gesicht. Verdammter Hurensohn, wiederholte er plötzlich, ohne zu stottern, und es war unmöglich zu entscheiden, ob er sich an das erinnerte, was ich über das Schwert erfunden hatte, oder einfach neidisch war. Nach einer Sekunde aber warf er den Elefanten-Anzünder hin und stürzte sich auf Erna. Das ist meins! meins! altes Weib! du Hure! das ist meins.

Ich sprang ihn von hinten an, hielt ihn im letzten Augenblick, bevor er Erna niederwarf, stieß ihn heftig gegen die Wand und beugte mich sofort zu der Alten, ängstlich, sie auch nur zu berühren. Die Ritterrüstung bewegte sich nicht. Auch Erna nicht. Zuerst ließ sich nur ein dünnes, babyhaftes Greinen hören. Dann, als drängten die Silben aus den Bruchstücken ihrer Nichtigkeit, flüsterte das kleine Seidenhäufchen Franz ... Franz ...

Komm, sagte der schwarze Stammeshäuptling, der keine Weigerung kennt, süßen Sieg auf seinen aufgeworfenen Lippen. Komm, wiederholte ich lächelnd und zog sie an mich. Wir bringen dich ins Bett. Schsch... da. Ins Bett.

Ich trat gegen die Tür hinter mir, direkt in Dubis verblüfftes Gesicht, und überließ es ihm zu entscheiden, ob er die Geschenke wegschleppen solle, während ich Erna ins Bett schleppte.

Es war ein Bett mit einem Baldachin in einem dunklen Zimmer, das von Polsterstühlen in blassem Gold und altem Rosa und Purpur umgeben war wie von Wachposten. Bei der Tür stand eine andere Ritterrüstung, die ich noch nie gesehen hatte, doch ein Spitzentuch, gelblich wie der elfenbeinfarbene Arm einer Prinzessin, das den Eisenkäfig verschleierte, milderte den Anblick. Ein weiteres schwarzes Seidencape verdeckte den viereckigen Schminkspiegel, der in der Zimmermitte stand. Ein heller Lufthauch wehte wie von selbst und klimperte mit luftigem Finger auf den Parfümfläschchen, den Schminktöpfchen und Puderdöschen auf dem Tisch. Fernsehkartons, die vor lauter alten Elektrogeräten barsten, Stoffberge und Ecken geschnitzter Bilderrahmen standen zu seinen beiden Seiten bis zum Bettrand, ebenso auf der anderen Seite des Zimmers und in seiner Mitte, aber keinesfalls auf einem der Stühle.

Ich schaute Erna an, die ich schon auf ihr Bett gelegt hatte, und zog leise mein dickes Knie von der Matraze. Ich setzte mich dicht neben sie.

Chandeliers Augen waren noch immer geschlossen, doch Franz wurde nicht wieder ausgesprochen. Ich blickte mich nach seinem Bild an einer der Wände um, doch in der Überfülle öliger Schlösser, königlicher Porträts und sogar Bildern der Stadt Prag, die aus einem Kalender gerissen und feierlich gerahmt worden waren, sah ich ihn nicht, zumal die Dunkelheit es meinen Augen schwermachte.

Plötzlich zitterte Erna in ihrem Bett und sprach meinen Namen aus.

Ja, sagte ich und konnte mein Glücksgefühl nicht bezwingen.

Gila, du bist hier, ja?

Ja, sagte ich. Sicher.

Und Kindchen nicht?

Diesmal erschrak ich nicht. Nein, antwortete ich, Odelia nicht.

Ich wollen Musik, verlangte sie genüßlich.

Kerzengerade erhob ich mich vom Bett, um nichts umzustoßen, und eilte ins Wohnzimmer, um es wieder zum Leben zu erwecken. Als die Elementartöne Ernas erklangen, hob sich ihr Kopf leicht aus der Öffnung des schwarzen Pilzes, und sie versuchte, sich zu setzen.

Ich eilte zu ihr, um sie aufzurichten. Ihre Knochen schmolzen in meinen kräftigen Händen. Meinen Kopf jedoch wandte ich ab und achtete darauf, meinen Atem von ihr fernzuhalten, um nichts zu zerbrechen.

Ich dich nicht will, Gila! greift Chandelier mich plötzlich

an. Auf den Kissen liegt eine schwarze Feder, das Metallgitter des Bettes wölbt sich hoch über ihr. Du dir willst Franz, fertig, verstehen du?

Ich lächelte. Sagte kein Wort. In den Händen des abgesetzten Stammeshäuptlings, der nicht weiß, was eine Weigerung ist, rollte der Kopf der Gans wie eine Kokosnuß hin und her.

Erna ließ ihre glänzenden Augen durch das Halbdunkel ringsum wandern und stoppte an einem der Reststücke eines Ausverkaufs im Zimmer. Sie ließ den Blick ruhen.

Woher kommt das Geld für all das? fragte ich plötzlich laut.

Für einen Augenblick blieb Ernas Prothese hinter der Unterlippe hängen, dann kehrte sie an ihren Platz zurück. Erna lies ihren Blick wieder zu mir schweifen und öffnete ihre violetten Lippen zu einem winzigen Lächeln.

Von den Verbänden, sagte sie und mühte sich, ihre eine Schulter in den Schoß schwarzer Seide zurückzubringen, die verrutscht war.

Ich bedeckte die Schulter und genoß die Spröde ihrer Haut wie das ›wir lösen‹ der Geschenkverpackung zuvor. Was für Verbände?

Verbände aus Klinik. Baracke 54. Acht Skelette. Nadeln. Und ich, Erna – Verbände. Bis zum Hals. Der ganze Bauch. Auf Kind. Bauch nicht groß, aber mit Weinen. Weinen. Weinen. Nicht herausgehen. Nicht lassen. Und sie, sitzen gegenüber. Schauen auf die Uhr, die Tafel – was geschehen, wenn nicht herauskommen. Und Brüste – gibt es, ha! große! – gleich explodieren. Und die Milch macht Temperaturen wie tropisch. Heiß. Feuer. Klara, von daneben, bekommt Spritzen, zu sehen, was, wenn zu früh herauskommen. Und Erna, wenn soweit – Verbände. Fest. Wie Seile. Mit irgend etwas die Ernika schließen. Nähen. Und Kind weint bestimmt im Bauch. Bauch wie ein Gefängnis. Weiße Baracke. 54. Kein Leben. Nicht geben. Aber Brot geben, Wasser, Zucker, um zu sehen. Wieviel Zeit herauskommen will, wie lange weinen. Weinen. Weinen. Ganz lang. Bis zum Sterben. Nicht Erna. Erna nicht sterben. Erst Kind. Öffnen. Sehen. Schreiben. Dann Erna bekommen viel Geld. Viel. Nach dem Krieg. Dann Erna kauft. Kauft alles, was nicht gibt, statt dessen. Ernika ist schon Gift. Nicht gut. Aber Erna ist Frau für Franz. Franz lieben Erna auch so. Mit ganzem Herz. Erna immer Frau für Franz. Bis Erna wirklich sterben, Erna gehört Franz. Nicht Gila. Erna machen viel Sex. Denn Ernika gut dafür. Aber mit Franz. Wie sein soll. Sex statt Kind. Ausverkäufe statt Kind. Raritäten. Leben. Statt Kind. Statt sterben. Erna vom Geld leben wie Königin. Schubert. Kleider. Ball. Tausend Ball. Und kaufen. Alle Zeit kaufen. So leben, wie eine Königin, du verstehen?

Ich senkte den Kopf über das Notizbuch, das sich füllte und das ich vergessen hatte mitzubringen. Warum hat Franz dann Socken verkauft? Wenn soviel Geld da war, warum hat er Socken verkauft? Ich blieb hartnäckig und kämpfte mit diesem Wort, Verwunderung, das in einer Art gründlicher Dubiheit über mein ganzes Gesicht schmierte.

Erna zog ihr Herzeleid in der schwarzen Seide zusammen, doch das Bett bewegte sich nicht. Franz ist Franz und Erna ist Erna. Das ist alles. Und jetzt aufstehen! Schubert die Seite wechseln.

Ich schickte mich an, ins Wohnzimmer zu gehen, als sie überraschend ihre kleine Hand ausstreckte, um mich zurückzuhalten. Nein, Moment. Warten. Was du drinnen, ist nicht gut. Nicht gut. Bald Erna wirklich sterben. Tief hineingehen in Kern. Bis zu Eisen hinuntersteigen. Zu Feuer. Erna steigt nicht in Himmel. Erna heruntersteigen. Himmel für Franz. Erna auf Treppen zu Kern. Wo großes Feuer kocht. Vom Leben. Was alles hält, du weißt. Geographie. Ja? Da auch Kind. Wie Teufel heruntersteigen und nicht herausgehen. Nicht geben. Da, wo Leid, ohne verstehen warum. Ohne daß wir etwas machen. Nicht ich. Nicht Kind. Nicht Klara. Nicht Kind von Klara. Und weiter. Die ganze Baracke 54. So. Und weiter. Ohne etwas machen. Franz das Leiden verstanden. Das ist wegen Erna. Leben sehr schwer. Weil Franz viel Liebe zu Erna. Das ist alles. Also Franz Socken, Koffer, und Leben mit Erna. Jeden Tag. Jede Nacht. Schwere Arbeit. Franz Engel. Erna nicht. Erna ist andere Stoffe. Anderer Ort. Ohne verstehen, warum. Nicht alles wissen wollen. So. Wie Leben. Wie Baracke 54. So. Anders nicht leben. Nicht Königin sein, du verstehen? Du finden Franz. Du brauchst nicht Hölle wie Erna. Das ist zu sterben. Früh. Bald im Leben sterben. Also nicht. Erna nicht gut für Gila. Nicht gut. Auch Dubek sehr schlecht für Gila. Sehr schlecht. Wie Buch. Zuviel Buch. Du finden neuen Mann. Mit viel Herz. Am wichtigsten das Herz. Verstand weniger. Gilas Verstand genug. Du finden Franz und ihm geben Ernika für Früchte. Geschmack. Für Kind. Wie es sein soll. Du kein Block 54. Also leben. Leben wie es sein müssen, du verstehen? Erna viel Zeit im Leben sterben. Erna kauft andere Zeit, um zu vergessen, für Ball. Ganzes Leben Ball. Erna ist nicht für Gila. Nein nein nein. Gila für Gila, für neuen Franz. Und gibt. Es gibt neuen Franz. Du nur finden. Gila für neues Leben, wie es sein soll. Du verstehen! Erna nicht wollen Frau Engel. Erna wollen, weil keine Kraft ist, Odelia, wie Tochter. Wie Kind. Erna verstehen, wie Kindchen leiden ohne zu verstehen. Erna weiß. Kein Herz. Alt. Auch Geld. Kognak. Und Schubert. Das reicht. Geld zu kaufen. Schubert zu vergessen. Kognak zu schlafen. So ist Erna. Ein Koffer. Ein Mann. Erna saugt ihm Blut aus. Die Baracke saugt Erna aus. Klinik 54. Du erinnerst. Und Erna weinen. Weinen. Weinen. Schreien. Sterben. Schreien. Sterben. Und Erna nicht geben. Nicht sterben. Nur Kind. Und Kind wartet seitdem auf Erna. Erna zum Schluß hinausgehen, du weißt. Leben wie Königin. Ohne Kind. Ohne Leben. Aber leben. Und bald Erna zurückkehren. Zu Hölle. Zu Kern. Dort Kind. Wartet.

Viele Treppe bis da hinuntersteigen. Andere Zeit. Bald. Nicht kommen. War schon. Was dahinter liegt. Ganze Leben eine Stufe. Hinuntersteigen. Festhalten. Runder Ball mit tiefen Treppen herunter. Gefährlich. Gila muß nicht wissen. Gila Eisen im Kopf. Kraft. Temperatur ist da. Alles. Für was Gila Erna!? Was geben? Nichts da. Gar nichts. Wenn Gila Erna hat, mit Gewalt, Gilas Kopf leer. Wie Kindchen. Nur Herz. Meister Proper. Hosen. Ohrringe. Wie Franz Socken. Und das nur Leid. Schweres Leben. Arbeit ohne Ende. Ohne verstehen. Und du verstehen. Du wissen. Gilas Leid Lügen. Wie Ohrringe aus Blech. Kindchen. Wie Socken nicht aus Baumwolle. Nicht aus Seide. Gila leiden nur im Kopf. Aus Buch. Und Gilas Ernika gesund. Frisch wie Wasser. Kein Kognak. Nicht verbrannt. Kopf muß austauschen. Franz finden und anfangen wie es sein soll. Leben, ohne bald im Leben sterben. Nicht in Kopf tun, was nicht reingehört. Austauschen. Austauschen, das ist alles. Du verstehen. Und jetzt du aufstehen. Schubert die Seite tauschen. Schubert in der Klinik 54 gibt es nicht. Nur im Kopf von Erna. Schubert macht Verbände auf Erna. Kognak statt Gift. Verbände von Meer. Von Gutem. Schubert ist für immer. Statt jeder Gila Schubert. Andere Zeit. Wie keine Zeit. Wie das ganze Leben Schubert. Gila verstehen. Schubert auch Himmel. Auch Kern. Eisen und Licht. Luft. Alle Stoffe Schubert. Alle Zeit ohne Zeit. Nur Kreise. Ohne anfangen. Ohne aufhören. Wie Erna lebt. Wie Erna stirbt. Bald stirbt. Erna steigt herunter. Herunter. Herunter. Ganz tief. Wo Feuer ist. Brände. Und Ernas Herz noch einmal wollen. Lieben dort. Ein Kind fühlen. Ohne verstehen. Wie heruntersteigen, so wollen, ohne verstehen. Nur so. Weil leben wie Königin. War Geld. War Franz da. War Schubert da. Aber auch Schubert mit Erna fertig. Schubert nicht Blut-Knochen wie Erna. Wie Franz. Einer oben und einer unten. Schubert gibt es. Hier. Und auch dort. Die ganze Zeit. Jeder an seinem Ort. Kindchen Leid. Gila nicht muß. Gila fliehen. Austauschen. Aus Klinik mit Kopf wie Königin. Wegen Verstand. Kaufen. Immer mehr. Ausverkäufe. Raritäten. Gibt. An jedem Ort. Du finden. Bezahlen. Kaufen. So viel Eisen. Kraft. Gute Temperatur. Ohne verbrennen. Nicht Bücher. Nicht Erna. Du verstehen. Verstehen und genug. Schubert die Seite tauschen. Erna die Kraft tauschen. Zeit. Erna will sterben. Schlafen. Geschenke Dubi geben, Kindchen, die leiden ohne verstehen. Das ist Bitterste. Engel. Erna nicht. Kognak. Schlafen. Das ist alles. Wie viele Stufen geblieben? Bis verstehen nicht verstehen. Ein bißchen. Franz vom Himmel auf Erna aufpassen, bis heruntersteigen. Bis zum Ende. Wenn Franz hier, er deckt Erna nur zu. Die Lippen mit Kognak befeuchten. Auch er Schubert die Seite tauschen. Und Erna schlafen lassen. Gehen. Nicht weinen. Franz, wenn er leben, hat Erna Gute Nacht gesagt und gegangen. Das ist alles. Und Gila, wenn sie Franz, machen was Erna sagt. Was Erna...

Ich häufte das goldene Federbett auf die schwarze Seide. Dann trat ich zum Spiegel, um nachzuschauen, ob die Tränen synthetisch oder aus Baumwolle waren, aber der Spiegel war abgedeckt. Ein großer Stoff. Seidig. Ich wischte sie mit fünf Würstchen ab und kehrte zu ihr zurück. Um zuzuhören, wie sie schläft. Wie sie hinuntersteigt. Dann entfernte ich mich ein bißchen, um sie ganz zu erkennen, und setzte mich auf einen der gepolsterten Wachstühle. Doch dann fiel es mir plötzlich wieder ein, und ich eilte zu Schubert, um ihm die Seite zu tauschen. Als ich zurück ins Zimmer kam, setzte ich mich wieder, verschränkte meine kräftigen Arme und versuchte, mein Weinen leise hinunterzuschlucken.

Du weinst also doch! spottete auf einmal Tschechow, der endlich aus seinem Murmeltierschlaf erwacht war, mit zerrauftem Bart und stumpfen Augen. Dir steht wirklich nichts zu, fügte er noch hinzu, während er im dunklen Zimmer nach seiner Brille tastete. Warum tust du nicht, wie sie dir geraten hat? stichelte Tschechow, fand die Brille und ortete mich endlich mit seinen kurzsichtigen Augen.

Warum, wütete ich, mußte sie zum Schluß sterben, wie Jonas' Sohn, wie alle anderen? Warum mußte dieses dreizehnjährige Mädchen, das losgerannt ist, um Brennholz beizuschaffen, den Ofen angezündet, Treppen gewischt hat und in den Laden gelaufen ist, Kartoffeln geschält, gewaschen, genäht hat und die ganze Zeit auf das Baby achtgegeben hat – warum mußte sie am Schluß sterben!? Warum!? zahlte ich es ihm zurück, wie dort, in der veralteten Auswahl.

Tschechow zog wütend seine Augenbrauen hoch, nahm die Brille wieder ab und putzte sie mit schwarzer Seide, die, noch warm, unter Ernas Federbett hervorlugte.

Ach, Seide hat noch nie richtig geputzt, murrte der Arzt. Du meinst bestimmt Warka, aber dein Gedächtnis ist schwach, das Baby, nicht sie ist gestorben. Nein, sie ist nur eingeschlafen, erinnerst du dich nicht? Sie hat das Baby getötet. Hat es erwürgt, um zu schlafen.

Ich senkte das Gesicht. Hörte auf zu weinen und betrachtete den Teppich.

Hörst du? beharrte Tschechow. Das Baby ist gestorben, nicht sie.

Sie hätten es anders machen können, fuhr ich ihn an. Sie hatten die Kraft. Sie hätten alles ändern können. Retten. Dafür sind Sie Schriftsteller. Dafür existieren Sie, fügte ich flüsternd hinzu.

Tschechow kicherte leicht, voller Höflichkeit. Schickte sich an, aus dem Bett zu steigen. Die Echten rette ich. Versuche es. Den Erfundenen schulde ich gar nichts. So wie ich dir nichts schulde. Gar nichts. Und bitte, du hast mein Wort, fügte er hinzu und tastete nach Franz' Hausschuhen, die, grau von Staub, noch unterm Bett standen. Glaub mir, daß ich für die Kranken nicht genügend Arzneimittel habe. Warka wurde geboren, um wie eine offene Wunde zu leben. Sie ist nicht zu heilen. Deswegen ist sie nicht gestorben! Die Baronin und ihr Fötus von gestern dagegen ja! schloß er mit heiligem Zorn.

Aber das Baby in der Geschichte ist auch gestorben. Auch das Baby. Ich wurde wieder kindisch.

Du mußt entschuldigen, Tschechow nickte mit seinem runden Kopf, der Fehler ist auf deiner Seite. Dieses Baby hat nie gelebt. Niemals. Er gähnte breit. Entschuldige nochmals. Die Müdigkeit. Und geh jetzt bitte, sagte er ruhig. Von jetzt an werde ich auf sie achtgeben. Alles wird gut. Sie wird ihre Kraft austauschen, deine erfundene Alte, grinste Tschechow, der wach wurde und sich erholte. Das verspreche ich. Du kannst ganz ruhig sein. Geh jetzt. Zurück zu Dubi. Gib ihm deine Geschenke. Die Gaben deines Vaters. Seinen Trost. Sie haben sehr gelitten, weißt du. Er fühlt schwere Schuld auf sich, dein Vater. Aber was hat der närrische Dubi damit zu tun? Gar nichts, sage ich dir. Geh zu ihm zurück. Gib ihm deine Geschenke. Nimm ihnen den Fluch. Zeig ihm, wie das Feuerzeug funktioniert. Damit er sich nicht die Finger verbrennt. Übrigens, wenn du meine Pfeife findest, wäre ich dir dankbar, wenn du sie mir bringen könntest. Sie fehlt mir sehr.

Dubi war noch dort, im Treppenhaus, und wühlte wie verrückt in den Schachteln. Spielte. Wechselte zu etwas anderem und verstreute alles. Nahm Maß. Versuchte. Setzte in Gang. Tauschte wieder. Zerbrach. Zerriß. Und grinste, grinste die ganze Zeit mit wirren Augen.

Gi-gi-gila, das all-es ist für mi-mich? Ja? Für mi-ich? Ja?

Mach das Motorrad! befehle ich ihm. Ich ziehe die Augen zusammen.

Dubi knattert wie ein Motor.

Und jetzt einen Esel!

Er schreit.

Und ein Pferd!

Er wiehert.

Wieder ein Motorrad!

Wieder knattert er.

Jetzt schmettere dich an die Todeswand!

Dubi schickte sich an, seinen Kopf gegen die Wand zu schlagen, doch auf einmal wandte er sich lächelnd zu mir. Er hob seine eckigen Schultern und sagte kindisch spukkend: Wwwill nicht! Erst Elefant! Doch bevor ich ihm das Erbetene geben konnte, bereute er es. Nnnein! Erst Schwert.

Das Schwert ist bei Chandelier, erklärte ich und reichte ihm statt dessen den Elefanten, wie Tschechow mir geboten hatte. Ohne es zu wollen, bewegte sich mein Finger, und dünnes, blau-gelbes Feuer züngelte aus dem Elefantenrükken. Zart wie ›wir lösen‹. Wie Haut. Leckte an meinen Fingernägeln.

Au! rief ich.

Ver-dammter Hur-ensohn, sagte Dubi und streckte seine Hände mit engelhaftem Lächeln aus. Aaauch mmir?

Odelia überquerte den verlassenen Platz vor dem Wohnblock, hob vorsichtig ihre Milchbeine über die rostigen Stangen und die Siebe der Bauarbeiter mit den Resten von Putz und Kalk, die dort herumlagen. Ich setzte mich auf den Eisenzaun und tat so, als schaute ich in mein Notizheft. Sah sie aus den Augenwinkeln näherkommen und überlegen, ob sie mit mir sprechen solle. Schließlich blieb sie stehen, rückte ihren Pferdeschwanz zurecht, der ihren Kopf auspreßte wie ein Fleischwolf, und beäugte mich voller Zorn.

Ich habe nicht vor, mit dir zu reden, verkündete sie und verbreitete Dummheit und Meister Proper bis hin zu mir.

Ich schluckte ein allwissendes Lächeln zwischen den leeren Blättern, die auf die getilgten Wörter warteten, die ich retten würde. Wann putzt du bei den Alten? griff ich sie aus einer ganz anderen Richtung an.

Odelia verhaspelte sich sofort. Warum?

Darum, sagte ich kurz. Wann?

Odelia zählte die Tage ab. Alles muß sie berechnen, abzählen, aufteilen, sich ins Gedächtnis rufen. Nachdem jeder Finger den Namen einer Familie und ein verdrecktes Haus zugewiesen bekommen und sie nur den linken Daumen zurückbehalten hatte, in den sie leicht hineinbiß, lächelte sie dümmlich: Morgen.

Gut, sagte ich erleichtert, ich komme mit.

Du!? Warum kommst du mit? Ich putze dort.

Ich weiß, daß du dort putzt, ich betonte das du, obwohl solche Feinheiten Odelia verborgen bleiben. Aber ich will ihre Bibliothek prüfen.

Ihre Bibliothek? plapperte Odelia mir nach. Wozu? Das ist alles in Englisch und Deutsch. Habe ich dir doch schon gesagt. Sie waren Ärzte, glaube ich, bevor sie selbst krank geworden sind. Mein Gott, sie können ja kaum noch aufstehen. Die Alte vielleicht. Vielleicht nur sie. Und die Bücher sind Quatsch. Alle möglichen Krankheiten, Medikamente, erklärte Odelia mir lang und breit. Dann faßte sie sich und verhärtete ihr schönes Gesicht. Hör mal, das war ganz eklig, wie du dich Pierre gegenüber benommen hast. Mir fehlen die Worte. Die halbe Ware hast du ruiniert. Die halbe Ware – weißt du, was das heißt? Weißt du, was für einen Verlust das bedeutet? Er hat es mir vorgerechnet, das sind…

Das schert mich einen Dreck, die Verluste von deinem Pierre! kicherte ich. Und was ist mit dir? Hast du die Fickerei genossen?

Mit einem Schlag wurde Odelia zum Obstgärtchen einer Frau inmitten eines verdreckten Feldes – Erdbeeren, Granatäpfel, Kirschen. Konfitüre auf zwei Beinen. Voller Schuld. Gut, um sie auf Vollkornbrot zu streichen, auf gelbe Butter. Und Kaffee. Starker Kaffee. Mit hellem Dampf. Wie in der deutschen Reklame auf der Rückseite des Bettwäschekatalogs, die mich mehr wegen des Mannes interessierte. Der, der trinkt. Mit Krawatte. Rasiert. Mit einer scharfen Nase. Und lachenden Augen. Zähnen wie aus einer anderen Reklame. Eine schön geformte Hand mit einer Kaffeetasse. Oder die Konfitüre. Mit noch etwas. Schon morgens. Eine dicke Schicht Fett und Eingemachtes, rot und süß. Und Kaffee. Guter Kaffee. Wie schön das Leben ist!

Wir haben nicht gevögelt! Er, er hat mich bloß geküßt. Wir haben uns geküßt, und es war...

Und es war gut! Ich fuhr sie seltsam gehässig an, was überhaupt ein Fluch ist – Gehässigkeit; als schleiche eine Schlange durch das Wort und verschwinde.

Odelia begann zu weinen. Sogleich fielen all die winzigen Früchte vom Baum und wurden zu weißen Perlen, die sich auf dem Erdboden verstreuten. Wenn ich drauftrete, platzen sie.

Wieder bemitleidete ich sie. Warum zum Teufel bemitleide ich sie immer, so wie ich auch immer anfangen muß, mit Dubek zu reden? Warum gelingt es mir nicht, ihrem kleinen Kopf einzutrichtern, daß sie sich vor all diesen Pierres mit ihren langen Händen und ihrem kurzen Schwanz hüten muß?

Plötzlich fand ich das komisch. Na und? fragte ich grob. Wie lang ist er, der von deinem Ludensohn?

Odelia hob völlig verständnislos ihr Gesicht, eine Stufe vor der angeborenen Beschränktheit Dubis. Warum sagst du Ludensohn und nicht Hurensohn? fragte Odelia auf einmal mit wäßriger Neugierde und schlug eine Richtung ein, die nur sie in ihrer unausgegorenen Naivität einschlagen konnte.

Ich seufzte lächelnd. Warum soll denn immer die Mutter schuld sein, he? Immer wird die Mutter oder die Schwester verflucht. Warum nicht einmal der Vater oder der Bruder? Hast du mal darüber nachgedacht? Was meinst du?

Odelias Brauen krümmten sich wie ihre Kleiderbügelschultern. Plötzlich lachte sie. Nein, natürlich nicht, sagte ich und kletterte endlich von dem Eisengitter, das meinen Po röstete. Weil du genauso redest wie alle, wie die ganze Herde. Deswegen.

Ja. Odelia spielte mit ihrem Schuh, der sich mit allen Arten von Putzmitteln vollgesogen hatte. Aber Ludensohn klingt nicht gut, kicherte sie.

Da hatte sie nicht unrecht. Ludensohn klingt wirklich

nicht gut. Ebenso wie all die anderen Flüche, die ich mir auf dem letzten, nicht nennenswerten Blatt des Notizbuches zurechtgelegt hatte. Hm, sagte ich, vielleicht sollte man sich etwas anderes ausdenken. Zum Beispiel, du verdammter Hirnficker, du...

Ludensohn! vervollständigte Odelia freudig, als hätten wir ein Kreuzworträtsel gelöst, und warf ihr Haarbällchen nach hinten.

Gott, was bist du für eine Trantüte! Jetzt sagte ich laut, was ich vorher nur gedacht hatte. Odelia allerdings bemerkte den Unterschied nicht. Trotzdem fiel es mir schwer zu verlieren. Nein, das klingt wirklich nicht gut. Es ist nicht... was, stark genug? Nein, nicht stark genug, fragte und antwortete ich mir selbst. Es ist dürr. Das ist es. Es hat kein Fleisch. Kein Gewicht. Es hat kein Rückgrat. Aber ohne geht es nicht. Solange es Männer gibt, die fluchen wollen, muß jemand da sein, der zurückflucht. Auch Frauen. Man muß sich damit abfinden – mit Flüchen. Wenn man keine Wahl hat. Ich glaube, man hat keine Wahl. Aber man muß ausgleichen. Ist doch unmöglich, daß der Mann herumhurt und dann noch Hurensohn flucht. Das ist verdreht, verstehst du? Sprachlich. Vielleicht sollte man einfach anfangen. Aus dem Nichts. Von jetzt ab immer so sagen. Damit es eine Generation nach der anderen sagt. Wiederholt und auswendig lernt. Immer weiter, ohne nachzugeben. Dann wird es greifen. Sag es, und ohne zu grinsen wie eine Kuh, du verdammter Ludensohn! Hodenklein! Vaterschwanz! Respektiere das Jauchefeld. Aber pflüge es gleichmäßig.

Odelias Lachsalven brachen nicht ab. Das war der Moment.

Sag, biß ich zu und leckte meine Lippen, hast du den Schlüssel von den Alten?

Den Alten? Was für Alte? Odelia verrieb die Perlen mit dem Ärmel.

Ufff! Ich schubste sie ein bißchen. Die Alten, die Kranken, die, die Ärzte waren. Die hinter Dubeks Laden wohnen, mit den Zeitungen und der Bücherei und… führte ich absichtsvoll aus.

Ist ja gut, beruhige dich, rief Odelia erschrocken. Ich habe ihn, na und?

Dann gib ihn mir. Ich gucke mir jetzt ihre Bibliothek an.

Jetzt?! Odelia glühte. Aber sie sind zu Hause. Krank. Im Zimmer. Spinnst du!?

Okay, dann sind sie eben zu Hause. Ich habe ja nicht vor, etwas wegzunehmen. Sie werden mich nicht einmal sehen. Und nichts merken. Nur die Bücher. Nun gib schon her.

Spinnst du? Odelia blieb hängen. Spinnst du? Im Leben nicht. Das ist strafbar. Einbruch. Das ist es. Im Leben nicht!

Meine Geduld verdampfte, außerdem brannte die Sonne auf uns nieder. Odelia! begann ich drohend. Gib mir den Schlüssel!

Odelia zickzackte mit ihrer Zunge. Warum nennst du mich Odelia? Du bist einfach gemein. Ich habe dir doch gesagt, du sollst mich Thérèse nennen. Nur Thérèse. Pierre nennt mich jetzt auch so. Nicht Jeannette.

Du kannst mir im Mondschein begegnen mit deinen Namen, erwiderte ich. Abgesehen davon nennt Erna dich Kindchen. Hast du deinem Pierre-Schatz schon gesagt, daß Chandelier dich so nennt, weil du so blöd bist?

Wieder begannen Tränen in ihren Augen zu stechen, und sie blinzelte, als ob die Sonne schuld sei. Mir egal, wie Erna mich nennt, sagte Odelia. Sie ist alt. Ich bin jedenfalls Thérèse. Und Fotomodell, für dich. Auch wenn du mich in alle Ewigkeit Odelia nennst. Ich bin nicht mehr Odelia. O-delia! auch ein Name… spottete sie über sich selbst.

Ein dorniges Rascheln ließ sich hören, und eine seltsame Bewegung flüchtete sich zwischen den Sträuchern.

Du hast die Ratten erschreckt! rief ich lachend.

Odelia sprang auf. Lügnerin! Hier gibt es keine Ratten… vielleicht eine Katze…

Kein Ratten!? wiederholte ich, gut, dann war es wohl eine Schlange, die sich bewegt hat…

Odelia riß wundervolle Augen auf und starrte zu dem trockenen Gesträuch, beschirmte sie mit ihrer Hand und versuchte, genauer zu sehen, was dort war. Dann blinzelte sie wieder. Ihre Hand glitt herunter. Mit einem breiten Gähnen drehte sie sich zu mir. Es reicht, ich bin todmüde und stehe hier immer noch mit dir rum. Sie rieb sich die Augen. Du hast mein Hirn schon völlig ausgeblasen. Du machst mich ganz krank mit deiner Jauche! Das fehlt mir wirklich noch. Die hat mich heute eh verrückt gemacht. Ich habe ihr alle Jalousien geputzt, zehn Meter Balkon, und sie steht unten wie ein Feldwebel: Nicht so! So! So! Da ist es noch schwarz. Hier! Und da auch! Siehst du denn nicht? Bist du blind? Mein Gott, man sieht das doch! Hier, ja. Und hier. Die Lamelle, und die und die. Und die Risse. Die Löcher. Die Hohlräume. Hier, eine Spalte. Verschmutzt. Und ich schwöre dir, sie war sauber. Ein Spiegel. Schnee. Ich habe hundertmal drübergewischt. Mit einem Tuch, um einen Bleistift gewickelt. Die Spalte ihrer Mutter hab' ich ausgewischt. Aber die – eine Plage! Nicht zu glauben! Ich habe dir schon zwanzigmal gesagt, Süße, du sollst den Lappen auswaschen. Auswaschen! Wenn du nicht Wasser und Seife nimmst, um den Lappen auszuwaschen – dann bleiben Flecken, verstehst du? Du verschmierst alles. Du sollst es nicht verschmieren. Nimm frisches Wasser. Wasch ihn aus. Hast du verstanden? ahmte Odelia sie nach, und vor Nervosität wrang sie wieder und wieder ihren Pferdeschwanz aus.

Und dann, Odelia atmete auf, als sie sah, daß ich ihr wieder gut war, wenn ich losgehe, ihr Stinkwasser ausgieße, neues nehme und Seife hineinschütte, so wie da kleingedruckt geschrieben steht, eine Kappe, anderthalb Kappen, je nach Dreck, nie einen ganzen Schwung, wie ich es mag, mit viel Schaum, dann beschwert sie sich, daß ich verschwenderisch sei. Daß das Wasser noch sauber war. Daß man damit noch eine ganze Jalousie hätte putzen können, mindestens. Obwohl, schwöre ich dir, das Wasser schwärzer war als ihre Zunge. Schließlich kann man ja sparsam sein! Warum verschwenden? Ihr Mann hört nicht auf, über die Wasserrechnung zu meckern. Verstehst du? Von meinem Putzwasser, einmal pro Woche, steigt ihre Wasserrechnung. Und wieviel Seife! O je! Du brauchst ja noch einen Eimer für die ganze Seife! Weil sie nicht abgeht. Und dann noch mal Wasser, und noch mal. So putzt man doch nicht, Süße! Und...

Warum hast du ihr nicht gesagt, daß sie sich selbst darin waschen soll? unterbrach ich den Redefluß. Warum hast du ihr nicht gesagt, sie soll es sich für den Kaffee aufheben, hm? Für einen Augenblick sah ich wieder diesen deutschen Mann, mit der Konfitüre und der Tasse. Süßes Leben schon am Morgen.

Odelia hob ihre dünnen Augenbrauen. Bist du übergeschnappt? Das hat mir gerade noch gefehlt, den Mund aufmachen! Ich schlucke das alles ungekocht hinunter. Was glaubst denn du, daß die wie Erna sind? Das sind Hexen! Bei denen mache ich den Mund nicht auf. Ich halte die Klappe. Glaubst du, es fehlt an Putzfrauen? Die gibt es wie Dreck unter den Schuhen. Und ich, ich müßte ja bekloppt sein, um Herrschaften zu verlieren.

Ich zuckte mit den Achseln und sagte nichts. Etwas von dem Leiden ohne zu verstehen schlich mir durchs Hirn.

Ich sage bloß, Sie haben recht, natürlich, o Gott, ich habe nicht aufgepaßt, Entschuldigung, fuhr Odelia fort und krümmte sich gequält. Den ganzen Tag lang. Ja und Entschuldigung. Ja und Entschuldigung. Aber am besten ist es zu schweigen, sagte sie plötzlich kläglich und schob, ohne es zu merken, ihre Schuhspitze ins Gesträuch, zu den Ratten und Schlangen.

Ich konnte Kindergeschichten nie leiden. Sie waren mir zu durchsichtig. Zu dumm. Und auch diese entsetzliche Geschichte von dem Rattenfänger von Hameln, der mit Hilfe von Musik die Stadt von Ratten befreit, und schließlich auch von Kindern – wegen des Geldes! – ist so ein Unfug! Was haben Ratten mit Musik zu tun, zum Teufel? Wenn er ihnen Käse versprochen hätte, ein Schloß aus Edamer, eine Bootsfahrt in der Kanalisation, was weiß ich, aber Musik?! Und was zum Teufel sollen die Kinder in der Geschichte denn bitte schön sein, auch Ratten? Ebenso die Geschichte über das Schneiderlein, das sieben Fliegen auf einen Streich getötet hat. Wenn man sich überlegt, warum mußte er ausgerechnet sieben auf einmal umbringen?! Was soll das? Hat er seit diesem Tag nicht mehr gekackt? War das Leben ein Honigschlecken? Das Paradies auf Erden? Ohne Ratten? Ohne Fliegen? Und Schlangen? Warum konnte er sich nicht mit einer Pfandleiherin begnügen? Und warum ausgerechnet ein Schneider? Warum nicht ein Schuster oder ein Soldat, der sie mit seinem Stiefel zerquetscht? Warum kein Jäger mit Schmetterlingsnetz? Und wenn überhaupt, warum nicht ein Kammerjäger? Nein, man stopft den Kindern den Kopf mit diesen Märchen voll, und wenn ein Mädchen nicht erwachsen wird, wie Odelia, dann ist es passiert, dann glaubt sie bis heute daran, bis morgen und übermorgen, egal wie viele richtige Hexen ihr im wirklichen Leben begegnen – glaubt, daß aus Chandeliers Ritterrüstung ein Prinz klettern wird, und daß ihr kleiner Schneider, der einstweilen allenfalls ein Heftfaden ist und den Umfang einer Nadel hat, ihr eine Karriere oder eine Hochzeit richten wird, und die ganze Zeit wird sie ja und Entschuldigung sagen oder schweigen, Ohrringe aus Plastik kaufen und Wundermittel aus dem Fernen Osten gegen Falten ausschneiden und ihre Löcher der Menschheit zur Verfügung stellen.

Okay, ich geb's auf, sagte Odelia lustlos, weil ihr das Schweigen Angst machte. Und man sah ihr an, daß sie tatsächlich müde war.

Warte, rief ich. Thérèse, Baby, fügte ich weich hinzu – der Schlüssel!

Was für ein Schlüssel? begann Odelia die ganze Geschichte von vorne, aber genoß Thérèse.

Der Schlüssel von den Alten. Gib her, los! In zwei Stunden ist er bei dir. Nicht einmal Gott wird es merken.

Du sollst seinen Namen nicht müßig im Mund führen! Das ist verboten! schauderte Odelia. Als suche Gott nicht selbst die ganze Zeit Namen, als würde seine Herrlichkeit sich ihr zuwenden, wenn sie ihn ruft, so wie ich ihn einmal aus dem kleinen Flurfenster gerufen habe, wo das Viereck des Himmels nicht von Antennen gekreuzigt ist, wenn sie nur in sein Haus geht und oben in der Frauenabteilung sitzt, wo die Stühle aus grobem Holz sind, nicht poliert wie unten bei den Männern, wenn sie nur Geld von ihrer Putzerei spendet, den Tempelvorhang näht, während es sie zerreißt, auch wenn sie nicht wirklich die Gebote hält, schon gar nicht den Schabbat – als würde er ihr dann Gehör schenken.

In Ordnung, sagte ich. Lassen wir ihn aus dem Spiel. Gib mir einfach den Schlüssel.

Nie im Leben, Gila! Vergiß es! Was für eine Idee!

Ich sagte nichts, öffnete nur mein Notizbuch, als sei sie Luft.

Gila, hörst du?

Ich antwortete nicht.

Gila? seufzte die Putzhilfe sanft. Gut, in Ordnung, dann sei beleidigt. Was geht es mich an, mir ist es egal. Genug, ich kann schon nicht mehr vor Müdigkeit. Ich gehe.

Und sie ging. Sie ging tatsächlich. Ging, ohne zu hören, daß ich Chandelier verloren hatte. Daß ich auf Dubek verzichtete. Dubi gequält hatte. Jefim Illusionen gemacht. Sie ging, ohne all das zu wissen. Und ohne zu wissen, daß ich in letzter Zeit nicht nur kaum gelesen, sondern auch keine Wörter mehr gerettet hatte. Ins Notizbuch geschrieben. Die Zeilen erweitert. Das Reservat. Ging ohne zu hören, daß unzählige, verzweifelte Wörter um Hilfe flehen – wieviel Sehnsucht in dem Wort ›Flehen‹ liegt! Als gäbe es eine Herde ausgedünnter und verlorener Wörter, am Rande der Vertilgung, auf einem scharfkantigen Felsen, Abgründe wo man auch hinschaut, und von dort rufen sie: helft uns! helft uns! helft uns!

Und statt mit Lampe und Notizbuch zu helfen, mit Seil

und Stift, mit allem, was not tut – schwebe ich in einem gelb-rot gestreiften Fesselballon über ihnen, und ihr Flehen facht das Feuer nur an, mehr und mehr Sandsäcke und Ballast fallen, Tschechow, Kafka, Ann Mater, und Claudius, der hier keine Wolke, sondern Blei ist, und der Ballon steigt weiter hinauf, entfernt sich, das Feuer greift schon nach den Seilen und dem bunten Stoff, so wie ein gleichgültiger Zirkus, der sich am Himmelsfeuer entzündet hat und mitsamt einem kräftigen Mädchen, das riesige Brüste hat, die niemals fallen werden, verbrennt, die Brüste aber führen den Ballon in die Irre wie ein unvorhergesehener, heftiger Wind, der ihn plötzlich mit Macht nach unten zieht, doch wieder weit, weit von der hilfeflehenden Herde entfernt und immer tiefer in den Abgrund hinein. Zum Kern. Zu dem flammenden Eisen Ernas, dort, wo man leidet als verstünde man, warum, Hurensohn sagt, du Hure, mit deiner Dirne von Schwester, deiner läufigen Hurenmutter, obwohl man trotzdem andere Namen und neue Möglichkeiten sucht und versucht, auf die weibliche Form, die das Hebräische kennt, zu achten, die nichts und niemanden hinanzieht, lauter Pusselchen und Dirnen und Schlampen.

Nein, dachte ich mir, es ist nicht die Hure Sonne, die so scheint, brennt und glüht, das sind meine eigenen Nerven innen drinnen, denn wenn ich mich endlich einmal aufraffe, anstelle des kleinmütigen Tschechow das Leben zu retten, dann knallt man mir die Tür vor der Nase zu. Macht es unmöglich. Als könne man es nicht retten. Als würde es niemals vertilgt.

Wütend löste ich mich von dem Eisengitter, das meinen Po magnetisiert hatte, und ging zu den Alten. Dubeks Laden war geschlossen, weil Mittag war, und es gab zwei Möglichkeiten: entweder war er losgegangen, um Soias Rücken mit Schmerzen einzureiben, oder er machte ein Nickerchen – onanierte in seinem Laden mit diesen Heften, die er kaum je loskriegt. Einmal steckt sich die Rosane eine Peitsche hinein, einmal schaut eine Schwarze uns von unten an, als beginne da ihr Kopf, und einmal reitet eine Gelbe auf einem Eimer und macht es mit Handschuhen. Das alles in kleinen Buchstaben, wie in dem Katalog für deutsche Bettwäsche, und wenn du es genau liest, erfährst du, daß die Schwarze Martha heißt, aus Illinois kommt und es am liebsten mit Hunden treibt, die Rosane heißt Trude, sie stammt aus Amsterdam und lernt Astrophysik.

Doch ich näherte mich schon den Alten und vergaß Dubek, ich beherrschte mich nicht länger, schlug das Notizbuch auf, und da, wo Odelia stand, fügte ich eine ganze Herde von ›sie‹ in der alten Femininform hinzu, und in Klammern schrieb ich: fast endgültig vertilgt. Ein schauderliches Wort, ›endgültig‹, weil es so sanft und begütigend ist. Und ich fügte hinzu: bedarf sofortiger Rettung: Auswendig lernen. Dann machte ich noch einen Doppelpunkt und schrieb: ›genug‹, über das ich sofort ein X machte und daneben ›nein‹, in Begleitung eines fetten, deutlichen Ausrufezeichens, danach schloß ich die Klammer und das Notizbuch und schaute zum Balkon der Alten, der von Zeitungen überquoll. Die Jalousie am Fenster war geschlossen, und weil es der erste Stock war, schützten sie von allen Seiten Gitter, die weiß angestrichen waren, an einigen Stellen hatten sie von der Bekanntschaft mit Wasser und Seife, für die Odelia gesorgt hatte, löchrige, senffarbene Flecken zurückbehalten, doch abgesehen davon waren sie auf ihrem Posten und versperrten mir den Weg zur Bibliothek.

Gut, in Ordnung, dachte ich, wenn das so ist, dann bleibt nur die Tür. Wer bin ich denn? Unsichtbar? Der Dani-Din, dieser Idiot, der seinen Zauber für alle möglichen Dummheiten benutzt, anstatt zu sein oder nicht zu sein, wo man ihn braucht, wo irgendeiner oder irgendeine um Hilfe ruft. Und nicht einmal wie ich von oben, aus einem brennenden Fesselballon ruft: ich war nahe dran, aber habe nichts gemacht; sondern nur – ich war gar nicht da, aber ich meine, daß… wie alle.

Die Alte brauchte Jahrhunderte, um aus dem Bett zu steigen und herbeizuschlurfen, in dem man auch ›säuseln‹ hört, die alten, knochigen Füße hört, die sich hierherschleppen, als wären die Hausschuhe mit einem alten Motor ausgestattet, der sie vorwärtsschleift, ganz langsam, wegen des Alters und der Krankheiten.

Wer ist da? schnarrte die Alte, obwohl in allen Büchern jetzt ein Flüstern kommt, oder einfach eine Frage. Doch meine Alte schlurfte vor Schreck auch im Hals.

Ich lächelte, als ich diese Stimme hörte, die mit einem Löffelchen Puderzucker die Pillen für den Alten zerstampft, damit er ihr nicht an den vieren pro Tag, die sie ihm reinstopft, erstickt, und sagte, es sei die Krankenschwester mit den Blut- und Urinproben.

In dieser Zusammenstellung aus Blut und Urin lag viel Kraft, ein großer Zauber, denn sogleich klapperte die Alte mit den Schlössern, ganz vorsichtig, so, wie sie vorhin in den Hausschuhen herbeigeschlurft war.

Mit ihrem Gesicht einer ausgepreßten Zitrone, den körnigen, grauen Säckchen unter den Augen und ihrer Nase, die vor lauter Blut- und Urinmangel noch glänzender wurde, schaute sie mich hinter der Eisenkette voll kindischer Furcht an.

Hier, ich schwenkte mein Notizbuch, das für alle Arten todkranker Wörter eine letzte Bluttransfusion ist – Ihre Befunde. Wenn ich sie Ihnen erläutern könnte – es wird nicht lange dauern, Sie können sich gleich wieder hinlegen, ausruhen … nur einige wichtige Details … lächelte ich. In diesem Moment half es mir, daß ich weiblichen Geschlechts bin. Nicht eine Frau. Kein Mädchen. Keine Schwester. Einfach nur weiblichen Geschlechts mit schweren Brüsten. Mit einem Lächeln. Was ja schon heißt: vor der braucht man sich nicht zu fürchten. Die kann nicht nein sagen. Die sagt allenfalls genug. Und genug tut ja nichts, genug lädt die Gefahren nur ein, ist aber selbst keine Gefahr.

Bitteschön, flüsterte die Alte und öffnete die Tür weit. Die Krankenschwester, Chaimleben, kreischte sie plötzlich zu dem Verendenden im Schlafzimmer, der es sich nicht träumen ließ, den Namen zu wechseln, sondern allenfalls noch die Unterhosen. Ich hatte nicht einmal die Frage gehört, falls er nicht auf den Todesengel wartete.

Hier lang bitte, geleitete mich die Alte ins Wohnzimmer. Zuerst die Schuhe, dann der Kopf, ihr krummer Rücken bildete die Nachhut. Lichtstreifen so dünn wie Nudeln drangen durch die Ritzen der heruntergelassenen Jalousien und erleuchteten hier und da einen Ausschnitt.

Ich versuchte, den Geruch nicht einzuatmen. Ich versuchte, nicht zu atmen und zu lächeln. Höflich zu lächeln, das Notizbuch zu öffnen und es mit bedenklicher Miene zu studieren, um nicht mit krankhafter Lust, wie ich sie lange nicht verspürt hatte, zu ihrer kostbaren Bibliothek zu schielen. Eine schwarze Bibliothek, schwer und tief, als läge Schubert in höchsteigener Person und in einer Art staubigem Dämmerschlaf in den Regalbrettern.

Ich beherrschte mich und notierte nicht sofort Dämmerschlaf, der selbst um Hilfe ruft, und deklamierte der Alten, die früher vielleicht Ärztin war, vielleicht auch nicht, alles, was ich über die Laboruntersuchungen wußte: positiv, negativ, die Säure im Urin und der Zucker im Blut, Verdünnung und Konzentration, dann etwas über den neuen Service der Krankenkasse, die sich um alte Menschen kümmert und ihre verständlichen und unverständlichen Leiden lindert, ihnen die Ergebnisse ins Haus liefert, wenn auch mit einer gewissen Verspätung, damit sie sich die Füße nicht wundlaufen müssen, um die Bestätigung für das zu hören, was sie eh schon wissen und eh niemandem mitteilen können, denn der junge und eilige Dani-Din ist immer der, der sieht, ohne gesehen zu werden, nie derjenige, der zuhört, ohne selbst zu reden, zumal jeder Greis und jede Greisin unterwegs sterben könnten, wozu also all die Pumpen und Nadeln, die Schmerzen und die Untersuchungen, deswegen bin ich hier, die weibliche Person, stehe mit den Untersuchungsergebnissen zu Ihren Diensten. Das ist viel mehr, als

Gott, egal, wie man ihn nennt, für seine Klienten tut. Schließlich ließ ich meine schwachen, aber gar nicht zittrigen Hände in das offene Notizbuch auf meinen Knien sinken und hob den Blick.

Die Alte, die vielleicht einmal Ärztin war, vielleicht auch nicht, dämmerte im Sessel mir gegenüber und ließ niedlichen Schaum auf ihre Oberlippe treten. Im zweiten Zimmer hustete und ächzte der Alte. Hustete wieder. Ächzte. Verstummte. Ich betrachtete die Bücherei.

Gebundene Buchreihen, rot-braun-schwarze Ledereinbände mit Goldschnitt warteten auf mich, den Stammeshäuptling, der sich in diesem Moment zum General ernannte, denn die sklavische Liebe zu Büchern kennt keine Demokratie, nur abgestufte Gier, ein Regal nach dem anderen – ich war gekommen, um den Appell abzunehmen!

Ich wagte endlich, normal zu atmen, und wies die Alte sanft darauf hin, daß insgesamt alles in Ordnung sei. Zwar sei der Blutzucker etwas erhöht, vielleicht wäre es gut, die Medikamente nicht mit süßem Tee, sondern so, trocken, zu schlucken, aber es gäbe keinen Grund zur Sorge, mögen sie sich eines langen Lebens und guter Gesundheit erfreuen, und jetzt kommen Sie – sie war ebenso mürbe wie Chandelier, nur ohne Kognakparfüms und johannisbeerfarbenen Lippenstift –, ich bringe Sie ins Bett, legen Sie sich hin und ruhen Sie. Tauschen Sie die Kräfte aus. Ich finde schon allein hinaus. Die Ungelegenheit war unumgänglich, und natürlich ist auch der neue Service keine Entschädigung, hier, vorsichtig, ein Schritt nach dem anderen, wir werden schon bis zum Bett kommen, legen Sie sich hin, ich ziehe die Tür ins Schloß, kein Grund zur Sorge, entschuldigen Sie, daß ich so plötzlich hier aufgetaucht bin, mitten am Tag, aber in der Krankenkasse haben wir uns gedacht, es sei besser vorbeizuschauen, um zu hören, wie alles läuft, ein bißchen zu plaudern, statt wie Maschinen zu telefonieren, vielleicht brauchen Sie ja auch etwas? Aus dem Kaufladen? Der Apotheke? Nein? Gut, von Mal zu Mal muß man einfach ein

Gesicht sehen, die Knochen rühren, und dieser Service – Ergebnisse ins Haus – ist wirklich ein Geschenk des Himmels. Vorsicht, der Stuhl, ja, aber jetzt gehe ich, Sie sollten sich ausruhen, keine Sorge, es ist alles in Ordnung, wenn ich ebenso gesund bin, dann sollte es mich freuen, selbst in meinem Alter, solche Ergebnisse, denn ich verstehe noch rein gar nichts, schließlich leidet ja jeder, nicht wahr? Jeder hat sein Päckchen zu tragen, ja, so, ich gehe gleich, Sie werden sich erholen, Kraft sammeln, und Pipi, was ist damit? Sie müssen nicht, ah, der Katheter, ich verstehe. Fein. So, gleich liegen Sie, ja.

Die Alte nickte den ganzen Weg zum Bett. Schlurfte in stumpfer Dressur dahin. Als wir da waren, ihr Körper auf mich gestützt, nur ihre Füße schleiften wie Ärmel auf dem Boden, – hob der Alte seinen sehnigen Hals ein wenig, ohne sich zu wundern, daß seine Frau von einer Fremden zwischen die gelblichen Laken gebettet wurde. Als seien sie nichts weiter als Bücher, die von Hand zu Hand gehen. Als hätten sie jede Verantwortung abgegeben. Er brummte nur, als er noch einmal ungefragt zu hören bekam, daß es wegen der Untersuchungen sei, Chaim, von der Krankenkasse. Und...

Alles in Ordnung, ein neuer Service, sagte ich statt ihrer und legte sie vorsichtig neben ihn, und es entging mir nicht, daß seine dottergelben Augen kurz meine Brüste nachzeichneten und sich dann schlossen, sehnsüchtig oder in unendlichem Schmerz und dabei nur allzu endlich.

Gut, sagte ich und schlug die Hände zusammen, das Notizbuch mit dem Blut und dem Urin in die Achselhöhle geklemmt, als müsse jeder geschlossene, warme, versteckte Raum eine Höhle sein. In Ordnung, wiederholte ich freundlich, ich lasse Sie in Ruhe. Bleiben Sie gesund. Es ist wirklich alles in bester Ordnung. Ich finde allein hinaus. Ich ziehe die Tür gut zu. Machen Sie sich keine Sorgen.

Ich kehrte in den Flur zurück, den drei schmale Türen unterbrachen: eine zu der halb offenen Küche, in der sich ein alter Gasherd zeigte, ein winziger Kühlschrank und ein Tisch mit einem Wachstuch, auf dem ein Glas und ein Teller mit Äpfeln und einer Zitrone standen; und die geschlossenen Türen zur Toilette und zum Bad, ein kleines, schwarzlockiges Kind aus Plastik, das auf der einen pinkelte, und ein Duschender auf der anderen taten kund, was hinter welcher Tür zu finden war. Laut öffnete ich die Wohnungstür mit all den Schlüsseln und Ketten und schlug sie mit aller Kraft zu, als sei ich hinausgegangen und in alle Ewigkeit verschwunden. Als wäre ich nie aufgetaucht.

Dann preßte ich mich an die Wand und gefror vollständig. Körper und Seele. Ohne zu denken. Ohne zu atmen. Ohne zu sehen. Ohne zu riechen. Anscheinend drehte sich der Alte wieder in seinem Bett um, und diesmal war es die Alte, die hustete. Aber sie sagte nicht mehr, Chaim, von der Krankenkasse, die Untersuchungen, so als sei ich wirklich nicht dagewesen. Von den verräterischen Ohren, die sich womöglich doch spitzten, um zu lauschen, war nichts mehr zu hören. Ich blieb noch einige Augenblicke aufgerichtet neben der Tür und versuchte, die Spur eines Schlürfens aufzufangen, eine Bettfeder, einen Atemzug, ein Ächzen. Doch nichts. Langsam wie ein Pflaster löste ich mich von der fettigen Wand mit der von Thérèse geschwärzten Paneele – wenn man ihr nicht im Nacken sitzt, dann putzt sie nicht –, und kehrte ins Wohnzimmer zurück. Die gepriesenen Bücher der ehemaligen Vielleicht-Doktoren, die aus dem Nebenzimmer um Hilfe flehten, standen mir in einem Fest aus Blut, Urin und Fesselballons zur Verfügung. Im selben Augenblick, diesem Ludensohn von Augenblick, liebte ich mich, als sei ich eine der Gerechten der Welt oder etwas ähnliches. Als sei ich nicht ich.

Ich las nicht bei den Alten, nahm mir bloß viele dickleibige Bücher in warmen Ledereinbänden und deckte mich, auf dem Sofa liegend, damit zu. Es war ein Ledersofa, das seltsame, von fettigen Knöpfen gehaltene Schwellungen verzierten, deswegen röchelte das Leder bei der kleinsten Bewegung wie ein Sterbender, oder als habe es Lust, sich wieder mit Fleisch zu füllen und der Herde anzuschließen.

Aus was für einem Tier macht man eigentlich ein Ledersofa? Vielleicht werde ich bei der nächsten Wiedergeburt, eine der Dummheiten, an die Odelia glaubt, ausgerechnet ein verlorenes Tier auf einem Felsen sein und um Hilfe flehen, und nicht etwa Claudius, der Stotterer.

Ich fühlte mich wohl bei den Alten. In ihrem halbrunden Wohnzimmer herrschte eine andere Atmosphäre, ein kultiviertes Abwarten. Vielleicht bei der Vorstellung, daß sie wirklich Ärzte waren, dachte ich die ganze Zeit, ich säße in einer entschwundenen Warteschlange, und wenn sie endlich sterben werden, aufhören zu seufzen, sich herumzuwälzen, zu husten und mein Herz stocken zu lassen – dann wird die Zeit an mir sein einzutreten. An einen Ort wie diesen, wo Menschen lesen und das Gelesene benutzen, in solch ein Wohnzimmer, in dem die Sofas weich und angenehm sind und atmen, der Teppich beruhigend, und die Vorhänge, die Odelia nicht wäscht, ließen eine Fülle gezähmten Lichts ein, wären sie nicht braun vor Schmutz. Auch die Lampen landen bestimmt nicht mit so einem Trachbumm auf deinem Kopf, weißes, starkes Licht, um Stromrechnungen und Lieferscheine zu lesen, sondern es wird sanftes Licht sein, ausgestreckt wie eine Hand, die für eine Wohltat dankt, an einem Metallarm befestigt, der sich aus der Wand streckt und dir mit einer chinesischen, gelblichen Laterne, einem leichten Lichtklopfen auf deiner Schulter die energischen, unendlichen Sätze auf deutsch vorliest. Oder Licht, das aus Lampenschirmen kommt, die in den Zimmerecken stehen, stumme und freundliche Bedienstete, auf ihrem Kopf eine Haube aus grobem Stoff, mit dünnen Kupferkörpern stehen sie da und warten, daß man auf den Knopf drückt.

Ich drückte. Das Licht war angenehm und diszipliniert.

Verließ die Grenzen des Lampenschirms nicht. Allenfalls am Rand. Bis zu dem Mahagonibein des Tisches und der zehnten Quaste des Teppichs. Aber was ich brauchte, war gut beleuchtet.

Ich betrachtete die Bücher, die mich bedeckten. Unzählige Krankheiten waren darin nach dem deutschen Alphabet geordnet. So daß Tausende von Krankheiten, die auf einmal ausbrechen und angreifen können, still, in aller Bequemlichkeit auf mir lagen und versuchten, mich die sterbende Anwesenheit der Ärzte im Nebenzimmer, die sie einmal bekämpft hatten, vergessen zu lassen.

Ich weiß nicht warum, aber ich fand es gar nicht seltsam, in einer fremden Wohnung zu sein, auf einem Sofa, das nicht mir gehörte, das zudem atmete, ächzte und rumorte, von Büchern bedeckt zu sein, die nicht mir gehörten, in einer Sprache, die nicht meine war, und ohne mich vor ihnen oder mir selbst zu fürchten.

Ich wollte schlafen. Doch das war nicht das erste Wort, das in diesem Augenblick zu vernichten war. Als hätten sich die Ratten und Schlangen und Insekten, vor denen Odelia von Anfang an klein beigibt, gegen die sie allenfalls mit Meister Proper vorgeht, schon überall ausgebreitet. Wären unter jedem Stein. Erst dann kann man ›vernichten‹, ein Wort voller Angst und Nichts, benutzen. Ich erinnere mich, wie schockiert ich von der »Pest« war, wie sie sich in meinen Kopf einschlich, bis ich mich richtig krank fühlte. Nicht aufhörte, meinen Speichel zu untersuchen, um zu sehen, ob darin nicht das fadendünne Zeichen von Blut sei – das beweisen würde, daß ich krank war. Mich angesteckt hatte. Daß man auch mich vernichten mußte. Dann bekam ich tatsächlich irgendeinen Virus im Hals, vielleicht, weil ich die ganze Zeit mit einem großen Suppenlöffel darin herumkratzte, und ich ging zu Doktor Kaldering.

Es war gesund, zu Dr. Kaldering zu gehen. Schon die Kultur, die jeder Aschenbecher in seiner Klinik versprühte, war einen Besuch bei ihm wert. Obwohl er im Stockwerk über der Klinik wohnte, mit seiner winzigen Frau, die ihren Kopf mit einer Frisur wie eine Sandburg belud, Stockwerk um Stockwerk von unzähligen bunten Haarspangen befestigt, ein Turm, ein Dach, ein Schornstein, und sie kam immer zu uns – den wartenden Kranken – herunter, in Kleidchen aus Stretch-Nylon, die an ihrem Körper klebten, als sei sie naß geworden, und ihre aufgerichtete Brust wippte jedesmal, wenn einer ihrer dünnen Absätze – so wie die, die schlußendlich die Kognakbäuche von Chandeliers Storchen halten – mit einem langen, rhythmischen Tak-Tak-Tak auf der Treppe herumirrte, das die Fieberkranken erschauern ließ und diejenigen, die nur gekommen waren, um ein Rezept abzuholen, amüsierte. Wenn ich dort war, in dem kultivierten Wartezimmer des Dr. Kaldering, das sich zum Treppenhaus hin öffnete – während ich durch einen rotweiß gestreiften Strohhalm, wie man sie in den Ferien im Hotel angedreht bekommt, kleinen, bitteren Orangensaft saugte, den ich am Kiosk nebenan gekauft hatte –, verstand ich nie, wie der kultivierte Dr. Kaldering solch eine hurenhafte Zwergin hatte heiraten können. Überlegte das jedesmal, als sei ich seine Mutter oder so ähnlich, mit einer Art Enttäuschung. Und weil dort oben, in seiner Privatwohnung, die sicher noch kultivierter als die Klinik war, in einem der Zimmer seine wunderschöne, geistesgestörte Tochter eingeschlossen war, deren helles Haar durch die Fenstergitter wehte wie eine Segelregatta, vielleicht in der Hoffnung, daß eines Tages während der Sprechzeiten Dr. Kalderings ein Prinz, dem Vater ähnlich, vorbeikommen würde, durch eine der häßlichen Sträßchen King-George, Ecke Masaryk, zum zweiten Stock klettern und sie vor ihrer dirnenhaften Mutter retten würde, die ihr bis zum perlengleichen, kultivierten Nabel reicht, trotz der Absätze und der Burg, die sie auf dem Kopf trägt, und die in einem eifersüchtigen Augenblick eine der tödlichen Haarnadeln aus dem Haar ziehen und sie tief in ihr Ohr stoßen konnte, bis der Vater, Dr. Kaldering, der all diejenigen heilt, in denen riesige Suppenlöffel kratzen, um die Pest zu vertilgen, deren entzündete Ohren nicht aufhören, Sterbenslaute aus Nebenzimmern aufzufangen, im Sturm des weißen, gestärkten Kittels, der sich auf allen Seiten wie ein Zelt im Wind bauscht, herauskommt und sich bei allen Kranken entschuldigt, ihnen Genesung wünscht, um in all seiner kultivierten Größe, mit der vollen Breite seiner warmen Schultern unter der Stärke und dem Tweedjackett, dem Tabakatem, dem waldigen Hauch seiner Rasur und seinen langen Fingern, gründlich eingeseift in dem kleinen Messingwaschbecken – das schmutzigste, das ich je gesehen habe –, bis er all die grünen Treppen hinaufsteigt, die erst vor einigen Sekunden unter den tickenden Absätzen seiner Frau, die hinauf- und hinuntergegangen ist, zersprungen sind, und in das kultivierte Zimmer seiner Tochter stürmt, mit dem Klavier und den rosa Samtsesseln und den Bildern weinender Rosen, und ihr direkt in die widerspenstige Federbett-Vene Morphium spritzt, die unter ihrer Haut mit einem Spitzenhütchen und einem sonnenglitzernden Kleid an der Grenze zum Türkis – eine Mischung aus Wasser, Gras, Schlamm und aufgeregten Libellen – herumspaziert, ganz nah bei diesem Prinzen, denn das Schicksal wollte es an diesem Sprechstundenmorgen, daß er in die King-George, Ecke Masaryk kam, zum zweiten Stock, dem Fenster blonder Segel, mit seinem Messingboot und einem Paar riesiger Suppenlöffel, die das Wasser umrühren, aus eigener Kraft umrühren, und er näherte sich so weit als möglich, furchtlos, um seine gestärkten Arme auszustrecken und sie beinahe zu erreichen, denn da, nur ein Knäuel feuchter Schnüre, abgerissener Gräser, die wegrutschen... Aber Väterchen-Prinz ist schon da, mit dem Schwanz der Nadel, vorsichtig tastend, damit sie nicht abrutscht, ein stechender Kuß mit blauschwarzem, sprudelndem Blut, jäh schraffiert wie ein Relief, eine zarte Kinderzeichnung zu dieser traurigen Ballade über Annabel aus dem alten Balladenbuch, das schon auseinanderfällt und von dessen Existenz Dubek nicht einmal wußte, so daß es ganz leicht war, es wegsegeln zu lassen, in dem Messingboot mit den blonden Segeln, tief in das stumpfe Morphium-Meer, das sich einrollt, Welle um Welle, Gischt auf Gischt, in einer Art Rückstrom, um sich zurückzuziehen, um wegzutauchen, zu fliehen, immer weiter zu fliehen, nach innen zu rennen, in die Versunkenheit des Blupp-Blupp-Blupp, um zu schlafen.

Irgend jemand warf ein weiteres Zeitungspaket auf den offenen Balkon der Alten. Eine staubige Wolke Gedrucktes stieg von dem Berg, der schon dalag, auf und preßte Splitter gemahlener Wörter und schimmeligen Papiers durch die Ritzen der geschlossenen Jalousien. Ich hob die Augen, die hartes Harz verklebte, und schluckte die Erinnerung bitterer Orangensaftspucke hinunter. Einer der Alten stand jetzt auf, denn es trippelte schwach und eine Tür öffnete sich. Einige Augenblicke hielt ich, gemeinsam mit dem Sofa, den Atem an, um den Urin zu hören. Aber da war kein Urin. Statt dessen stand der Alte im Wohnzimmer, glotzte mit heruntergefallenen Kinnbacken, in seinem blauen Pyjama – schaute mich an wie eine Katastrophe. Schließlich krächzte er etwas und kehrte mit dem gleichen Trippeln, das sich ein bißchen verhaspelte, in sein Zimmer zurück. Dann wurde ein lästiger Alarmknopf wach, heulte und heulte, einer von denen anscheinend, die überflüssigerweise fette, mit den verlöschenden Herzschlägen der Alten verbundene Ambulanzen herbeizitieren – denn wenn sie eingetroffen sind, gibt es im allgemeinen niemanden mehr, den man retten könnte.

Todmüde erhob ich mich vom Sofa. All die Bücher auf mir rutschten tku-tku, mit dem harten Klopfen deutscher Stiefel, auf den beschwichtigenden Teppich zu meinen nackten Füßen. Ich beabsichtigte nicht, sie zurückzustellen. Die Seuche hatte sich sowieso überall breitgemacht. Unter jedem einzelnen Buch. Doch aus dem Nebenzimmer war schon das weiche Niedergleiten eines blauen Pyjamas zu hören, und noch einmal ersticktes Krächzen. Der lästige Alarmknopf heulte weiter.

Ich ging zur Tür, zog den Schlüsselbund aus dem Schloß, für den Fall, daß ich noch einmal würde kommen wollen, und öffnete sie. Eine der Türen im Flur, die, auf der das Plastikkind mit den schwarzen Locken pinkelte, stand ein wenig offen. Doch die Streifen des Pyjama, die dunkel vor Nässe waren, sah ich auf der Schwelle zum Schlafzimmer liegen. Ich linste einen Augenblick hinein. Da lag der Alte mit aufgerissenen Augen und wartete auf die kräftigen Hände, die ihn festhalten würden, ihm sagen, daß er von den Medikamenten benommen, daß niemand im Wohnzimmer sei. Nichts. Keine Sterbensseele. Denn sie werden sich bestimmt nicht auf das hilfeflehende Sofa setzen, und die Bücher sind nur verstreut, weil die Putzfrau schlampig war und sie nicht an ihren Platz geräumt hat, das ist alles. Jetzt soll er diese winzige, wohltuende Kugel unter seine Zunge legen, künstliche Vitamine von Orangensaft wie durch den gestreiften Strohhalm aus dem Hotel saugen, soll sich hinlegen und beruhigen, denn das ist alles von den Medikamenten. Benommenheit. Rascheln. Geräusche. Bestimmt haben diese Kerle draußen wieder Zeitungen auf euren Balkon geschmissen, Sie haben sich etwas erschreckt, das ist klar. Völlig natürlich, wenn man schläft. Jetzt legen wir Sie neben Ihre Frau, schauen Sie, sie zittert vor Angst, weiß wie Kalk, müssen Sie denn Ihre Frau beunruhigen, lassen Sie doch, genug, es reicht, da ist nichts, hören Sie auf, keine Diebe, alles bloß Phantasie, Chemie, nun helfen Sie ihr doch, sich zu beruhigen, ja? Machen Sie den Mund auf, weit auf, na, machen Sie schon. Seien Sie ein braves Kind und machen Sie den Mund auf. Los.

In Ordnung, der eine Muskelmensch wird den anderen Pfleger anschauen, der nicht weniger stämmig ist nach all der Schlepperei von Tragbahren und Rollstühlen – wir haben keine Wahl.

So. Machen Sie auf. Ja. Heben Sie die Zunge ein bißchen hoch. Hochheben! Die Zunge! Ja, fein. Es reicht jetzt mit dem Zittern. Zunge runter, und schließen Sie den Mund.

Erst die Zunge. Die Zunge! Ja. Und jetzt den Mund. Na wunderbar. Und lutschen. Lutschen. In Ordnung? Nicht schlucken. Lutschen. Fein. Jetzt legen wir Sie hierher. Sie sind doch ein Mann, Doktor. So, neben die Frau. Avner, bring die Kissen in Ordnung. Ja, fein. Wo ist die Decke? Moment, Moment. Shit. Er hat sich naß gemacht. Zum Teufel. Avner, bring doch irgendeine Pyjamahose aus dem Schrank. Sicher sind da welche. Such halt. Da sind keine? Quatsch. Die müssen da sein. Was? Nein, das ist ein Nachthemd, Idiot! Bring Hosen. Shit. Gut, dann eben ohne. Hast du Unterhosen gefunden? In Ordnung. Dann eben nur Unterhosen. Hilf mir doch bitte. Sie auch, Doktor. Hintern hoch. Hoch. Hoch, verdammt! Fein. Was? Nein, wir verzichten auf die Hosen. Es ist eh heiß. Keine Luft hier. Heiß, und es stinkt. Avner, lüfte doch ein bißchen, gut? Mach ein Fenster auf. Nein, gnädige Frau. Nur zum Lüften. Ein bißchen. Nein? Gut, dann eben nicht. Sie wollen ersticken? Bitte schön. Dann drücken sie gleich wieder auf den Knopf. In einer Sekunde. Rufen uns für nichts und wieder nichts. Was soll's, wo ist die Decke? Avner, die Decke! Gut, wir gehen. Gleich, okay, alles geschlossen? Bestimmt? In Ordnung. Kein Grund zur Sorge, meine Dame. Ihr Mann hat sich ein bißchen gefürchtet. Aber es gibt keinen Anlaß. Es ist alles in schönster Ordnung. Da ist niemand im Wohnzimmer. Was? Befunde von der Krankenkasse? Eine Schwester? Sie müssen schon entscheiden, Befunde oder Krankenschwester? Was? Ich habe keine Ahnung, wovon sie redet. Avner, schreib einen Zettel für die Putzfrau, man müsse Laborergebnisse aus der Krankenkasse abholen. Was? Die sind da? Wo ist denn dann das Problem? Legen Sie sich hin und beruhigen Sie sich. Der Doktor hat schon wieder Farbe bekommen. Beruhigen Sie sich. Ha, nochmal mit der Schwester? Was für eine Schwester? Wir sind Pfleger, von der Ambulanz, Herznotdienst, Sie haben den Alarmknopf gedrückt, nicht wahr? Haben Sie gedrückt oder nicht? Teufel, sie macht mich wahnsinnig! Okay, wir decken Sie zu.

Vielleicht ist Ihnen kalt. Nicht wahr, Ihnen ist kalt. Ah, und Wasser! Haben sie Wasser? Okay, Avner, bring ihnen einen Krug mit Wasser. Okay, Fehlalarm. Wo ist das Formular? Was ist ihr Familienname, erinnerst du dich? In Ordnung. Heute ist der 28. , nicht? Shit. Hast du den Puls gezählt? Blutdruck? Nein, Dummkopf, das zweite Mal. Dann mach es, los. Ruck-Zuck! Und dann verdrücken wir uns, ich gehe nur auf die Toilette, okay? Wenn ich zurückkomme, bist du fertig. Vergiß die Bahre nicht! Ja, klar, letztes Mal hast du die Gurte vergessen, Esel. Okay, ich bin gleich zurück. Muß dringend pinkeln. In Ordnung, meine Dame, in Ordnung. Heben Sie nicht so die Hand, das trocknet an der Luft. Was lachst du, Idiot, achte auf den Puls! Esel. Ja, nehmen Sie sie runter. Unter die Decke. Ganz langsam, fein. Es ist niemand im Haus. Kein Dieb. Nichts. Nicht einmal Luft! Genu-u-ug, beruhigen Sie sich! Kommt schon in Ordnung. Wir schließen ab. Avner, guck nach, ob alles abgeschlossen ist, Fenster und so weiter. Was? Teufel, was für eine Aufregung mit einemmal. Gleich wird er steif, so sehr muß ich pinkeln. Shit, es reicht, meine Dame, keine Sorge. Alles dicht. Schauen Sie sich Ihren Alten an, atmet schon ganz ruhig. Schläft. Wie ein Baby. Beruhigen Sie sich, es reicht. Wieviel Puls? Wieviel? An der Grenze. Okay, wird schon runtergehen. Hauptsache, er lutscht. Lutscht er? Gut. Und daß er den Mund zumacht, der Dussel. Zumachen. Die Spucke läuft ja mit dem Medikament runter. Aber sanft. Sanft, Avner, ohne blaue Flecken! Alles wird gut, meine Dame. Nur mein Schwanz explodiert gleich, verstehen Sie. Lassen Sie meinen Finger los und tun Sie die Hand unter die Decke, ich gehe pinkeln, gut? So ist's recht. Ich helfe Ihnen. So, fein. Ohne Faust. Lassen Sie los. Gut. Braves Mädchen. Avner, sorg dafür, daß sie gut eingepackt ist, in Ordnung? Sie zittert noch. Okay, ich gehe pinkeln und warte draußen auf dich. Fünf Sekunden. Ohne Verspätung, he? Vergiß die Gurte nicht! Nein, ist nicht wichtig. Gut, los, fünf Sekunden und wir sind draußen! Mach zu!

Es war ein gutes Gefühl, die Schlüssel der Alten in der Tasche zu haben, so, als wäre es ihre ganze Kultur, die mir zur Verfügung steht. Wann immer ich will. Unter der Bedingung, daß sie sich nicht alles, was sie sehen, zu Herzen nehmen und daran sterben. Unter der Bedingung, daß sie schlafen. Im Schlaf krächzen und sich naß machen. Denn am Ende überwältigt der Schlaf uns sowieso. Auch die Chandelier hat er überwältigt. Ein Haufen parfümierter Knochen, die unter der schwarzen Seide von Franz und diesem Kind, das man nicht zur Welt hat kommen lassen, träumen, von dem flammenden, tobenden Eisen, zu dem man unablässig hinuntersteigt, Stufe auf Stufe, all diejenigen, die bis zum Schluß nichts verstehen und denen alles nach soviel Leben nicht mehr zu sein scheint als ein Schlammtropfen unter dem Mikroskop.

In der kultivierten Praxis von Dr. Kaldering ging ich gerne ins Bad, um ein letztesmal auszuspucken, bevor ich bei ihm eintrat und er mir den Mund öffnete. Wenn ich drinnen war, kam manchmal seine Frau und stellte sich neben uns, um ihm etwas zu sagen, wobei sie mit einer Vulgarität Kaugummi kaute, die nicht zu entschuldigen war. Denn der Arzte roch nach nichts als Sauberkeit, seine vom dauernden Desinfizieren – ein seltsames Wort – glatten Hände waren sanft und angenehm, und die tiefe Falte zwischen seinen kultivierten und dicken Augenbrauen verstand nicht im mindesten, warum ich Schmerzen hatte.

Dr. Kaldering wird seine silbernen Kopfhörer aufsetzen und mein Herz abhören. Es schlägt gut. Regelmäßig. Im Grunde ist alles in Ordnung. Er wird aufstehen und in seinem gestärkten Fächer zum Tisch flattern, der voller Papiere, Nachschlagewerke für Medikamente und leerer Proben ist, wird mir mit gekräuselten Nasenflügeln Vitaminpulver und Himbeersirup aufschreiben, den ein scharfer Plastiklöffel und eine Unmenge von Verboten auf dem professionell gefalteten Beipackzettel begleiten, und später, wenn man ihn wieder hineinstecken will, schaut er immer irgendwo raus, bis man ihn endlich wegwirft und vergißt, daß man den Sirup vor dem Essen einnehmen soll oder nachdem mein riesiger Suppenlöffel da Dinge vernichtet hat.

Den Boden bedeckt mosaikartiges Linoleum, so schmutzig, daß man daran kleben bleibt und sich bei jedem Schritt mühsam losreißen muß. Auf dem Linoleumpfad, der von den grünen Treppen zum Eingang des Arztzimmers führt, sind winzige, gestochen scharfe Abdrücke von den Absätzen des Hürchens. Die Aschenbecher sind senffarben und haben schwarze Brandwunden, die geflochtenen Flügel der Ventilatoren kreisen langsam über den Köpfen. Auf kultivierten Teetischchen aus zerkratztem Plastik sind vergilbte ausländische Illustrierte verstreut, und deutsche, österreichische und englische Politiker mit rosa Glatzen und Pfeifen winken aus den Ärmeln maßgeschneideter Anzüge. Die Wirtschaft steigt und fällt dort immer in statistischen Tabellen, in Dezimalen, und ihre wunderschönen und geisteskranken Blondinen fahren in roten Sportwagen und rauchen durch Zigarettenspitzen Zigaretten mit dem Bildchen eines Spielzeugkamels vor dem Hintergrund einer Palme. Manchmal, wenn der Politiker jünger und seine schillernde Stirnlocke noch wohlfrisiert ist, beginnt er den Morgen mit einem Brötchen, das mit gelber Butter und Johannisbeerkonfitüre bestrichen ist, und lächelt genüßlich die Tasse mit dem vorzüglichen Kaffee und dem weißen Dampf an, während das blonde Mädchen, diesmal mit zurückgebundenem Haar und in blauer Uniform – auf der Seite gegenüber – ihm ein Glas Wein und die Mittagszigarre auf einem raffinierten Plastiktablett reicht, das sich aus dem Polstersitz der Business-Class klappen läßt und an dessen Ende – wie überraschend – ein hübscher Aschenbecher ist.

Dr. Kaldering erlaubt seiner Frau, neben einer Todkranken wie mir zu rauchen. Der Rauch ihrer dünnen Zigarette steigt bis zu den Schultern des Arztes, die sich bewegen, während er sich mit dem Rezept abmüht, und sie blickt mich mit Augen an, die vor Ehrgeiz und Mißtrauen langgezogen sind wie die der Schauspielerinnen aus Odelias Filmen, um zu sehen, ob ich mich auch schon in ihn verliebt habe, wie ihre Tochter und all die infizierten Kranken in der Warteschlange.

Hinter mir befinden sich der parfümierte Kopf des Arztes, ein kahler Strauch und ein weiteres Haus. Eiserne Feuertreppen winden sich darum, solche, die direkt in die glühende Lava führen, um sich mit dem Kern zu vermählen. Sicher liebt der Arzt klassische Musik, doch seine Frau spielt oben manchmal grausamen Jazz, der die Aschenbecher und Vasen, die Teetische, Bücher und Illustrierten springen läßt, die Ventilatoren und Zeiger der Bronzeuhren vom Platz reißt, gegen die Metallgeräte trommelt, die am Rande des Steins im Topf kochen, die Tochter jedoch nicht weckt. Deren wehendes Haar erreicht mehr als einmal den Strauch, umschmeichelt ihn und verwirrt sich darin wie Watte in Tigerkrallen, doch es gibt keine Prinzen, die kommen und es befreien, nicht einmal in den häßlichen Sträßchen von King-George, Ecke Masaryk, schon gar nicht in unserem Wohnblock.

Ich spucke in das eckige, graue Waschbecken im Bad des Dr. Kaldering, kotze sogar ein bißchen vor Aufregung, doch da ist kein Blutfädchen. Nicht einmal eine Spur Rosa. Hinter mir – das sehe ich im Spiegel –, ist die Badewanne, voll alter, modriger Ordner und Karteikästen mit Kärtchen längst verstorbener Patienten. Henryk Schulz, geboren 1910, der ununterbrochen an einer blutigen Entzündung der Bronchien litt, einmal hatte er sich auch einfach erkältet und bekam Hustensirup und einen Krankenschein, kommt jetzt aus einem der Ordner und reibt sich an dem rostigen Duschkopf, auf dem das Chlor des letzten Wassers getrocknet ist , nicht ohne dabei dessen Löcher auszuweiten wie die Nüstern einer weißen, verendenden Kuh. Auch Henryk Schulz – der sicher schon tot ist, sonst läge er nicht in dem Badewannenarchiv des Dr. Kaldering – dachte, daß die

Frau des Arztes ein Hürchen ist. Doch anscheinend trocknete er sich – einen Augenblick, bevor die Reihe an ihm war, beim Doktor einzutreten – die Finger, die er anstelle eines Löffels in den Hals stopfte, nicht an dem stinkenden Baumwollhandtuch, das sich früher in einem Blechkasten gerollt hat, jetzt aber steckengeblieben ist, mit Hunderten von Händen, die sich daran Urin, Scheiße und Kotze abgewischt haben.

Eine Frau klopft hinter dem Kopf des Arztes und seiner Kaugummi kauenden Frau ihren Teppich aus. Sie heißt nicht Sonja, und sie wohnt in der Nachbarschaft des Dr. Kaldering, in einer der häßlichen Sträßchen von King-George, Ecke Masaryk. Aus ihrem rechteckigen Doppelfenster kann sie vermittels des geschnitzten Holzspiegels in dem kultivierten Fenster gegenüber die schöne Tochter des Arztes schlafen sehen. Doch sie hat kein Mitleid mit ihr. Nachts schneidet sie die Zweige des kahlen Strauches, über dem das blonde Haar weht, ab, damit wenigstens keine Tauben kommen und Flöhe verbreiten. Jetzt wendet sich Dr. Kalderings Frau zum vergitterten Fenster hinter seinen ansehnlichen Schultern über dem Rezept, dabei schiebt sie das schwere, strenge Telefon beiseite, das ebenfalls auf einem zarten Teetisch mit Rollen steht, und obwohl sie vergessen hat, oben den Jazz auszustellen, bittet sie zwischen zwei Ballons schreiend, sie möchte doch damit aufhören, den Teppich auszuklopfen, um die Ruhe der Kranken nicht zu stören.

Die Frau schämt sich und geht hinein. Der Teppich bleibt draußen. Ein orientalisches, verblichenes Exemplar. Ein schwarzer Vogel, mit einem Schnabel so dick wie eine Sprechmuschel, hat sich inzwischen auf dem Strauch niedergelassen und zupft sorgfältig helle Haare heraus, die darin hängengeblieben sind. Er sperrt seinen Schnabel auf, um sie abzukneifen. So geht das einige Male, doch das goldene Haar ist stark wie Nylon. Bei den Geistesgestörten ist alles stark. Ihre zarten Adern spazieren versteckt unter der

Haut, um Prinzen zu suchen, aber wenn nötig, können sie den Kopf hundertmal gegen die vergitterten Fenster schlagen oder die Hand in den Spiegel stoßen, und trotzdem muß Dr. Kaldering nicht ein einziges Mal aufhören, Hals-Nasen-Ohrenarzt zu sein, um den goldenen Kopf oder die Hand zu verbinden. Die Nachbarin ist zurückgekehrt und ermuntert den Vogel, das Haar abzutrennen. Voller Zuneigung pfeift er ihr zu. Und als der riesige, rosa Ballon, den die Frau des Doktors aufgeblasen hat, genau in dem Moment platzt, als die Schallplatte verstummt, breitet der Vogel seine winzigen Flügel aus und fliegt mit seiner dünnen Beute davon.

Ich kehre in das kultivierte Wartezimmer des Dr. Kaldering zurück und versuche angestrengt, meinen Schuh vom klebrigen Linoleum zu lösen. Das plötzliche Abbrechen des wilden Jazz bringt die Wartenden in Verlegenheit. Ein Teil hustet. Die Kranken husten leicht; die, die nur ein Rezept abholen wollen, räuspern sich. Sie schauen auf das Plastikmosaik und legen die Illustrierten aus den Händen. Jemand hebt und senkt seine löchrigen Sandalen und Khaki-Socken wie eine statistische Tabelle. Eine Mutter schält für ihr fieberndes Kind einen Apfel. Ich knicke den gestreiften Strohhalm. Versuche, die Bitterkeit zu schlucken, die im Hals zurückgeblieben ist. Sehne mich verzweifelt nach dem Löffel. Diese Stille ist kein gutes Zeichen, der Nicht-Teppich, der Nicht-Jazz. Das Nicht-Schlagen des Kopfes gegen das Fenster. Der Nicht-Vogel. Die Nicht-Absätze. Das Keiner-geht-und-keiner-kommt. Die Spannung bringt selbst Henryk Schulz dazu, aus dem Bad zu gucken und nachzusehen, was los ist. Und wirklich kommen die Absätze nach einigen Sekunden und verkünden, daß die Anmeldung für heute geschlossen ist. Daß keine Patienten mehr drankommen. Dann läßt sie einen Ballon in unsere Gesichter platzen und geht tak-tak-tak hinauf, zieht einen Kamm aus der Sandburg, kitzelt das Ohr der Tochter, legt eine weitere Platte mit amerikanischem Jazz auf und wartet, ebenso ungeduldig wie wir, darauf, daß Dr. Kaldering wie ein Sturmwind aus der Tür kommt, eine Entschuldigung im Gesicht und das Morphium in der Hand. Doch ich bin an der Reihe.

Ich versperre Dr. Kaldering, der schwungvoll die Tür aufgemacht hat, den Weg und labe mich an dem entschuldigenden und einladenden Lächeln. Der Arzt streift mich und läßt mich herein. Ich fühle mich in der Praxis von Dr. Kaldering ebenso zu Hause wie bei den Alten. Aber ich weiß, daß er niemals sagen wird, ich möge mich einen Moment auf das Eisenbett in der Ecke legen, das ein Folterwerkzeug mit vier plumpen Knöpfen und Rohren ist, zur Hälfte von einem Sack aus Menschenhaut bedeckt. Er wird auch nicht fragen, wie es mir geht und warum ich gekommen bin. Er wird mich anweisen, schnell den Mund zu öffnen, wird mir den Holzstiel, von dem seine Tochter alles Eis abgelutscht hat, hineinstopfen, um dann all diese Geräte, die scheinbar desinfiziert sind, in meine Nase, meine Ohren und meinen eh schon vernichteten Hals hineinzustecken.

An einem Teil der Geräte sitzt ein kleiner, stumpfer Spiegel, und so ein Spiegel ist auch über der Stirn von Dr. Kaldering. Eines meiner Augen erscheint darin, dann ein Stück meiner Backe, und wenn er tiefer in meinen Hals dringt, überfluten ihn einen Moment meine Äpfelchen, die sich in Dezimalen heben und senken. Dr. Kaldering bemerkt es nicht. Obwohl ich ihm einmal gesagt habe, wie sehr mich seine Bibliothek beeindruckt, wie sehr ich seine Hieroglyphen bewundere, die jedesmal, wenn man in die Apotheke kommt, um sie gegen Himbeersirup und Vitaminpulver einzulösen, der Apothekerin mit dem großen Hintern, den Smaragdringen und dem Kohlezopf den Schweiß auf die Stirn treiben. Wie gerne ich seine Kranke sei, auch wenn ich es nicht bin. Doch Dr. Kaldering wirft mit der Geübtheit eines Fischers die Angeln seiner Medizin ins blubbernde Wasser des Elektrotopfes und springt von seinem Klavierstuhl auf, um mir ein Rezept auszuschreiben, einen Augenblick, bevor seine Tochter wieder losschreit, viel wilder als der Jazz.

Er schafft es. Er begleitet mich gelassen und entschieden aus dem Zimmer, bittet die Kranken um Entschuldigung und die Krankheiten um Genesung und flattert in einem Stärkesturm die grünen Treppen hinauf.

Doch ich habe mich schon verabschiedet. Gehe durch den Ausgang, der mit orangen Backsteinen und müden Sandsäcken befestigt ist, die von irgendeinem fernen Krieg übriggeblieben sind, der nur döst und wie ein Bazillus aufwachen und wieder angreifen kann, passiere auf meinem Weg den nackten Strauch mit den Goldhaaren und bitte den Verkäufer am Kiosk um eine weitere kleine, dickliche Flasche Orangensaft mit einem rot-weiß gestreiften Strohhalm wie aus Ferien im Hotel.

Ich wollte Orangen, sage ich dem gereizten Verkäufer enttäuscht, der mir schon den Kronkorken vom Pampelmusensaft geöffnet hat. Mißmutig tröste ich mich mit dem lustigen Strohhalm und gehe zum Autobus. Pampelmusensaft ist bitterer als der Orangensaft. Giftiger. Ich trinke nicht. Mein Hals ist trocken. In meiner Tasche ist jetzt der Schlüssel der Alten, der Schlüssel zur ganzen Kultur, und vielleicht werde ich mit seiner Hilfe statt der menschlichen und hoffnungslosen Odelia die geisteskranke, starke Tochter des Dr. Kaldering vor seiner hurenhaften Frau und seinen gereinigten Nadeln retten; und statt aller Wörter, die ich heute zu retten vergessen habe, außer ›vernichten‹, über dem nicht die mindeste Vernichtungsgefahr schwebt, das einfach nicht gebräuchlich ist, obwohl es das sein sollte. Chandeliers Fenster ist dunkel, als ich in den Wohnblock komme. Ich steige langsam hinauf, krank vor Müdigkeit. Doch als ich die Tür öffne, weiß ich, daß ich mich angesteckt habe. Daß die Pest mich längst begleitet und nur den richtigen Moment abwartet, um auszubrechen. Bei mir im Wohnzimmer sitzt mein Vater verängstigt auf unserem Sofa, das nie geatmet hat, sitzt da in dem japanischen Hausmantel einer alten Geisha, ihm gegenüber Dubek, und die fettigen Überbleibsel eines rechtmäßigen Erben, lebenslänglicher Liebe kleben im Raum.

Ich stecke die Hand in die Tasche. Schließe leise die Tür hinter mir, drehe mich im Kreis und schaue mich um. Fasse die Schlüssel an. Senke die Augen. Hebe sie wieder. Fasse noch einmal hin, schaue, senke, wieder und wieder. Mein Vater stammelt, knistert mit dem Seidenmantel, und Dubek, der ihn und mich anschaut, leckt sich mit seiner Knoblauchzunge und hofft. Dann presse ich meinen Hals ganz fest zusammen. Ganz fest, wie mit Claudius. Fest. Im Hintergrund hoffe ich die Sirene einer Ambulanz zu hören, die sich mit einem erstickten Schrei mischt. Aber weder Avner noch der zweite Pfleger machen sich die Mühe, die Eintrübung um mich zu vernichten.

Es gibt rote Hochzeiten, sagt Odelia und wickelt Kafkas Verband gegen Kopfschmerzen, aus dem grüne, kalte Gurkenstreifen quillen, um meine Stirn. Schon in dem Wort ›quillen‹ hüpfen so viele Kröten und Frösche, daß ich lache, bis sie meint, ich lachte über ihre blödsinnige Bemerkung und einstimmt.

So, schau, wie du aussiehst, grinst Odelia, die nichts mehr liebt, als Florence Nightingale zu spielen.

Wie ein Moor! sage ich in den Spiegel, den sie mir hinhält. Meine Backen sind schwerer denn je, als habe der Verband alles Fleisch hinuntergezogen. Wo gibt es rote Hochzeiten? frage ich gleichgültig und blase erst die eine, dann die andere Backe auf, wie den feuchten, wächsernen Hals einer Kröte, um Odelias Genuß abzurunden.

Die dünnen Schultern heben und senken sich. Ich weiß nicht. Irgendwo. In Afrika oder in Indien. Ich habe mal im DDC gesehen…

Wo?! frage ich erstickt.

Im DDC, wiederholt Odelia wichtig, als sei der ganze

Globus tatsächlich nicht mehr als eine Schachtel mit einer Antenne.

Doofkopp! sage ich ihr genüßlich. Im BBC, meinst du. BBC...

Odelias Kleiderbügel-Schultern glätten die Korrektur. Ist doch egal. Da jedenfalls war eine rote Hochzeit. Der Bräutigam und die Braut hatten rote Saris an und Unmengen von gelben und roten Blumensträußen um den Hals und auf dem Kopf, verbreitet sich Odelia, und ein paar von diesen blöden Hochzeitschals flattern schon vor ihren Wimpern.

Fein, sage ich gelangweilt und rücke einen herausrutschenden Gurkenstreifen zurecht. Dann hebe ich den Spiegel wieder vor mein Gesicht und sage verwundert: Weißt du, daß auch Kafka solche fürchterlichen Kopfschmerzen hatte? Weißt du, daß er seine Schläfen zusammengeschnürt hat, bis eine einzige daraus geworden ist?

Odelia tut so, als höre sie nicht. Das Wort Kafka bringt in ihrer kleinen Schachtel alle Kanäle durcheinander. Wo läßt du denn nun das Kleid nähen? Weil Pierre gesagt hat, er würde für dich was ganz Tolles nähen, wenn du dich vorher entschuldigst! Er ist ein richtiger Experte für Brautkleider. Wirklich, er hat mir einmal einen Schnitt gezeigt. Ein Kleid für eins seiner Models, die geheiratet hat. Einfach traumhaft. Hier oben, sie zeigt auf ihre niedlichen Brüste, hat er Hunderte von Pailletten und Perlen angenäht, und ab dem Dreieck des Beckens – ihre Hände beschreiben einen Winkel – hat er den Tüll durch Taft ersetzt. Sie sah aus wie die Königin in dem Hochzeitsfilm, gackert Odelia.

Ich werde eine graue Braut sein, verkünde ich endlich, als sei schon alles entschieden. Die blauen Augen von Kindchen verengen sich plötzlich, wie die kleinen Spiegel in den Puderdosen meiner Mutter, wenn sie ihr Gesicht während eines Streites mit meinem Vater puderte, um dann gereizt den Deckel zu schließen. Ich werde Grau tragen. Und nur zwei Schmuckstücke: schwarze Ringe unter den Augen und grünen Schleim in der Nase. Eine von meinen Titten wird beinahe, die zweite ganz draußen sein. Von hinten werde ich einen Schlitz für die Pobacken und den Spalt haben, in der Form eines Herzens. Übrigens werde ich barfuß sein. Nur an einem Fuß trage ich einen Seidenstrumpf. Ich glaube nicht, daß ich mich schminke, aber in mein kurzes Haar stecke ich einen Fahrradreifen von Dubi, und als Schleier nehme ich eine Zeitung. Blumen möchte ich nicht halten. Vielleicht eine Distel. Oder eine Orchidee. Ja, sagte ich mit beängstigendem Ernst, ich glaube, so werde ich heiraten.

Odelia blinzelte heftig, als versuche sie, zerbrochene Augen in ihre ursprüngliche Fassung zu bringen. Das meinst du doch nicht... Du machst bloß Spaß... du heiratest gar nicht! Das ist es. Du hast gar nicht vor zu heiraten. Alles Quatsch. Ein Zeitungsschleier, hihihi, fing Odelia endlich an zu kichern. Und Titten, eine draußen und... die zweite beinahe! bebte Kindchen.

Ich lächelte leicht. Aber ich werde einen Buchladen haben. Und ich werde nicht zur Armee gehen, um mich als eine zu verkleiden, die Tee macht und zu salutieren lernt, ohne ihn zu verschütten, oder einen Einführungskurs an Kanonen macht, um sich dann, wenn sie mit Auszeichnung abgeschlossen hat, rittlings mit einer Blume auf dem Stahlschwanz für eine Zeitung fotografieren zu lassen. Nein, ich werde einen Buchladen haben. Und Dubek werde ich bei der Hochzeit rausschmeißen und den ganzen Tag über dort sitzen und lesen. Mit den Zeitungen und Zigaretten und dem Lotto mache ich Schluß. Ich verkaufe keine Zeitungen. Dubek und Soia können sie ja im zweiten Laden verkaufen. Deine Alten kriegen derentwegen schon keine Luft mehr. Alle Zeitungen, die durch Dubeks Hände gehen, landen schließlich auf dem Balkon von diesen Hilfeflehenden, die ersticken, und du kümmerst dich einen Dreck darum, aufzumachen oder zu putzen.

Seht, seht, Odelia hatte wieder den Faden verloren und ließ jetzt angestrengt ihre Sesamantenne kreiseln, um die

Verbindung mit dem DDC aufrechtzuerhalten, und sei sie noch so mies, aber ich hatte kein Mitleid mit ihr. Ich fuhr fort.

Nein, wiederholte ich, ich werde im Laden sitzen und niemanden hereinlassen. Nicht einmal dich. Ich schmeiße alle raus. Sogar Ann Mater und Barbara Cartland mitsamt ihren Mistkäferchen fliegen raus. Auch die Romane, die vorgeben, Tschechow zu sein, aber für diejenigen, die etwas davon verstehen, nichts als Mater sind. Gerade gut genug für die, die bestenfalls eine Kurzfassung von Tschechow fürs Abitur lesen. Als könne man Goyas Bourbonen zerschneiden, um das Abitur zu bestehen.

In Odelias Pupillen hüpfte grauer Schnee, und gegen ihren Willen gab es ein Krächzen wie bei einer Empfangsstörung. Ich machte weiter.

Nein, ich werfe sie allesamt raus. Ich lasse nur die guten da: Dostojewski. Tschechow. Kafka. Das Leben ist nämlich kurz. Ich werde sie endlich aus den riesigen Fernsehkartons von Dubek nehmen und wieder in die Regale stellen. Claudius lasse ich da. Steinbeck und Camus ebenfalls, und Wolfe und Proust, all die Bücher, die Millionen Geschichten vom ganzen Globus in schwarz-braunen Einbänden umfassen. Übrigens werde ich schrecklich mißtrauisch sein und nicht jede Reihe, die Jefim mir verkaufen will, nehmen. Forsyth zum Beispiel, ja. Und Claudius. Aber Poldark nicht unbedingt. Ich weiß gar nicht, ob das überhaupt ein Buch war. Also vielleicht nicht. Und keiner kommt mir in den Laden herein, ich hob wieder den Spiegel, blies die Backen auf und ließ eine von ihnen mit einem vulgären Zischen platzen. Odelia trat zurück, als wolle sie auf dem Erdboden zersplittern. Keiner kommt herein! wiederholte ich die Drohung. Außer mir. Weil ich eh nicht vorhabe, irgendein Buch zu verkaufen. Ich werde sie nur sammeln. Ich werde den ganzen Tag mit einem Vergrößerungsglas und solchen hübschen Lampen, die wie Hände aus der Wand kommen, dasitzen und lesen, um Wörter auf der Schwelle zur Vertilgung zu retten. Auf der Schwelle der Auslöschung. Das ist ein sehr irreführendes Wort, Auslöschen. Gerade weil es so sanft ist, ist es gefährlich. Aber mit meinem Notizbuch, das jetzt noch kleine Ausmaße hat, weil meine Mittel so begrenzt sind, werde ich ein großes, ein einzigartiges Reservat schaffen. Wie die, die man für Indianer baut, oder für alle möglichen Tiere in Afrika, die beinahe ausgestorben sind. Das hast du doch bestimmt im DDC gesehen.

Über Odelias Gesicht huschte für eine Sekunde eine Verständnisfalte, als habe sie irgendeinen Sender erwischt, der ihr aber sofort wieder entglitt, denn ich fuhr fort. Voller Zorn fuhr ich fort: Dieses Reservat für Wörter, die ich rette, wird nicht nur ein sicherer Hafen sein, nein. Das wäre unter ihrer Würde. Das hieße, ihnen eine weitere Schmach zufügen. Deswegen werde ich versuchen, sie zu rehabilitieren, verstehst du?

Ich machte mir gar nicht die Mühe, zu ihr zu schauen, und stellte den Spiegel so vor meine Bibliothek, daß sich darin Dutzende Bücher wie bei einem bunten Appell spiegelten.

Ich werde sie so lange wiederholen, bis etwas davon auf andere übergeht. Egal, ob es Flüche oder seltene Wörter sind. Alles, was von Vertilgung bedroht ist. Das ist es. Ohne Geschlechtsunterschied werde ich sie repetieren. Oder noch besser: ich werde sie aufschreiben. Dem Boß von Jefim zum Beispiel, der versucht hat, mir Forsyth zu einem überzogenen Preis zu verkaufen. An Herrn, sagen wir, Pimmler, Sie Aufwiegler und Halsabschneider, seien Sie gegrüßt! Bezüglich der Fernsehserie ›Die Forsyth-Saga‹, die vom Publikum so geschätzt wurde – und hier werde ich etwas einfügen, das er bestimmt nicht weiß: aus der Feder des schätzenswerten John Galsworthy –, sehe ich mich genötigt, Ihnen mitzuteilen, daß ich die Serie zu dem himmelschreienden Preis, den Sie in Ihrem Angebot, das mir von Herrn Jefim übermittelt wurde, festsetzen, nicht zu vertreiben gedenke, zumal den anderen Buchhändlern die Früchte dieser Schöpfung zu angemessenem Preis überlassen wurden.

Daher gestatte ich mir, Sie mit gebührendem – und das meint nicht deine Fernsehgebühren, belehrte ich Odelia, die von Minute zu Minute kläglicher aussah, wo war ich, ja, gestatte ich mir, Ihnen mit dem gebührenden Nachdruck folgende Forderung zu unterbreiten: Überlassen Sie mir die dreißig Bände, deren Bindung im übrigen äußerst mangelhafter Qualität ist, ebenso wie das zum Druck verwendete Papier, das nicht einmal eines Heilbutts fürs Schabbatessen würdig wäre, zu dem marktüblichen Preis, anderweitig – das heißt einfach ›sonst‹, übersetzte ich Odelia – ich mich genötigt sehe, Ihren guten Namen jedwedem Menschen ehrlicher Gesinnung gegenüber zu schmälern. Und es ist mir zu Ohren gekommen, daß Ihr einstmals auf Grund Ihrer Großherzigkeit geschätzter Leumund letzthin ins Zwielicht geraten ist, und dies nicht durch mein Verschulden. Hiermit schließe ich, mit aufrichtigen Grüßen – Gila, Buchladenbesitzerin und Retterin hilfesuchender Wörter an der Schwelle zur endgültigen Vernichtung.

Und dann, schnaufte ich, werde ich ein Postskriptum anfügen, das viel weniger formal sein wird, und darin schreiben, daß ich als Wortretterin ihm folgenden Rat geben möchte: falls er wünsche, seinen beleidigenden Namen zu wechseln – Farbe übergoß Odelias Wangen, als kehrten endlich die Erinnerungen in ihr Leben zurück –, so könne ich eine Reihe von Vorschlägen aus meinem Repertoire anbieten, die es wert seien, in Erwägung gezogen zu werden, wie zum Beispiel Pillermann, Freudenpfriem, Schwengel, Oymel und so weiter.

Den Namen wechseln, wiederholte Odelia das Schlagwort, dabei könnte ich ihm auch helfen, diesem Mann, von dem du sagtest … wieder zerplatzte Odelia, wer ist das überhaupt? Woher kennst du ihn? Und dieser Jefim, ist das der, der damals … genug. Ist ja egal. Hauptsache, du hast mir wieder das Hirn belabert. Sag, wie geht es deinem Kopf? Dir muß es ja wohl besser gehen, wenn deine Zunge so tickt, erleichtert fand Odelia sich wieder in ihre Rolle als Nightingale.

Ich bin okay, sagte ich listig, und es würde mir noch besser gehen, wenn du mir die drei Ann Maters zurückgäbest, die bei dir länger als einen Monat herumliegen. Ich möchte, daß du sie mir sofort zurückgibst! Du machst eh nichts anderes, als Paneelen zu polieren, vor deinem Vater zu zittern, mit Pierre zu vögeln und das DDC anzustarren, anstatt wenigstens diesen Dreck zu lesen.

Odelia war beleidigt. Okay, okay, ich habe sie nicht aufgefressen. Sie sind bei mir. Heil und gesund. Denen ist nichts im Hirn durchgebrannt, sagte sie jetzt anzüglich. Ich bringe sie dir nachher runter, beruhige dich.

Ich will sie jetzt! verkündete ich und legte den Spiegel krachend auf den Tisch. Bist du übergeschnappt! zuckte Odelia zurück. Womöglich hast du den Spiegel zerbrochen!

Nicht deine Sache. Ich will sie jetzt. Wo sind sie?

Genug, beruhige dich. Sagte Nightingale. Sie sind bei mir, habe ich gesagt. Erst vor einer Minute hast du getönt, du würdest die Mater aus Dubeks Laden schmeißen, und plötzlich klebst du ihr am Arsch. Okay, ohne Panik. Beruhige dich, plötzlich warf sie einen Blick auf ihre Uhr.

Sie trug eine riesige, rosa Plastikuhr mit den Ziffern des Mondsegens, als lerne sie gerade erst, die Uhr zu lesen.

Schau, ich habe Erna vorhin versprochen, daß ich sie irgendwohin begleite, danach bringe ich sie dir, gut?

Ich hätte weiter auf den Büchern bestehen können, aber die Eifersucht, mehr Rauch als Feuer, explodierte mir in den Knochen. Gewaltsam riß ich den Verband mit den Gurkenstreifen, die schon warm geworden waren, ab und betrachtete Odelia gründlich. Aber meine Frage war ein Flüstern. Kaum ein Flüstern:

Wohin gehst du mit Chandelier?

Odelia errötete wie Feuer und Wind, und ihre winzige Zunge züngelte wie eine verängstigte Schlange, über der jemand den Stein hochhebt.

Nur so. Ich habe es ihr versprochen. Ich dachte, du weißt es. Thérèse verlosch.

Nein, murmelte ich weich wie eine Kerzenflamme, durch die man ein ums andere Mal mit dem Finger streichen kann, um dann mit Leichtigkeit zwei verklebte Buchseiten zu öffnen. Nein, ich wußte es nicht, wiederholte ich. Und wohin geht ihr nun?

Odelia faßte den Rücken des Spiegels, den ich vorhin so heftig auf den Tisch geknallt hatte, und wagte nicht, ihn umzudrehen, um zu schauen, ob er zersprungen war. Stattdessen ließ sie ihren Honigfinger über den viereckigen Rahmen wandern. Zu... wie immer. Du weißt doch. Haushaltsauflösungen, wirklich, der Finger gefror, ich dachte, du weißt es. Daß du nicht kommen kannst...

Eine meiner Augenbrauen hob sich. Nein, ich hatte keine Ahnung, daß ihr euch hinter meinem Rücken zusammentut. Ich hatte keine Ahnung, wiederholte ich mit eiserner Freundlichkeit, und wann, jetzt leckte ich über meine Lippe, wann wurde dieses Geheimnis ausgeheckt...

Odelia betrachtete neidisch meine Zunge. Ihr Hals war trocken, doch sie wagte nicht, ihre Lippen zu befeuchten.

Gestern, gestern abend. Das ist kein Geheimnis! explodierte sie plötzlich. So ein Quatsch. Ich dachte, du wüßtest es. Sie hat mich gebeten zu kommen, also bin ich hingegangen. Sie bat mich vorzulesen, da habe ich vorgelesen. Du weißt doch, aus der Zeitung... Danach haben wir jemanden angerufen, und schließlich hat sie mich gebeten, heute mit ihr zu diesem X zu gehen, den ich angestrichen, angerufen habe, der gesagt hat, heute abend sei es ihm recht, wir könnten kommen. Ich dachte, du wüßtest es.

Ich stand aus dem Bett auf und trat auf die Gurken. Das Moorwasser war jetzt sehr kalt, und auch Kafka war schon gegangen, nachdem er gesehen hatte, daß sich sein Kopf darin nicht widerspiegelt, wie er es sich eigentlich vorgestellt hatte; daß es anscheinend schwärzere Moore gibt als das in seinem Kopf. Ann Mater hatte sich das gleich gedacht, sie fürchtete für ihren Rock und ihre Abendschuhe und wollte sich mit ihrem dünnen, warmen Arm bei ihm einhängen. Er willigte ein, obgleich er sich schämte, und so schritten sie, Arm in Arm, wie in den Romanen von Mater und den Tagebüchern von Kafka, denn es gibt einen geheimen Berührungspunkt zwischen Menschen, so schalenartig wie Haut, aber es ist schrecklich angenehm, sich darin einzuwickeln, damit zuzudecken, ohne auch nur ein Wort zu sagen, statt dessen nur stumm miteinander zu sprechen, Haut auf Haut, Hand in Hand, Arm in Arm. Gemeinsames Gehen ist beruhigend und sanft. Im Hintergrund der Mond und das Quaken von Fröschen, obgleich die Echos des wüsten Jahrmarkts aus geringer Entfernung herüberklingen und irgendein betrunkener Frauenarzt, der sehr gerne hier, in ihrer Gesellschaft wäre, aus unerklärlichen Gründen auf eine Bank, die zufällig dastand, gesunken und eingeschlafen ist. Ein Straßenköter beschnüffelt ihn mit leisem Winseln, dann legt er sich hin und döst an seiner Seite, und obwohl der Mann ihn morgen treten wird, werden sie heute nacht gemeinsam von Dorothy träumen.

Doch im Grunde ist das alles weit weg. Hier gehen nur zwei, vor einem Mondstreifen in einer Pfütze, und hopp! springt ein Frosch hinein. Ein schwarzes, seimiges Zauberbecken, in dessen Himmelsgewölbe Märchen ruhen, die gestrandet sind. Skelette von Prinzen. Scharfes Schilfrohr, niedergedrückt vom Hauch einer Ferse. Ein Gewirr aus Farn, das auf einmal niedergeknickt wird. Ein rülpsender Frosch, der beschlossen hat, den Mond zu berühren. Denn es gibt wirklich keine Prinzen. Nicht einmal dort. Eine Ysopbraut, die zur Schlamm-Chuppa taucht. Von der Niederlage betrunken. Und eine graue Braut, die sich in einen Buchladen schließt und einzigartige Reservatsbriefe an den ehrenwerten Herrn Pimmler schreibt, ihn inständig bittet – er möge den Namen wechseln. Denn wie kann man hilfeflehende Wörter retten und Flüche erfinden, die Sprache gerade richten, wenn er sich in vollem Ernst so nennt.

Warum entscheidest du dich nicht für Florence und fertig? frage ich sie plötzlich sanft. Streichele ihr Sesamhaar.

Sofort fällt Odelia in sich zusammen, und Tränen netzen ihre Augen. Flo, Florence? Sie probiert den Namen mit der Zunge, die endlich Mut geschöpft hat und sich befeuchtet. Sehr seltsam ist das, schöpfen. Ohne Mut ist es eher selten, mit Mut – ganz gebräuchlich. Da zeigt sich, daß es mit dem Reservat nicht so leicht sein wird. Denn es gibt Wörter, die als Paar in Erscheinung treten, wie Kafka und Ann Mater, und solche, die das nicht tun. Wie Gila.

Florence ist eigentlich schön, jetzt sind Odelias Lippen zu naß und sie wischt sie mit dem Ärmel ab. Sogar schöner als Thérèse, weil es eine Blume ist, nicht?

Ja, flüstere ich. Bei ›Forsyth‹ gibt es eine Halbfranzösin mütterlicherseits, deswegen heißt sie nicht Florence, sondern Flair. Das ist noch bezaubernder, Flair. Zarter. Du siehst, du kannst es dir aussuchen. Florence oder Flair?

Langsam öffnet sich Odelia, ein zärtliches Rosengebinde, schon etwas welk von zuviel Wasser, zuviel Feuchtigkeit, von der Zugluft im Bad, wenn er die Tür aufmacht, um zu spannen, obwohl jemand hin und wieder einen Tropfen Spülmittel hineingibt, um sie zu beleben.

Ich... kann ich darüber nachdenken? Ja? Ich verspreche dir, ich schwöre, es wird ganz bestimmt einer von beiden sein. Ganz bestimmt, in Ordnung? Darf ich? Odelia ist aufgeregt, versucht, mit ihrem Herzensgestammel diesen unsäglichen Verrat zu sühnen, der sich nicht sühnen läßt, nicht einmal einen Namen hat.

Und wer löst sich auf? frage ich wie nebenbei.

Irgend jemand. Irgendein X, Florence verwelkt. Wie soll ich mich daran erinnern. Aber nichts Ernsthaftes. Vor allem Kleider. Kleider und Bettlaken. Erna sagt, daß es sicher ein Schmuggler ist.

Fein, sage ich und packe für einen Moment ihren Arm – um ihr diese bescheuerte, auffällige Uhr zu zeigen. Vielleicht solltest du jetzt gehen. Damit ihr nicht zu spät kommt. Erna rührt sich eh nur mit Mühe.

Angesichts der Ziffern reißt Odelia ihre Augen auf. Versucht, die Zeit zu knacken. Zu verbinden. Zu runden. Nicht zwanzig vor… sondern Viertel vor… wie auch immer. Vielleicht hat Chandelier überhaupt das gemeint: runde Zeit. Ohne Ecken. Eine Holzuhr. Ein Brotkorb. Plätze. Ann Mater und Kafka machen dort, auf dem Platz, schon kehrt, gehen immer im Kreis. Etwas Schlamm hat ihre Schuhe verspritzt. Und wirklich, sie haben nicht allzuviel gemeinsamen Gesprächsstoff. Wirklich nicht. Nicht einmal eine Sprache. Oder eine Ausdrucksweise. Trotzdem unterhalten sie sich: Haut an Haut. Vene an Vene. Die von Kafka zuckt manchmal und verschwindet, wie bei der Tochter von Dr. Kaldering – plötzlich gefriert er in der Stille, und ein Hauch Schande und Furcht schleicht in sein Herz. Doch Ann Mater ist stärker. Sie pulsiert die ganze Zeit. Führt ihn an seinen Platz zurück. Beruhigt ihn mit der Andeutung eines ermunternden Händedrucks. Unterstützt ihn unmerklich. Sie ist die ganze Zeit da. Haut an Haut. Hand in Hand. Arm in Arm. Sie gibt nicht nach.

Ja, wie von weither kehre ich zu Florence zurück. Vergiß nicht Ernas Mantel, und knöpfe ihn gut zu, hörst du, knöpfe ihn bis oben hin zu. Gib ihr nicht nach.

Odelia bewegt ihren Kopf energisch, gelbliche Blütenblätter fallen herunter, aber jetzt ist alles klar, und tatsächlich ist es Viertel vor… endlich.

Und, füge ich hinzu, während ich in meinen Spiegel schaue, dem gar nichts passiert ist, um sofort wieder zu den Büchern zu schauen, – und wenn dieser X ein Brautkleid hat, dann kauft es. Vielleicht paßt es mir ja.

Odelia nickt noch immer. Ein kahler Strauch. Es ist schon nach Viertel vor… Was kommt nach Viertel vor…? Dreizehn vor…? Zwölf vor…? Zehn vor…? Aber wer sagt zehn vor…? Das ist so schwierig. So kompliziert. Wozu braucht man all diese Sekunden, die Minuten, die Bruchteile von Minuten, von Sekunden, die Zeitsplitter. Warum muß ›schöpfen sich dem Mut‹ anschließen, während es ohne ihn verendet, mit ihm aber auflebt. So tut als ob. Denn so kann man doch kein Reservat machen. Gar nichts kann man so retten. Und schon gar nicht heiraten.

Größe vierzig, stimmt's? fragt Odelia jetzt, ich habe gar nicht bemerkt, daß sie noch immer hier ist, die zwischendurch schnell nach Hause gerannt ist und mir die drei Ann Maters gebracht hat, um mich zu versöhnen.

Ich antworte nicht. Nehme die Bücher und überprüfe, ob alles vollständig ist. Ob niemand darin herumgeschmiert hat. Oder eine Telefonnummer draufgekritzelt. David, der Maniak, liebt Schifra. Chandelier liebt Kindchen. Kafka Ann. Denn wem kann man heute noch über den Weg trauen?

Gut, dann Tschüs! Ich glaube, ich will doch lieber Florence. Flair klingt zu hart, als sei es nicht zu Ende. Windig. Florence ist abgeschlossen. Das paßt besser zu mir, lacht sie. Honig, Erdbeere, Sesam und blaue Augen. Dazu eine Schlangenzunge, die leckt, nicht weiß, daß sie eine Schlange ist. Ein Steinkopf.

Geh, tadele ich sie warm, nachdem ich gesehen habe, daß die Bücher noch sind, wie ich sie ihr gegeben habe – in gutem Zustand. Chandelier haßt es zu warten.

Also ein Hochzeitskleid? Florence, die keine Grenze kennt, muß alles breittreten.

Warum nicht? Bring eins mit, sage ich und schmeiße sie endgültig raus.

Dann stelle ich Ann Mater an ihren Platz zurück, plötzlich sinniere ich, öffne das Notizbuch und notiere mir, um sinnieren kümmern, und stelle die Mater neben Kafka. Einband an Einband.

Mein Vater klopft an die Tür, entsetzlich einsam, und bittet hereinkommen zu dürfen.

Ja, sage ich, als sei ich schon die Buchladenbesitzerin und irgend jemand wage es, mich bei meinem Rettungswerk zu stören.

Ich bin es nur, lächelt mein Vater. Auf die Vorderseite seines seidenen Morgenrocks ist etwas gestickt das aussieht, wie ein Schlachtbefehl beim Karate. Buchstaben, die

Beine und Hände hochwerfen. Mein Vater schaltet das Licht ein. Widerliches, grausames Licht, daß von oben auf dich herabstößt. Ohne Hand.

Odelia ist gegangen; ruhig bemerkt er, was offenkundig ist.

Ich zucke mit den Achseln.

Liest du? Fühlst du dich besser?

Ich nicke.

Gut, entschuldige. Ich will dich nicht stören. Ich wollte dir nur sagen, ein Freund von mir, der von einer Fahrt aus Kanada zurückgekommen ist, hat erzählt, daß Mutter in Ordnung ist. Sie kommt zurecht. Arbeitet als Kassiererin. Er verschluckt die Wörter. Und dann, dieser Dubek, ich weiß nicht, ein bißchen alt für dich, nein? Er versuchte zu lächeln, während er seine Hände an dem gestickten Schlachtbefehl trocknete.

Ich lächelte leicht.

Was ist? Liebst du ihn wirklich? Jetzt schöpfte er Mut, zog den blöden Gürtel des Morgenrocks, der wegen der Seide verrutscht war, enger.

Ich beschloß, laut zu lachen. Ganz laut. Wie eine Seuche. Etwas, das sich ausbreitet. Wieder erschrak mein Vater und entschuldigte sich, zog sich an die Türschwelle zurück, sagte, ich solle vielleicht trotzdem noch einmal darüber nachdenken, schließlich sei ich noch so jung…

Ich hob den Spiegel. Ein grobes Gesicht. Mürrisch. Ein bißchen männlich. Aber nicht abstoßend. Keinesfalls abstoßend. Ein freundliches Lächeln. Sogar anmutig. Ich bin schon siebzehn Jahre alt, aber die hundert, die ich wie eine Schleppe hinter mir herziehe, sieht man mir nicht an. Auch nicht von hinten. Schließlich gibt es runde Zeit, die in wächserne Erinnerungen eingeschlossen ist, wie kann da ich den Mund aufmachen?

Vater!

Er kam zurück. Ein Viertelkopf, ein Streifen Morgenrock, ein Schuh.

Was ist besser: eine rote Braut, eine graue oder eine schwarze?

Einen Moment überlegte mein Vater ernsthaft, lächelte trotz allem, bis es fünf vor... war und sagte: Ich weiß nicht. Seine Hand kräuselte den Gürtel des Morgenrocks.

Gut, sagte ich, nicht wichtig.

Mutter... deine Mutter hat weiß getragen, fügte er plötzlich an, als erinnere er sich an einen Traum. Schau dir die Bilder an.

Ich zuckte mit den Achseln, bedeutete ihm, die Tür zu schließen. Er machte sie zu, und ich legte mich aufs Bett, ohne das Licht zu löschen.

Ich lese das Buch, das ich niemals lesen werde, träume einen Traum, von dem ich mir nicht hätte träumen lassen, daß ich allein ihn geträumt habe. Ich schaute sie an und fragte mich, ob auch sie mich so anschauen kann, mit Röntgenaugen. Ob sie beispielsweise sehen kann, daß ich erst vor einer Minute aus Chandeliers Bett gestiegen bin, aus deren Wärme komme, den Laken, den Krümeln Vollkornbrotes und dem Geruch der Toten, die alle ganz tief mit ihr geschlafen haben, während sie selbst die Treppen, die zum Kern führen, tiefer und tiefer hinuntersteigt, und siehe da, wieder war Tschechow bei der Ausführung seiner Aufgabe schlampig; und obwohl es dort um so mehr glüht, je näher man den siedenden Flammen und der Lava zueinanderrollender Metalle kommt, hatte Erna nicht vor, sich von ihrem synthetischen Pelzmantel zu trennen, an dessen Kragen die falsche Brosche wie Wachszapfen Perle um Perle schmolz.

Deswegen umarmte ich sie, um es zu wissen. Ich wühlte in ihren wirren, weißen Haaren, lauter Pollen aus Spray und fettigem Staub, denn es ist Odelia, die ihr die Haare wäscht, sich immer davor ekelt, die kreidigen Furchen hinter den Ohren gründlich zu säubern, das Schmalz darinnen und die schuppige Kopfhaut. Doch sowie ich ihr winziges Ohr fand, flüsterte ich, ich sei es, Gila, ich sei gekommen, um zu lieben.

Chandelier zog scharf die Luft ein und flatterte in den Tod, und das ist schön, in den Tod flattern, auch wenn es richtiger Schmalz ist. Und es ist schön, weil man ein weißes Fenster inmitten von Himmelsblau sieht, Sommerfalter, die sich wie Papierschnipselstaub zerstreuen, wenn sie ausgeschüttelt werden. Und obwohl nichts an den Tod erinnert, existiert er. Denn klügere Falter würden von dort wegfliegen, an dunkle Plätze, etwa in die schimmeligen Schränke der Chandelier, doch diese hier provozieren mich und die Finsternis, und sie kitzeln meine Zunge an ihrem Ohr.

Ich preßte meine dicken Lippen, von denen jeder Mann denkt, sie hätten nur eine Bestimmung auf der Welt, an ihr Ohrläppchen – und saugte daran. Dann ließ ich es los, mit dem Gefühl, es gehöre für immer mir, glockenartig und zerquetscht auf meiner Zunge. Doch es streckte sich und kehrte, schlaff und feucht, an seinen Platz zurück.

Ich hatte Angst, sie zu küssen. Ich hatte Angst zu erkennen, daß ich altes, salziges, in Erinnerungen geräuchertes Fleisch kaue. Statt dessen führte ich meine Lippen über ihr ganzes Gesicht, und als ich zum Kinn gelangte, das heruntersank, als sei es die Treppen hinuntergefallen und unten liegengeblieben, – öffnete ich sie weit weg von ihr, vorsichtig, um nichts zu verschlucken, und sagte ihr noch einmal, daß ich es sei, Gila. Daß ich zum Lieben gekommen sei. Dann öffnete ich die Hände und zog das ganze Paket in der schwarzen Seide, samt Franz und der anderen Toten, der Parfüms und Gelegenheitskäufe an mich. Nichts als eine Ansammlung zerknitterter Papiere. Gar nichts. Dünne, zerrissene Einbände, die man nicht einmal wegschmeißt. Die im Wind davonflattern und sich zu den Wolken gesellen.

Du wirst nicht sterben, sagte ich ihr. Ich bin hier. Hörst du? Du wirst nicht sterben und mich allein lassen. In unserem Reservat ist so viel zu tun. So viel zu korrigieren für dich, zu retten für mich. Es gibt noch viele Uterusse zu richten, Besen, die man stärken, und Flüche, die man austarieren muß – du machst dir keine Vorstellung, sagte ich und rieb meine breite Nase an ihrem Ohrläppchen, das noch naß war und nicht daran dachte zu trocknen.

Jetzt schaute ich zu Soia, auf das Buch, aus dem sie mir vorlas, und ich wußte, sie wußte, daß ich von dort kam. Aus Chandeliers Bett. Trotzdem, sagte sie, mit ihrer ganzen zerknitterten Unheilbarkeit – was ein Wort voller Mitleid ist, und auch ›Mitleid‹ ist mit Mitleid so vollgesogen, daß man sich klebrig fühlt und gar keine Lust mehr hat, das Notizbuch zu öffnen –, und endlich gelang es ihr, das rosa Plastikblatt in ihrer Hand zu zerbrechen. Trotzdem, wiederholte sie, du hast ein gutes Becken. Kräftige Hüften. Du wirst es schaffen.

Gießt du sie? fragte ich. Denn das Blatt war naß.

Nein, sagte Soia, das ist vom Schwitzen. Von der Schwäche. Aber sie faulen hier tatsächlich, sie zeigte auf die Vasensammlung, die mit buntem, staubigem Plastik vollgestopft war.

Wie nennt man es bei einem Blatt, wenn es altert? Du mußt das doch wissen, du liest doch, lächelte sie.

Verwelkt, sagte ich. Noch immer hatte ich nicht vor, das Notizheft aufzuschlagen. Was macht es schon, wenn verwelken, obwohl es schön klingt, kein gebräuchliches Wort ist, was schade ist. Es ist nicht die Chandelier. Nicht einmal die Sohlen von Absätzen, die auf dem Weg nach unten, zum Kern, schon in Flammen aufgehen. Auch bei diesem Werk, dem Rettungswerk, gibt es Liebe und Zurückweisung. Und Welken liebe ich nicht. Da hilft nichts.

Ja, sagte Soia, ich auch. Aber du nicht. Du bist stark. Du wirst es halten können, die ganzen neun Monate.

Ich seufzte ein bißchen, so, als fiele die Leserei mir sehr schwer, als sei der Traum kein Traum, sondern eine alptraumhafte Illustration. Und alptraumhaft sind Schreie, die aus einem Spitzennachthemd flüchten wie Orchideen, auf gotische Fenster hin, über schwarzen Hügeln und messerscharfen Blitzen, zerbrochen unter erschreckten Geiern, die strömender Regen ertränkt; oder ein Kind, das mit einem Traum verlassen wurde, ohne Kerze, in einer Dachkammer, dem Wind ausgesetzt.

Dieses Zimmer werde ich mein Lebtag nicht vergessen, sagt mir Soia. Es ist das Zimmer, in das du nicht kommen wirst. Denn wer neun Monate durchhält, ist oben, wo es nach Rumpralinen und Milch und Blumen riecht; und wer nicht durchhält – ein Stockwerk darunter. Da, wo die Fäulnis ist. Wo die Uterus – sogar Soia korrigiert das, ohne es zu wissen – sich von den Entzündungen und Ausscheidungen reinigen muß, dem rostigen Blut. Und im Bett daneben liegt garantiert eine, die Krebs hat, sich plötzlich zur Seite krümmt, schnell nach einer braunen Plastiktüte für Gemüse greift und Luft reinbläst, einen Augenblick, bevor all ihr Gebrochenes rauskommt. Gegenüber liegt eine Fromme. Die versucht es wieder und wieder, und immer klebt ihr das Kind an der falschen Seite vom Uterus fest. Das hält ein paar Monate, sogar groß, und dann stirbt es und wird zerquetscht. Stell dir vor, ein Mensch der innen drin zu Brei wird, so daß die Ärzte, verflucht sei ihr Name, diese Geräte von Installateuren nehmen müssen.

Danach macht die neben mir, mit ihrem trockenen Maisgesicht, die Tüte sorgfältig zu, als sei ein Schatz drinnen, und tut alles in einen Eimer. Eine ganze Sammlung hat sie. Gott! Soia läßt einen heiteren Stoßseufzer hören – ich sage dir – mit so einem Becken wird dir das nicht passieren. Oh nein, dir nicht! Sie verwischt ihre Augen, die sich in der Erinnerung umgedreht haben. Plötzlich guckt sie auf die Uhr. So eine alte Männeruhr, die neben der Tüte liegt.

Und die gegenüber hat trotz all der Gebete noch die Kraft, mich zu fragen, warum ich da liege – fährt Soia in ihrem Zeitmaß fort, das immer ein Viertel weniger als neun Ganze ist. So eine hübsche Fromme, mit einem Wachsgesicht. Eine Schaufensterpuppe. Glänzende Augen und ein rotes Häubchen. Immer rot. Wie ein Sultan. Jedesmal, bei jedem Abort – ist sie da, mit ihrem Rosenturban. So ein Mädchen, Soia streichelt das scharfe Blatt in ihrer Hand, das zu grün ist, bitter, denn sie kostet es, als sei es echt, stochert zwischen den Zähnen und streichelt es wieder, wo es naß geworden ist. Und ich, was soll ich schon sagen, wieder einmal das gleiche. Mal fünf Monate. Mal vier. Ein paarmal gar nichts – zwei Wochen, ein Monat. Und einmal sogar sieben, fast sieben; nur ein paar Tage fehlen. Und wieder bin ich da, in diesem langen Zimmer. Wand gegen Wand. Vorm Fenster Gitter. Und Betten, Betten bis zum Ende. Weiße Füße. Hausschuhe aus Pelz, Hausschuhe aus Plastik, fürs Bad. Und nicht eine weint. Es hat keinen Sinn. Keine einzige. Mittags kommt jemand. Eine Freiwillige. Ein richtiges Fäßchen. Rollt einen Wagen in einer Rauchwolke herein. Ein großer Kessel und ein paar kleine Töpfe, ebenso alt wie die hinkenden Betten. Wie die Stühle, die fehlen. So daß Dubek kommt und dasteht. Hände hinterm Rücken, und der große, große Bauch, an meiner Stelle. Dick vor lauter Nichts. Und die fragt: Kartoffeln oder Reis? Schnitzel oder Rindfleisch? Verteilt das Geschirr mit solchem Getöse, daß man nicht schlafen kann. Holt einen Topf aus dem nächsten und noch einen, wie ein Zauberer im Fernsehen. Ich antworte für Dubek, damit er etwas ißt. Damit seine Nerven sich beruhigen. Ich esse eben zu Hause. Bald, ein, zwei Nächte, und ich komme raus.

Dickens hätte sie geliebt, denke ich. Bestimmt. Während Tschechow mit herrischem Mitleid von Bett zu Bett ginge. In einem weißen, glänzenden Papierkittel, von der Sorte, auf der man Erinnerungen notiert – er würde der Krebsigen eine Sekunde vor dem Erbrechen eine braune Tüte aufblasen; würde der Frommen das rote Häubchen streicheln, eine echte Rose hineinstecken und die zarte Linie massieren, die es auf ihrer Stirn hinterlassen hat. Auch Soia würde er beruhigen. Würde ihr blaue Tinte zur Stärkung verschreiben. Viel Tinte, um zu atmen. Damit das Blut dicker wird. Um es auszutauschen. Den Uterus zu reinigen. Er würde an Soias Hinkebett treten, die kleine, runde Brille abnehmen und sich die Augen reiben. Danach würde er sie wieder aufsetzen, höflich hinter seiner geschnitzten Kiefernhand husten und ihr Becken prüfen, ganz vorsichtig.

Hmmm, sagt Tschechow, der sieht, wie Soia langsam zur Baronin wird. Blaues Blut. Rote Äderchen auf den Backen. Glänzende Haut. Wachs. Hmmm, sehr zart bei Ihnen, sehr zart. Zerbrechlich. Das bedarf der Stärkung. Viel trinken. Essen. Eine Zeitlang nicht lieben. Das nicht, er reibt sich die Nase. Senkt seinen Blick zu Boden. Hebt das Laken hoch.

Soia ist verlegen. Dubek windet sich. Er ist Experte für das Nichts zweier Wochen, das wie ein Ei aus der Schale fällt. Einmal ist er weiter gegangen, bis zu einem sieben Monate minus einiger Tage alten Fötus, aber sie hat es nicht geschafft, ihn zu tragen. Festzuhalten. Bis zum Schluß festzuhalten. Verdammt! Noch anderthalb, zwei Monate. Gila hebt einen Berg Zeitungen hoch, als sei es eine Streichholzschachtel. Ganze Kisten mit Ware fürs Abitur. Mathematikbücher. Hefte. Fernsehserien, frisch fürs Regal. Beschäftigung für die Kleinen, mit Rätseln für den Sommer. Rezepte und Illustrierte. Samstagsbeilagen. Pakete von zwei Tagen – und hier handelt es sich immerhin um ein Kind – zweieinhalb Kilo – schaffst du das nicht?!

Schsch … bringt Tschechow seine Gedanken zum Schweigen. Viel Ruhe. Stille. Am Ende kommt es in Ordnung. Am Ende kommt es in Ordnung …

Reis oder Kartoffeln? Ein Topf aus einem Topf aus einem Topf, Blech aus Blech aus Blech, Schüssel aus Schüssel und der Deckel. Riesig. Als letzter. Ein weißer, dünner Hase wird herausgezogen. Oh weh! schreit die Fromme und greift sich ans rote Häubchen. Oh weh, ist meins! Es gehört mir! Doch Soia ist stärker, nicht im Becken, aber mit den Händen. Stark mit ihren unheilbaren Fingern, die mit Leichtigkeit welke Plastikblätter pflücken – während ich, das Lasttier, es eine Stunde lang vor ihren Augen versuche, und ohne Erfolg. Nein! Es gehört mir! Sieben Monate minus einiger Tage! Das ist mein Baby!

Die Wache Ernas tritt auf der Stelle – ein Kopf aus Blech, die Hand aus Eisen, ein Gerät aus einem anderen. Schwarze, finstere Wände. Die Höhe der eingerahmten Prager Paläste. Die verblichenen Hausschuhe von Franz. Erna, hörst du? Hörst du mich?

Jack London springt auf. Ein gebeuteltes Schiff. Ein zerrissenes Segel. Der furchteinflößende Schatten des weißen Wals. Und noch ein Berg. Noch ein Gipfel. Die Aufregung Karls hallt in den Rufen der gänzlich ungeschützten Indianer. Fern von jeglicher Vertilgung. Die Herren der Erde. Die Weltherrschaft. Es ist die unbändige Natur des Menschen, die siegt! Ahh. Ja, ja, Erna. Das ist Gila! Gila! sag, Gila... sag.

Erna hört auf zu atmen. Sie läuft blau an. Das ist Gila, sage ich ihr wie ein guter Doktor und wische mit der schwarzen Seide den Schweiß ab, der sich in den Falten sammelt. Das ist Gila, ich bin gekommen, ich habe geliebt, jetzt wirst du noch viele Jahre leben. Viele, viele Jahre. Verstehst du, von jetzt an werden du und ich, hier, zusammen, mit dem Notizbuch – ich grabe nervös in mir, um es herauszuziehen und an die sterbende Seide zu halten – um zu lieben, aufzubewahren, zu retten, verstehst du, es wird gut werden, am Ende wird alles gut, sage ich und vergesse und küsse sie gierig, bis ich spüre, daß es genug ist, daß die blauen Lippen bei mir bleiben, in mich übergegangen sind, Lippe in Lippe. Plötzlich erschrecke ich, vielleicht sind sie wirklich bei mir, vielleicht habe ich aus Versehen irgendwas zerbrochen – aus Liebe. Doch ich habe nicht den Mut nachzuschauen. Deswegen lasse ich nur die schwarze Seide los und nähere mich ihr ganz leise, bis ich sie atmen höre. Der vertrocknete Hügel einer Brust, der sich nicht hebt und nicht senkt. Kein Atemzug versetzt ihn in Bewegung, aber die Beine zittern. So viele Treppen bis zum Kern, und doch... heute sind wir ein paar hinuntergestiegen. In einem Wirbel. Einem Strudel. Als seien wir das Geländer hinuntergerutscht. Doch es hat sich gelohnt. Nicht wahr, es hat sich gelohnt, Erna? Nicht wahr?

Mir scheint, sie lächelt, und ihre Lippen, die noch bei mir sind, formen Flair, Florence. Stumm. Aber ich weiß, daß es nicht stimmt. Daß sie nicht auf dem laufenden ist mit Odelias kläglichem Notizbuch.

Sie sind ein zarter Mann, Kapitän, und Gila ist ein Mädchen wie ein Stier. Sehr gesund. Sie wird Ihnen viel Kraft geben. Soia auch. Was meinen Sie, Kapitän? Soia würde ihre Seele für ein Baby geben. Und ich auch. Auch ich, Dubek, mögen mein Name und mein Andenken getilgt sein – wenn nicht...

Dubek schluchzt im zweiten Zimmer, und mein Vater schluckt alles. Eine weiche Alge, jedesmal, wenn man den Anker auswirft, springt sein Herz ins Wasser. Sand und Fischchen schwimmen oben auf. Trüben für einen Moment das Meer. Wenn mein Vater sich nicht schämte, würde er weinen. Jetzt möchte er gerne in seinem Seidenmantel dösen, in dem karierten Sessel – blauer Würfel, grauer Würfel – im Wohnzimmer, von seinen sinnlosen Geschenken umgeben, und bis zu meiner Mutter segeln vor lauter Sehnsucht.

Meine Gila steht nicht zum Verkauf, wird er endlich unter seiner feuchten Oberlippe hervorrufen. Meine Gila muß lieben, nicht nur geliebt werden...

Und jetzt macht er mir tatsächlich auch noch die Schande und weint, vor diesem Vieh! Oje!

Genug! sage ich Soia. Wieder genug statt nein. Nie werde ich die Lektion lernen. Das alles, Entschuldigung, ist nichts für mich. Ich stehe auf. Ein erschöpfter Stier auf Beinen, die eingeschlafen sind.

Soia starrt auf mein Becken. Breit. Jung. Starke Knochen. Sicher ist das Loch noch eng, aber wie dazu geschaffen, sich auszudehnen. Soia wird blaß. Jetzt knickt sie die ganze

Rose. Am Stengel. Plastik weint nicht. Bestimmt nicht. Ich hebe die Augen, um Tschechow zu sehen. Der aufmunternd ihre herabgesunkenen Schultern massiert. Seine Brille ist voller Tinte. Soia bemerkt ihn nicht. Mein Vater und Dubek kommen mondsüchtig aus dem Nebenzimmer. Eine weinerliche Alge wirft keinen Schatten. Kaum einen Anker. Warum will es mir nicht gelingen, seine Liebe zu erwidern? Mit der Sicherheit Jack Londons zu dem Schilfboot hinunterzusteigen, das er mir in den Wellen an die Orchideen gebunden hat? Warum will ich von hier fliehen, und nicht zu meiner Mutter oder Florence, oder wenigstens zu Chandelier, die bestimmt schon eine Geisterwache an allen Türen, Fenstern und Jalousien aufgestellt hat, denn wer hat von einem Stiermädchen gehört, das sich im allgemeinen mit Büchern begnügt – aber auf einmal aufsteht, mit der Kraft eines riesigen Blasebalgs für einen Fesselballon, der Selbstmitleid geladen hat – und sich in ein fremdes Bett legt, um aus Liebe eine Alte, die schon zerbröckelt, zu vergewaltigen?!

Mein Vater versucht, mich zu umarmen. Ein weicher, nasser Kapitän. Seine halbe Gila. Nur halb. Der Rest liegt bloß. Es gelingt ihm nicht, sie zu umfangen.

Trotzdem, Vater, verzeih. Verzeih, aber nein.

Nein, natürlich nicht, lacht mein Vater mit ersticktem Stolz. Natürlich nicht! Niemals! Was für eine Idee?! So einen alten Mann! Und auch noch verheiratet. Und du bist doch noch ein Kind, das... natürlich nicht.

Tschechow verschwindet. Auch Dickens. Und Jack London. Eine zerdrückte, zerknitterte Ansammlung von Papier, das einer von ihnen vergessen hat wegzuschmeißen – wir sind hiergeblieben. Skizzen im Netz. Doch jetzt muß man fortfliegen aus diesem Zimmer, und noch heute. Aber wohin? Erna hat den ganzen Wohnblock angezündet, weil Gefahr droht! Und mein Notizheft ist dort, mein Heft! Was für ein Verbrechen, was für ein Zeugnis!

Komm, sagt mein Vater, gehen wir. Das ist kein Ort für

uns. Ich bin zu viel unterwegs. Fahre zu viel zur See. Das ist's. Und deine Mutter... und du bist allein. Ich hatte keine Ahnung, daß du dich hier herumtreibst. Liest, okay, ihnen hilfst, aber daß du dich auch mit ihnen einläßt... Odelia, das verstehe ich noch irgendwie, in deinem Alter. Aber die beiden und die Alte?

Als ich jetzt mit meinem Vater auf der Straße bin, weiß ich, daß ich nicht überfahren werde, denn wo steht das? Doch ich habe kein Notizbuch mehr. Ich suche in der Tasche. Nur ein Schlüssel. Der Schlüssel.

Geh nach Hause, sage ich zu meinem Vater. Geh. Ich komme gleich.

Komm, bittet mein Vater. Komm bald. Wir reden zu Hause. Machen Pläne. Da sind noch Geschenke, die du nicht ausgepackt hast. Eine Puppe, die vor einem Spiegel in einem Schmuckkästchen tanzt. Ein rotes Kleid. Lächelnd. Und sogar mit Zähnen. Wunderschön. Aus Italien. Mein Vater verrät mir alle Überraschungen.

Gleich, ich knete seine Schulter. Gleich. Ruh dich ein bißchen aus. Ich muß noch schnell wohin. Dann komme ich sofort zurück. Gleich.

Mein Vater geht. Er geht – kommt voran. Eine Alge auf ihrem Bauch. Wie ein Ei aus seiner Schale – ins Meer. Die Sonne blinkt. Spielt wie ein Blinder mit einer Lesebrille. Blindheit. Auf Deck lächelt Jack London. Mit unzähligen Eisbergen voller Fähnchen im Repertoire. Auch Tschechow reibt sich die Hände. Wie zum Teufel wird man diese Tinte los, die nicht aufhört auszutreten, fragt er Dickens, der lacht, als käme er gerade erst jetzt aus dem Supermarkt, mit einem Sonderangebot im Netz, einem Schatz brauner Tüten.

Du kennst den Weg, nicht wahr? Süd-Süd. Nord-Nord. Du gehörst nicht zu denen, die Westen und Osten verwechseln, stimmt's?

Kafka schaut mich nicht an vor lauter Abscheu. Er nickt auch nicht. Ihm platzt der Kopf. Ein Glück, daß er das

Schiff rechtzeitig verlassen hat. Aber trotzdem, das alles ist eine Windrose. Auch dieser Kontinent, nichts als Schorf auf der Brandung des Ozeans. Und wenn das so ist, wer ist wessen Schmarotzer? fragt er sich, als er über den Fußgängerstreifen geht, ohne nach links oder rechts zu schauen. Wer liest als erster, was schon ausradiert ist? Wer erdichtet wen? Welcher Name steht wirklich bei ›von‹?

Was ist mit der Alten? herrscht Kafka mich plötzlich an, und verzweifelt hält das Auto knapp vor dem Saum seiner gebügelten Hosen. Zwei scharfe Streifen über schwarzen Lackschuhen. Ein Zauberer ohne Hasen. Ein Hut ohne Kopf. Nur Schmerz.

Welche Alte? frage ich naiv und tue so, als sei ich Florence. Nur ein altes Paar... ein Paar... Blut und Urin. Blut und Urin. Blut und Urin. Du bist Schriftsteller und verstehst nicht, daß das ein Paar ist? Jedenfalls ein Paar. So wie du und ich. Du schreibst, ich lese. Wer lebt wen?

Ich lebe nicht, lächelt Kafka bestimmt. Und ich weiß, daß mir ein großes Privileg zugefallen ist, alle Treppen ist es heruntergefallen, denn wer hat Kafka je lächeln sehen?!

Doch es gelingt mir nicht, es aufzuheben. Ich schaffe es nicht. Obwohl das Becken breit ist und die Hände stark, alles ist stark und grob, wie bei einem Jungen. Wie ein Stier. Aber nicht abstoßend. I wo! Angenehm. Es gelingt mir nicht zu heben. Und was bin ich? frage ich mit hartnäckiger Verwirrung. Und ich?

Kafka, der nicht weiß, daß er gerettet wurde, dem keiner etwas verbrannt hat, hält beim Haus der Alten. So eine Abgeschlossenheit. Bloß weiße, verstaubte Jalousien. Die Mittagssonne auf den Zeitungen. Berg auf Berg. Gitter auf Gitter. Bett auf Bett.

Du bist Fleisch und Blut, antwortet Kafka streng und öffnet mir die Tür mit geräuschloser Grausamkeit. Schließlich hebt der Mann Steine auf. Fällt und hebt auf. Fällt und hebt auf. Mir gelingt es nicht. Aber ich trete ein und schließe die Tür hinter mir zu.

Draußen hört man ein Akkordeon. Und drinnen mache ich Lärm. Es ist mir gleich. Sollen sie es hören. Sollen sie aufstehen. Sollen sie kommen und mich umarmen. Mich aus Liebe vergewaltigen.

Nein. Nicht Fleisch und Blut. Nicht Reis und Kartoffeln. Und nicht Rindfleisch und Schnitzel. Nur Blut und Urin. Blut und Urin. Ich bin zurückgekommen. Ich bin da. Eine muß hier sein.

Erschrockene Nachthemden, die schweigende Schreie ausstoßen, damit sie erstickt an den gotischen, verschlossenen Jalousien widerhallen, und eine Bücherlegion sitzt angespannt auf roten Lederpferden mit goldenen Sätteln. Hier sind keine Uhren. Keine Babies. Nur der alte Geruch des Wartens.

Habt keine Angst, sage ich. Ich bin es nur. Ihr wißt doch – Gila. Ich bin gekommen, um zu lieben.

Und plötzlich spüre ich, trotz der Schwäche, daß ich sie pflücken könnte wie zwei alte Blumen, mit einem Finger. Denn meinem Wesen nach bin ich wirklich nicht feige und verzagt, ganz im Gegenteil, und ich fühle mich so gut wie in der alten Übersetzung von Dostojewski, die wie ein Stein daliegt, den niemand hochhebt, ha-ha, wie verwelkte Leser, die selbst der Rettung bedürfen. Trotzdem, sie kennen keine Florence, meine Alten. Sie kennen nur Gila. Von Anfang an. Einmal war sie da, in irgendeinem vergessenen Buch oder einem fernen Alptraum, eine Krankenschwester, und jetzt ist sie sie selbst – Gila. Fleisch und Blut statt Blut und Urin.

Kommt, sage ich, umarmen wir uns.

Die Alten fallen zu Boden, gemeinsam, als Paar. Ich habe nicht die Kraft, etwas aufzuheben. Überhaupt keine Kraft. Nur große Schwäche. Kalter Schweiß. Muskeln wie leere Hüllen. Trotzdem öffne ich die Jalousie. Mit Schwung. Dem Sonnenlicht. Da sind keine Zeitungen. Nur die ganze Bande, am Ort des Verbrechens: Kafka und mein Vater. Odelia und ihr Vater. Tschechow und die Baronin. Soia und Dubek. Jefim und das Akkordeon. Chandelier und Franz. Meine Mutter und ihr Freund. Dostojewski und Claudius. Dr. Kaldering und seine Tochter. Seine Frau und Herr Pimmler. Pierre und Sonja. Wie seltsam. Und viele tote Kinder, die Dubi mit dem Motorrad, das in seinem Hals knattert, und mit seiner klugen Hand bei Laune hält. Und da ist auch rotierendes, blinkendes Licht. Glänzende Hautflecken in Lila und Blau. Und schwarz-weiße Uniformen. Wie Zebrastreifen. Doch es ist noch nicht der Zeitpunkt, überfahren zu werden. Noch nicht.

Die Alte hat sich ein bißchen erholt. Sie kriecht. Bis zu mir. Sie faßt mich an. Versucht, mich zu Boden zu ziehen. An den Fersen umzustoßen. Ich hebe sie hoch. Glücklich. Umarme sie. Voller Wärme. Soll Chandelier doch sterben. Zweimal, von mir aus. Vor Eifersucht. Sie und mein Notizbuch. Zusammen. Sollen sie im Höllenkern braten. Mich endlich in Ruhe lassen. Hüllen. Häutchen. Vater, weine nicht. Weine nicht, Vater. Ich zerquetsche die Alte nicht. Ich umarme sie nur. Ein kühler Wind an den Hälsen des Schilfrohrs. Ein sanftes Halsumdrehen. Schmeichelnd. Da, so. Schließlich und endlich will sie das. Provoziert es. Bis zu mir kriecht sie. In mein Blut. In den Urin. Voller Bazillen.

Und der Alte, wo ist der Alte? Warum ist er dort liegengeblieben, vergessen wie zerknittertes Papier? Wie eine überflüssige Skizze. Ungenau. Einfach zu Boden gesegelt, auf dem Weg in den Papierkorb.

Nur Odelia macht einen Schritt nach vorn. Ihr Honiggesicht ist so blaß wie Zitrone. Gelb wie Milch. Weiß wie der Mond. Wörter. Wörter. Wörter. So viele Wörter auf den dünnen Kleiderbügelschultern. Wieso habe ich gedacht, daß sie das aushält? Daß sie wie eine Vogelscheuche die beißenden Träume vertreiben würde? Die Alpträume. Die Raubvögel, deren Namen man gar nicht aussprechen kann, so lang ist er. Wissenschaftlich. Nein, Dostojewski läßt sich nicht verführen. Nicht von so einer Kleinigkeit. Und Kafkas Kopf tut wieder weh. Bläht sich auf. Ein Fesselballon. Ann

Mater winkt Auf Wiedersehen. Eine Hand auf dem Rock. Die zweite verdeckt die Aufschrift – David, der Maniak, liebt Schifra! Bei ihnen steht das nicht. Aber wer liest sie schon – Odelia bestimmt nicht!

Gila, schreit sie, laß! Geh runter. Gila, hörst du? Hörst du. Chandelier ist in Ordnung. Aber die Alten – Erbarmen! Gila, ich bin es, Odelia. Florence. Jeannette. Thérèse. Mathilde. Das bin ich. Hörst du? Laß die Alte. Laß. Komm. Gehen wir ins Kino. Du suchst den Film aus. Komm, Gila, Süße. Hörst du?

Ich höre, aber ich muß nicht. Es steht mir zu. Einmal. Die Alte neben mir ist so mürbe. Nicht weich wie mein Vater, der jetzt ein Lautsprechergesicht aufsetzt, aber immerhin. Ihre alten Knochen sind wie ein gutes Buch in einem alten Einband, der sich auflöst. Ich küsse sie. Vor aller Augen. Auf offenen Seiten. Die im Wind flattern.

Man hört meinen Vater nicht. Scharfes Flackern. Sirenen. Sirenen und kein Akkordeon. Doch, auch ein Akkordeon.

Tschechow schiebt sich neben Odelia, aber sie bemerkt ihn nicht. Er nimmt die Brille ab, und jetzt sehe ich nichts mehr. Nur diese Berührung von der Alten, die Berührung, die unter mir zerbricht, fest und zittrig zugleich. Sie wimmert wie ein Baby. Doch ich schreie. Brülle den Namen. Halte sie und schreie. Wieder und wieder.

Nur Jefim lacht. Öffnet das Akkordeon. Ein großer, roter Mund voller Zähne, voller Gilas, und lacht. Seine Musik ist sehr schön. Wild. Aber nicht wild genug. Nein. Nein. Nicht genug. Denn mein Schrei übertönt sie, wickelt sie ein wie eine Toga, wie eine Wolke: Ra-skol-ni-kov!